新潮文庫

飢餓海峡

上巻

水上　勉著

新潮社版

4224

飢餓海峡

上巻

序章 遭難

一

海峡は荒れていた。

いつもなら、南に津軽《つがる》の遠い山波がかすんで見え、汐首《しおくび》の岬《みさき》のはなから沖にかけて、いか釣舟《つりぶね》の姿が、点々と炭切れでもうかべたようにみえるはずなのだが、今朝は一艘《そう》の舟も出ていなかった。

沖は空のいろと一しょに鼠《ねずみ》一色にぬりつぶされていた。墨をとかしたような黒い雲の出ている部分もあり、視界は正午近くになると、荒れる波と低くたれこめた雲に閉ざされた。

岸壁へうち寄せる波は高かった。港湾桟橋《さんばし》から、コンクリートの岸へ、轟音《ごうおん》をたてて猛《たけ》りくるったように襲いかかる。灰いろの波しぶきと、風の中に、大粒の雨がまじっていた。

倉庫やクレーンの静止した港湾は横なぐりにふきつける豪雨にぬれ、山の中腹に向って、段状にひろがっている町の屋根屋根はトタンや看板が激しい音をたてた。昭和二十二年九月二十日、函館《はこだて》港は、台風直前の風浪の中にあった。

午前十一時に、能登《のと》半島を通過した十号台風は進路をやや東北にとり、関東北部から三陸沖にぬけるというのがこの日の気象台の予測だった。しかし、正午近くになると、札幌気象台と函館海洋気象台は、次のような警告を発している。

——昼すぎから、風は強くなり、陸上では最大風速二十メートルないし二十五メートル。海上では二十五メートルないし三十メートルに達する強風になる。海洋全域にわたって出漁船は注意されたし。この風は明朝早くに弱くなり、東から北に向きをかえ、海上へぬける公算が大きい。降水量は三十ミリから五十ミリと予想される——

午後三時に港を出るはずの青函《せいかん》連絡船層雲丸は、大きな波をかぶって棒を倒したようにみえる桟橋に巨大な船腹をつけて待機していた。時間どおりに出航するかどうかについて考慮がなされた模様であった。しかし、船は定刻より約五分おくれて出航合図のドラを鳴らした。にぶい短い警笛は、低い雲と波浪の荒れる沖へ物悲しいひびきをこめて吸われた。ちょっと見たところ悠長《ゆうちょう》な船出に思われた。三十分後に、おそるべき大惨事が起きようなどと誰《だれ》も考えなかったのである。

層雲丸は船長戸《と》丸市之《まるいちの》助《すけ》以下乗組員を含めて八百五十四名の乗船者があった。船は桟橋から離れて、巴型《ともえがた》になった半島の突端から、港湾を出、平常航路の針路をとって沖に向った。だが、その直後に強い風をうけて大きくゆれたのだ。

普通、津軽海峡では、冬季には風速二十メートルから二十五メートルぐらいの風は珍しくなかった。船長はこれぐらいの風なら、危険なことはないと見くびったのである。空模様や、沖の荒れ具合をみて相当な嵐《あらし》がくると予想はできても、気象台のいうことなど、往々にして的がはずれている。こんなことで、連絡船の欠航をみたことは稀《まれ》でもあった。また、波のあらい桟橋に船を碇泊《ていはく》させておくと、岸壁に船体がすれて損壊することも考えられた。沖出しの必要がみとめられたのである。層雲丸は船長の命によって、通例の港湾待避を無視して沖へ出ていった。

その直後、風速は極度につよくなった。気象台の発表した三十メートルからはるかに上廻《うわまわ》って四十メートルとなり、さらに十数分後には五十メートルの突風が襲った。船は大きくかたむき、この分では航行不能が予想された。いったん、沖へ出ようとしたものの、船長は俄《にわか》に出航中止を指令した。そうして、そのまま港湾待避に移ろうと、船首をわずかに向きかえようとした瞬間、船尾から大浪《おおなみ》がおいかぶさった。一瞬にして危機が訪れた。全乗客に救命具の用意が指令され、SOSが打たれたのは午後三時三十分のことである。

函館海上保安部は巡視船「おくしり」「とかち」「きたみ」など三艘を派遣して救助にあたらせたが、いかんせん、三千トンの巨体をもつ層雲丸が大きくゆれている海上は波が荒く、近づけたものではなかった。風雨は巡視船の歯ぎしりをあざわらうかのように一層激しくつのった。黒い船体の上に、二階建の白堊《はくあ》の窓を美しくならべて浮いていた層雲丸は、あっというまに横倒しになった。波のあいだに没入したのはSOSを発して数分もかかっていない。

荒れくるう鼠いろの海へ、くじらの背中のようにひっくりかえった船腹がひとしきり見えていたが、一瞬、天をつんざくような悲鳴と叫声が起ったかと思うと、おそいかかった波浪に乗船客は黒蟻《くろあり》のように呑《の》みこまれた。瞬時にして起きた阿鼻叫喚《あびきようかん》の有様を、陸上から目撃した者は誰もいない。

二

沈没は海難史上空前の大惨事といわれ、台風は五時間のちに函館上空を去った。嘘《うそ》のような静かな夜をむかえていたが、悪夢の一夜があけそめるころ、港の桟橋から、波のうねりだけがのこっている海上をみると、目と鼻の先に層雲丸は横倒しになって浮いていた。救助作業に出た巡視船が、いまだに打ちよせる波にさいなまれながら、はかどらない救助に手をこまねいている姿があった。

函館から、北西にのびる港づたいの磯浜《いそはま》には、木の葉のようにいくつもの死体がうちあげられていた。

死者は四百十八名、行方不明百十二名、生存者は三百二十四名と新聞は報じている。大事故の原因は船尾から大浪が浸入したこと、貨車甲板、機関室開口部、その他の開口部に次々と浸水がはじまり、最初に発電機が使用不能となった。そのため船内が全部消灯、通信不能に陥った。泳ぎついた生存者の証言から推察すると、使用中の機関は全部浸水をうけて不能に陥っており、とりわけ、貨車取締具の切断によって、車輛《しゃりょう》の転覆が重心を変え、一挙に船体の横倒しをすすめたものと判《わか》った。

二十一日の函館市は、遭難者の収容と遺家族の到着とで、ごったがえした。わけても七重浜《ななえはま》、久根別《くねべつ》、上磯《かみいそ》の海岸の悲惨は眼《め》をおおうものがあった。死体にとりすがって泣く家族の声や、傷だらけで虫の息となった漂着者が、救命ゴムボートや船具の端につかまって血の叫びをあげている。

市内のホテルや桟橋駅の構内待合室は、怪我人《けがにん》と死体の収容置場に早変りした。安否を気づかって、到着する家族たちは、港にちかい宿という宿にあふれた。

この二十一日の正午ごろであった。混乱の函館市から、約十五キロほど離れた矢不《やふ》来《らい》という海辺の村から、遠く茂別《もべつ》の山へ入り込む国道を、東に向って歩いてくる三人の若者があった。

男たちはいずれも復員服を着ていた。三人とも、同じような雑嚢《ざつのう》を下げており、編《へん》上靴《じょうか》も、陸軍の払下げであることが一目瞭然《いちもくりょうぜん》だったし、持ちものといっては袋一つしかない手ぶらの姿まで三人は一しょだった。

中の一人は岩乗《がんじょう》な軀《からだ》をしていた。六尺ちかい長身だった。顔は陽《ひ》に焼けて、赤銅《しゃくどう》いろだったし、顎《あご》が人一ばい張っていた。耳の下から頰《ほお》にかけて濃い無精髭《ぶしょうひげ》が生えている。怒り肩の角張った男である。みたところ、最近まで外地にいたか、あるいは、内地の軍隊から復員して間のないような三人づれであった。大男のわきを歩いている二人は、一方は背がひくくやせていたが、もう一人は中肉中背だった。大男がかなり恰《かっ》幅《ぷく》がいいので、両わきにいる二人は貧弱にみえたのは無理もない。心なし、ほかの二人は青白い顔をしていて、うつむきながら歩いてくる。

矢不来の浜に出るまでの道は国道だった。かなり広かった。道の両側は畑になっていて、市《いち》ノ渡《わたり》という村を出て、一時間もすると、木古内《きこない》に至る鉄道線路につき当った。三人は線路ぞいに函館の方角に向って黙々と歩いた。

台風の去った野面《のづら》は澄んでいた。三人の男たちの歩いてきた背後には、遠くに桂岳《かつらだけ》の峰がくっきりうかんでいたし、左側には茂別の山々が灰いろにうかんでいた。

矢不来の村へ入った三人は、村口の「きぬた」という看板のかかったとうもろこしを売る店の前へくると立止った。互いに顔を見合せ、この店の埃《ほこり》だらけのガラス戸をあけて入った。午後一時ごろのことである。

きぬたの主人平島兼吉は、三人の男たちが汗びっしょりで埃だらけの顔をしているのに眼を瞠《みは》った。三人ともだまったままタタキの木椅子《いす》に腰を下ろした。平島兼吉は、街道筋の店でもあるから、顔見知りでない客には馴《な》れている。彼は、男たちの注文をきくために、会釈《えしゃく》をして立っていたが、タタキの隅《すみ》の方で、何かぼそぼそとはなし合っていた三人は、とうもろこし二本ずつを注文した。腹がへっているらしく三人とも不機嫌《ふきげん》そうな顔であまり喋《しゃべ》らなかった。

店の前に立って、日除《ひよけ》のテントを下ろしていた平島の妻の定子が、横眼《よこめ》で三人をみた。と、やせた男が、心なし顔を伏せた。兼吉はこの三人の男が、市ノ渡村の方から歩いてきたことを勘で知った。彼は三人に向ってこんなことをいった。

「ひどいこってさァ。沈没した船にまだ何百人という仏さんがつまってるってこって……巡視船がね、朝から近くへ寄ろうとしても、手ェがつかんというとります。大勢の人が死んでのう、あんた、函館はごったがえしておりますよ」

三人の眼が、頭のはげあがった平島兼吉の顔に一せいに集り、ギョロリと光った。この若者たちは層雲丸の沈没は知らなかったらしい。新聞もよまずに歩いてきたことがそれで知れる。平島兼吉は、勢いづいて昨日の事故についてくわしく話した。

「あんたたちは暢気《のんき》な人たちだ、ご存じなかったんですかい」

そういって平島が笑うと、やせた蒼《あお》い顔をした小男が、

「死体はまだ浮ぃとるンですか」

ときいた。

「はいな。船にはあんた、八百人の船客が乗っていましたものな。三百人くらいしか泳ぎついた人はおりませんからの。みんなあとは仏さんになんなさった」

顎の張った男が眼を大きくひらいた。噛《か》みついていたとうもろこしを皿《さら》の上にゆっくり置いて、

「連絡船かね」

ときいた。

「そうだとも、協民党の代議士が二人乗っていなさったし、札幌のよォ、市役所のえらい人も四人乗っていなさったそうだが、みんな死んじまったらしい」

三人はまだ顔を見合せている。沈没事故について異常な関心をもったことは眼の色に出ている。しかし、三人には急ぎの用事があるらしく、

「おっさん、なんぼや」

ひょろりとした小男が値段をきいて立ちあがると、つづいてあとの二人も立ち上がった。平島兼吉は、三人がポケットから裸の金をかぞえて六円ずつ出してくれるのを、合計で十八円受けとっている。三人は、店を出ると、陽ざしのはげしい矢不来の村の家のかげにかくれた。

三

函館警察署に置かれた対策本部は、遭難者の収容と、死体を引取人に手渡すことであけくれていた。沈没船を桟橋にひきよせて、中からさらに死体をひきあげたときは、市内の仮収容所では狭くなり、七重浜に特別の死体収容所が設置されるに至った。警察はいちいち死体と遺家族を面通しさせ、乗船名簿と照合して、てきぱきと処理して

いったが、市内新川町の合同慰霊堂では朝から焼香の煙がもうもうと立ちこめて空をこがしていた。

事故の処理は難儀をきわめたともいえる。高等海難審判庁は、函館海難審判所に命じて、厳重な調査をさせた。戸丸船長がとった処置について、重大な関心を示したのである。気象庁の予測に手落ちがなかったか。船長の処置は気象台通報と照らして適正といえるか。あの嵐の中の出航をめぐって論議がかわされたわけであるが、これらの法的な処理のほかに、警察本部でも、事件処理の総合会議がもたれている。九月二十二日のことである。この席上で、函館警察署捜査一課に籍を置く弓坂吉太郎《ゆみさかきちたろう》という四十八になる警部補が、次のような発言をしたことが注目をひいた。

「報告によりますと、死者は五百三十二名ということになっておりまして、このうち七重浜二百八十二名、船内百五名、湾内百四十五名という区別になっておるのでありますが、乗船名簿と遺家族の面通しによって、だいたい死者数は全部引取られたわけですけれども、今日になっても、三名の引取人のない死体がのこっているのはちょっと不審なのです。このうち一人は名簿によって旭川《あさひかわ》市の岡島秀次さんじゃないかと思われるふしもあり、只今《ただいま》照会中ですが……救助船員の中で、乗客係を担当しておりました小松茂行さんの証言ですと、二十日の乗船者の総数は八百五十四名、この人数は小松さんが記載した乗船名簿と合致しますが、おかしなことに、乗船者数よりも死体の数が二体多いという数字が出て困っております。小松さんは、名簿以外の乗船客は船長の命令で厳密に取締ったといっておられますし……、この二死体はよけいだったことになります。密航者がいたか、それとも――この死体に引取人がない理由を考えねばなりませんが、私はちょっと変に思うんです」

弓坂警部補の発言は、西陽《にしび》のさしこむむし暑い警察の部屋を奇妙な気分におとし込んだ。なるほど不審なことといわねばならなかった。二つだけ死体が多かったのである。

四

弓坂のしゃくれ顎のひきしまった顔を瞠《みつ》めた係官たちは、互いに顔を見あわせて、口ぐちに何かいいあった。

〈妙なことをいいだしたものだ……〉

警部補がもち前の詮索《せんさく》ぐせをまたこの席上でもち出したという驚きと、なかば苦笑をまじえた色が皆の顔に出ている。

札幌警察から列席していた同年輩の警部補が、函館署長のわきから口をだした。

「死体がよけいにあったといわれると、何か妙ない廻《まわ》しにきこえますね、船客係にきくと、これまでに、よく、出航まぎわに走りこんでくるかつぎやがいた。泣きつかれると名簿にも記載しないまま乗船させるってこともあったといってましたし、その点、よくおしらべになったでしょうな」

「もちろん、そのことは調査ずみであります」

と弓坂吉太郎は、あついくちびるを怒ったようにつき出していった。

「注意しなければならないことは、引取人がいまだにこないということでありまして……国鉄当局は、昨日長崎総裁が当地へ見えました際、弔慰金の方はだいたい一人一万八千円見当の支給をみると内定しております。新聞にもこのことは発表されていましたから、死体ひき取りは、つまり、お金目当てというと変ですが、遠方の人でも必ず問合せてくると思うのです。ところが三つの死体だけは誰も引取人はありません。乗船者は総員八百五十四名、このうち死者五百三十二名、名簿と照合のすまない遭難者はいまのところ旭川市の岡島秀次さん一人きりで、この人は二十七歳だそうで、鉱業関係の職員だということで……旭川から遺族がみえれば、確認は時間の問題だと思いますか。しかし、旭川警察にもこの旨《むね》照会いたしましたが、いまだにどういうわけか返答がありません。岡島さんの場合は、いずれ解決はつくと思うのですが、あとの二つの死体は処置に困るわけです。引取人のない死体は不思議です」

「たしかに、乗船名簿に脱落はないでしょうね」

「ございません。その証拠に、国鉄が乗船名簿によって、罹災者《りさいしゃ》家族一切に連絡をいたしましたところ、すべて報告があり、遺族会でも、この点、死体と遺族との対面は三人だけをのこすだけだといっておりました……」

「乗船名簿以外の客はほんとになかったのかなァ」

と、札幌の警部補は浅黒い顔を歪《ゆが》めた。

「九分どおりまでまちがいありませんね、海上はすでに、巡視船もひきあげておりますし、付近の漁師舟五十艘《そう》を動員して死体収容につとめたわけであります。もはや、どこにも死体はないとみていいと思います。二つの死体がよけいに出たということだけが私には不思議であります」

市側から出席していたやせた紺背広の男がこのとき口をひらいた。

「弓坂さん、もし、そんなことにでもなれば、市としては恒久慰霊塔の建築案も出ているほどですので、仏さんはみな一しょにおまつりしてあげたいと思いますねェ」

弓坂はこの男の方を怒ったような顔で見つめた。

「霊をなぐさめるということについて私はいま言っとるんじゃないんですよ。身元不明の死体について、どう処置したらいいかということをおたずねしているわけです」

「よくわかるな」

とこのとき、函館署長が組んでいた腕をほどいた。

「弓坂君、きみのいうことは一理ある。きみにその二つの死体の身元調査を受けもってもらおう。乗船監理の上で手落ちがなかったかということも、この際、国鉄当局に訊《たず》ねてみることが大切だしね。世間じゃ、連絡船は闇《やみ》切符なんかも発行しているなどとまことしやかに言いふらす者も出ている。名簿外の死体の処置はあいまいにしておいてはいけないと思うね」

署長は顎に手をあてた。そうして一同を見廻していった。

「乗船名簿ってものは、きみ、国鉄が連絡船だけに規定を設けて実行していることだ。これの記載任務だって、今回のような沈没事故が起きるからこそ定められたことだ。その肝心の名簿が、杜撰《ずさん》なものなら、われわれもこれから、防犯上の問題で、この名簿を信じることが出来なくなる。連絡船当局に、はっきりした態度を見せてもらう必要があるね」

「当然であります」

と弓坂吉太郎はわが意を得たという顔つきになった。

「たとえば、犯罪者が、名簿上に現われてなかったら大事《おおごと》ですからな。内地逃亡だってかんたんに出来るってことになるわけですから……私どもは地域的にいって、道内の関門でもありますからね、札幌さんとちがって神経質に考えるわけです」

一同は弓坂の興奮した口ぶりにひんしゅくの色をうかべた。札幌の警部補はすかさずいった。

「なにか、そんな指名手配の犯人でもいたわけですか、弓坂さん」

弓坂吉太郎はむっとしたような顔になった。ちょっと口ごもったが、間をおいてから、

「いや、私どもで、べつにそんな照会をうけたことはありませんし、事件があったわけでもないんです。私はただ万一の場合を危惧《きぐ》したまでのことなんです。二つの死体が、いつまでも身元不明のままであるとは、頭からきめているわけではありません。かならず、誰かが受取りにくるものと私は信じているのですが、持前の職業意識から、私はよけいなことまで空想してみたわけです。二つの死体が乗せもしないのに、船客

の中にまじっていたということは、考えようによっては、海上で忽然《こつぜん》と迷いこんできて合流したといったことにもなりかねませんからね。気味のわるいはなしだと思いませんか」

「わかった、わかった」

と札幌の警部補は微笑して、いかにも了解したような口をきいたが、しかし、彼自身もこのとき、弓坂にかすかな邪揄《やゆ》のこもった眼を投げると同時に、ちょっとひっかかるものを感じたらしかった。眼の隅に光をうかべている。

「なるほど、弓坂警部補の疑問ももっともですな。わたしは、札幌へ帰ったら、その二つの死体の引取人について管内へ照会はしてみます、これは函館署長にお願いして、道内各署に死体人相書を配布して、引取人よびかけに努めて下さることが先決ですな、もちろん、内地の隣県警察にもお願いして下さい」

札幌の警部補は弓坂の方をみて微笑した。

何げない会議の席上でのやりとりにちがいなかった。この論議について、深い関心をもって考えつめてみようとした係官は一人しかいなかったのである。それほど、まだ、層雲丸沈没事故の余波で、ほかの事態収拾の問題が山積していたともいえる。しいて、この二つの死体について、ある考えを抱いていた者がいたとすれば、それは弓坂吉太郎一人だったといえよう。しかし、彼とても、この会議の席上で、職務上意見を出してみたものの、これといった確信があってのことではなかった。

弓坂警部補は、函館署の会議が終った夕刻に、七重浜の死体収容所へ出かけてみた。そこには、まだ三つの若者の死骸《しがい》がころがっているはずであった。

臨時死体収容所になっていた海員養成所と幼稚園の死体は、すべて引取人がきたので、仏はみな荼毘《だび》に付して慰霊堂の方にいっていた。三つだけはまだ、浜のテントの下に眠っている。弓坂が、そこへゆくと、対策本部の腕章をまいた吏員がいた。

「まだ、誰もきません」

と彼は寒そうに手をこすっていった。テントの中は線香の煙がたちこめ、誰が置いていったのか、白と赤との小菊の花束が足もとに一束ずつならべて置いてある。

「旭川の岡島さんは、たぶん、こっちじゃないかと思いますな。二十七だということですし、着ておられる背広も会社の職員のようにもみえますしね……」

なるほど、吏員のいうとおりかもしれぬと弓坂は思い、荒筵《あらむしろ》のかけてある三つの死体を順番にみつめていった。

〈きみに、その死体の処理は受けもってもらうことにするよ……〉

署長のいった言葉が頭にのこっている。死臭がぷーんと鼻をついてくる。付近の漁師の家で干しているいかのすだれ干しの匂《にお》いもこのテントの中へ入りこんできているので、奇妙な臭気に弓坂はむせたのだった。

「顔をみせてくれ」

吏員は鼻をつまんで、筵をめくった。

死体はやせた小柄《こがら》な男と、中肉中背の丸顔の男である。二人とも同じ陸軍の復員服を着ている。ザンギリ頭であることも似ている。やせた方にも中肉中背の方にも頭から額にかけて血がこびりつき、かなりな裂傷がある。その傷は砂にまみれていた。おそらく、海上に浮いているうちに船具か何かが当ってできた傷だと思われる。

「無念そうに死んでいますよ」

吏員はぽつんといって、また筵をかぶせた。なるほど、二つの死体はどこか無念そうな表情であった。どちらもうす眼をあけ、海藻《かいそう》のからみついたうすい上唇《うわくちびる》を歪《ゆが》めていた。

五

遭難者遺家族代表の協民党代議士黒川信一郎の妻季子《すえこ》が中心になって、層雲丸遭難者遺族会が結成された。新川町の慰霊堂で合同慰霊祭がとり行われたのは、十月四日のことである。この日は、函館市は、気の毒な罹災者の不幸を新たにしのんで、小学校の子供たちまでが、授業を休んで喪に服した。恐ろしい世紀の大惨事とまでいわれたこの悲惨な事故も、とどこおりなく葬儀がすんでしまうと、もうそれでいちおう形がついたといったかんじがした。函館警察署も、応援にきていた消防団員がひきあげてしまい、また、もとの静かな態勢にもどったのだが、捜査一課の弓坂吉太郎だけは、まだどこか割切れないような顔つきで、署の廊下を歩いていた。

「結局、君の担当していた三つの死体はどうなったのかね」

同僚がきくと、弓坂はしゃくれた顎をつき出して、不満そうにこたえた。

「一つは旭川から取りにきてね、うまくいった。二つだけは誰も取りにこなかった」

「どうしたのかね、その死体は」

「放っておけば、くさってくるしね、署長の許可を得て、市役所で、埋葬してもらうことにしたよ」

「焼いたのか」

「それがね」

弓坂吉太郎は同僚の顔をじろっとみてからこういった。

「焼かないで埋めたんだよ。いつかはきっと、どこからか、あの死体の引取人が来そうな気がするものだからね、気休めのようだが、おれは火葬にしないで、久根別《くねべつ》の寺で土葬の土地をもっている所があったから、そこにたのんで埋めてもらった」

「へーえ」

と同僚は妙なことをするな、といった顔つきで弓坂の顔をみていた。

「なに、身内にしてみれば、死んだ子の顔は見たいもんだよ。かりに、土葬にしておけば、そこに眠っているという感じがするというものだしね。何も、土を掘って、わざわざくさった面《つら》を見せるこたァないわな。たずねにきた人があったら、ここにこうして眠っていなさると教えてあげるまでのことだが」

弓坂警部補は、感慨ぶかそうにそういってから、このとき次のようにつけたした。

「この死体にも弔慰金が下りてね、わずかな金だったが、おれは、華厳寺《けごんじ》というそのお寺の和尚《おしよう》さんに永代供養料《くようりよう》としてさしあげてきたよ」

「ふーん」

と、同僚は、小鼻をふくらませて仏頂面の弓坂の顔に驚いたような眼をむけた。

「無縁仏の墓に納めたわけか」

「そうだ、無縁仏だ」

弓坂警部補は、二つの死体をそのように始末したことで、自分の心を処理したともいえた。しかし、彼の腹の底には、まだ、かすかなにがりのようなものがわだかまっていた。

十月も末になると、北海道はもう冬の足音がしてくる。弓坂は職務上のことで、時々、七重浜から、久根別の方へ出向くことがあった。二つの死体を埋めた華厳寺の杉皮《すぎかわ》ぶきの粗末な本堂の屋根が、落葉した樹木の合間に望まれることがあっても、警部補はついぞその無縁仏にまいったことはなかったのである。

市民はやがて、層雲丸の事故についての恐怖は忘れた。新川町の慰霊堂にも、木枯《こがらし》がふいていた。年末の総選挙には遺族会長の黒川季子女史が協民党から立候補するという噂《うわさ》がつたわった。

弓坂は函館市にちかい高台町の官舎に暮していたが、一望に見える冬の津軽海峡をみていると、ふっと、頭に傷のあったあの二つの死体を思いだした。

そんなときは、いつも、海峡には、黒い波がうねっていた。

第一章 発端

一

国鉄函館本線が、尻別川《しりべつがわ》の上流に沿うて、東に羊蹄山《ようていざん》の端麗な容姿を眺《なが》めながら、倶知安《くっちゃん》町に向って北上するあたりは、ところどころに火山灰地が灰いろの地肌《じはだ》を露出している。かなりな高原地帯である。この倶知安を出た本線が、北に迂回《うかい》して、積丹《しゃこたん》半島を縦断する地点に小沢《こざわ》という小駅がある。ここから岩幌《いわほろ》線が岐《わか》れていた。

小沢は、町というよりは、小さな淋《さび》しい集落にすぎなかった。南方のニセコ連峰といわれる火山群の山々と、積丹山系との中間にある細長い盆地の中心をなしており、平野はここから西にむかって、山かいを流れる岩幌川に沿うて日本海へ扇面《せんめん》を半すぼみにしたように末広がりにぬけてゆく。

岩幌線——。一日に三回しか汽車の通らない、まるで忘れられたようなローカル線であった。もとより乗車客は海辺の漁師か近在の農夫以外にはなく、国鉄の帳簿でも最も赤字線の代表とされる、貨車人車同時連結の単線である。この線の終着駅に、事件の発端となった岩幌漁港がある。

岩幌町は現在、人口は約二万七千。北海道でも最小の町といわれるだけあって、面積はわずかに五キロ平方メートルぐらいしかないのであるが、町の発祥は一七五二年、宝暦年間といわれており、いわゆる漁場請負制によって開発された漁師町である。明治三十三年に町制が布《し》かれているから、北海道では古い方といえた。

明治から大正年間にかけて、この沿海はニシンの豊漁地としてにぎわった。町には漁港としての新設備も出来、全国的にも名を知られ、漁師たちが経営する草競馬場が出来るほど栄えたが、昭和三年ごろから、潮流の影響をうけて、前年まで沿岸をうるおしていたニシンの大群がぷつりと姿を消した。皆無といってよいほど寄りつかなくなった。町はとたんに疲弊した。わずかに、スケソウダラ、ホッケの類《たぐい》を主流とする後志《しりべし》型の漁師町に転落したのである。

ニシン豊漁の名残《なご》りをとどめる町は、その後、水産加工や、背後の平野で穫《と》れる農産物の集散加工地として急変してゆくが、事件の起きた年は、日本最初のアスパラガス栽培も軌道にのり、缶詰《かんづめ》工場も成果をおさめるなど、町はこぢんまりとした中に活気を呈しはじめていたのである。しかし、海岸から南へ雷電《らいでん》、江差《えさし》などの、荒波の騒ぐ嶮路《けんろ》をゆくと、路傍の山裾《やますそ》に、白壁土蔵をめぐらせた大きな網元の屋敷跡が、荒れはてたままのこっていた。旅行者の眼《め》にそれは一種のうらさびしさを感じさせた。

晴れた日は、町の背後にひろがる段丘の向うに羊蹄山が扇面を伏せたようにかすんでみえる。羊蹄山から右へ、海岸に至るまでは、左からワイスホルン、イワオヌプリ、岩幌岳、目国内《めくんない》岳、雷電山などの、千メートルを超える高山が波状をなして、ニセコ連峰のギザギザとなって空を圧していた。切りたった火山壁が岩幌湾に落下するあたりは、巨大な雷電の黒壁が示しているように、風蝕《ふうしょく》した自然岩の荒々しい屹立《きつりつ》と、灰いろの波濤《はとう》が嚙《か》みくだく奇岩怪石の連続であった。風光は雄大で美しい。積丹と雷電の岩にはさまれて抱きかかえられたような内ふところのさびれた町である。

昭和二十二年。津軽海峡の海上で、あっというまに多数の人命を呑《の》みこんだ層雲丸沈没の大事故を起した十号台風は、九月二十日の朝、函館から約百二十キロほどしかはなれていないこの岩幌の町で、ボヤですんだはずの小さな火事から、全町三分の二までが焼失するという悲惨な大火事を惹《ひ》き起している。もとより、この種の火事は全国的にいって珍しいことではない。しかし、世間は同日に起きた層雲丸悲惨事の方に気をとられていて、この北の果てのさびれた漁港が一瞬にして火の海と化し、全町の三分の二が罹災《りさい》したという新聞記事を翌二十一日の朝読まされて唖然《あぜん》としただけであった。もっとも、この新聞記事も、全国紙ではほんのわずか三面の下の隅《すみ》の方に二段組で報じられたにすぎなかった。層雲丸詳報記事が大半を埋めていたためであろう。突発事故は暴風雨下の二十日、道南の二つの町を大きく塗りかえていたが、世間はこの岩幌町の火事についてはあまり眼をとめなかったのだ。

二

火元は、町の南海岸に沿うた住宅街である。質屋を営む佐々田伝助という家の台所から出ている。九月二十日午前八時十分のことである。まだ道南には、その時刻は強風注意報は出ていなかった。しかし、すでに、風は嵐《あらし》の前兆をみせていて裏日本の海もかなり荒れていた。佐々田質店から火を噴いたボヤは、付近の建てこんだ家々に延焼した。強風は南から吹いていた。炎は北にのび、まもなく、町の中心へ通じる大通りの両側をなめつくした。官庁、銀行などの出先機関、商店などのならぶ街にも延焼し、火勢はさらに段丘になった住宅側にのびた。一瞬の間である。全町三分の二が灰《かい》燼《じん》に帰した。新聞は、全焼三千四百五十戸、死者三十九、負傷百五十と報じた。

台風のすぎたあと、ようやく火は下火になり、午後三時二十分に鎮火したが、この灰燼の町をかきわけて、消防団員と警察署員が、まず火元調査にのりだした。佐々田質店の焼け落ちた土蔵と母家《おもや》のくすぶっている長押《なげし》や柱が黒こげの骸《むくろ》をさらしたまま、つっ立っている中から、この家の主人伝助、ならびに妻りき、息子夫婦の弥助《やすけ》、まつの四人の死体を発見したとき、先《ま》ず、四つの死体が、土蔵の入口、母家の奥の間、台所、玄関と四カ所から別々に発見されたことや、さらに四人とも死んでいて一人も逃げられなかったことなどから不審を抱かせた。死体を表にだして、筵《むしろ》の上にならべてみたとき、焼けただれた四つの顔をみていた係官は思わず息を呑んで顔を見あわせた。死体に妙なところがあったからである。

四人の中の三つが無惨《むざん》な形相《ぎょうそう》をしていた。よくみると、伝助とりきとまつが棍棒《こんぼう》か鉈《なた》かで強打されている。大きく頭蓋骨《ずがいこつ》が割れているのだった。髪の毛は男女とも焼けちぢれ、すりむけた肌《はだ》が割れたザクロ口から桃いろの肉腫《にくしゅ》をふきあがらせている。逃出すことは周囲の火気に押されて不可能だったにしても、焼け落ちてくる柱が頭に当って、こんなに大きな裂傷が出来るとも思われない。しかも、四人はべつべつの四カ所に倒れていたのである。三つの死体が、どれもこれも左右上額部を斜めに脳天からまるで刃物で切りつけられたように割られているのは、係官たちをぎょっとさせるに十分だった。

〈撲殺《ぼくさつ》！　放火か――〉

　考えられることであった。付近の住人に聞いてみると、佐々田質店主夫妻は、近所づきあいもよく、人の好いところのある老夫婦で、まことに日ごろから用心ぶかい。質屋という商売からも火の元をおろそかにするということは先ず考えられなかった。息子の弥助はまだ二十八歳である。彼は駅前にある林業会社の事務員をしていたが、山の現場にも働いたことのある屈強の若者だった。妻のまつは同町内の飲食店の長女でまだ結婚間もない二十三歳であった。年より夫婦はともかく、若夫婦だけでも、いくら火の手が早く廻《まわ》ったにしても、火中を突破して逃出られなかったかと、不思議に思われた。

「撲殺したあとで、放火したにきまってますよ、弥助には傷がありませんからね」

　係官たちは目前の弥助の死体をみてささやきあった。焼け落ちた屋根板や瓦《かわら》の類を棒でかきわけて、火元の台所付近を調べると柄《え》のついた薪割《まきわ》りが出てきた。恐るべき兇行《きょうこう》は強固なものとなった。血痕《けっこん》のついた一個の鉈で裏付けられた。

「一家皆殺しですよ。それとも無理心中でしょうか」

　係官たちは蒼白《そうはく》になった。この一軒の質屋から出た火は台風のあおりを喰《くら》って、町の大半を罹災させたのだった。海風の吹きすさぶ秋の音を聞きながら、人びとは大きな憤怒《ふんぬ》をおぼえて、無惨な四人の死体をみていた。

三

翌九月二十一日、焼け跡に板囲いをめぐらせただけの岩幌警察署の対策本部は、消防団員との連絡会議をもった。席上、田島清之助巡査部長は、火元の佐々田質店調査の結果を次のように報告している。

「佐々田老夫婦は、伝助が六十二歳、細君が六十歳、ともに愛想のいい町内でも評判の人物であったことは、町の人たちも認めているところです。人に恨みを買うというようなところはみえなかった。ところが、現場の模様から推察しますと、誰《だれ》かが三人を撲殺した疑惑が濃いのです。われわれは最初、若夫婦と老夫婦との内輪もめから、このような無理心中が起きたのではないかと推察して、弥助の性情や、日頃《ひごろ》の行動を林業会社の赤松さんからきいてみました。ところが、弥助は親爺《おやじ》ゆずりの温厚な男で、口かずの少ない、同僚とも喧嘩《けんか》一つしたことのない真面目《まじめ》な男だったということがわかりました。妻のまつも、年より夫婦とは、惨事の起きる三日前に、雷電山の麓《ふもと》にある朝日温泉へ湯治に行ったりしていますし、仲もよかったということです。内輪からあのような兇行が演じられるはずはまずないと思われます。ところが、死体は三人とも見るに耐えないほどの左右上額部の大きな打撲裂傷をもっていました。伝助とまつは右上額部、りきが左耳上から額にかけての傷です。四人のうちで弥助だけが傷がないところから三人を撲《なぐ》りつけたことは考えられても、自分も逃げないで死んでいるというのが不思議です。私は本事件は、怨恨《えんこん》か、それとも流しの仕業《しわざ》に相違ないと結論するものです。質屋でありますから、現金をもっていたことは当然想像されますし、泥棒《どろぼう》に入ったが騒がれた。そこで、撲殺した。金品あるいは貴金属など、金目のものを盗んで逃亡する際、台所口で火をつけ、一家心中に見せかけて完全犯罪をたくらんだんではないかと推察されるんです」

田島清之助は、町でも有力な警察官であり、人望もあった。浅黒い顔をひきしめて、ゆっくりした口調でいう彼の発言にうなずかない者はなかった。消防団員も、付近の駐在所からかけつけてきた巡査たちも大きく下顎《したあご》をひいて聞き入っていた。このとき、本田という消防署長が口をはさんだ。

「田島さん、出火は朝の八時十分ごろとなっていますね。すると、泥棒は朝方早くに佐々田質店へ入りこんだわけですか」

「いや」

と田島清之助は無精髭《ぶしょうひげ》の生えた丸い顔をむけて、

「朝八時前というと、あすこらあたりは焼けた西町小学校の近くでもありますから、登校する児童たちがもうちらほらみえたはずですし、通りの人家も起きていました。胡散《うさん》くさい男が入れば人眼につくと思われます。で、犯人が佐々田家に侵入したのは、おそらく夜ではないかと思われるんです。というのは赤松さんの会社は九時にはじまりますし、弥助さんは八時三十分に自転車で家を出る習慣だったといいます。そのころだと、細君のまつさんも起きて炊事をしている時刻ですからね。朝に押し入ることはまず考えられない。私の考えでは、犯人は夜、八時か九時ごろ、まだ質店の大戸があいているころに客を装って入った。そこで居直ったとみられるんです。すでに、弥助、まつは自分たちの部屋にいたことでしょうし、主人の伝助かりきかが応対に出たと思われます。犯人は、上がりはなに腰をかけ、質草を出して、主人にみせた。すきをみて、りきさんも一しょに、先ず玄関口で撲りつけたんです。その証拠に、伝助さんは土蔵の口、りきさんは玄関先で発見されております。犯人は、二人を殺したあと、悲鳴をきいてかけつけてきた弥助とまつを追って奥の間に押入り、息子を部屋の敷居ぎわで、まつを台所口でやはり撲殺したとみられます。あとは、土蔵の鍵《かぎ》をあけて、金品を物色する。その夜は、死人のいる佐々田の家でひそかに泊ったとみられるのです。そうして、明方になって、台所口に放火して何喰《なにく》わぬ顔で逃亡した……」

田島巡査部長は息もつかずに以上のことを述べた。彼は張りつめた声でかさねていった。

「皆さんの協力を仰がねばなりません。犯人はすでに逃亡しているからです。私は札幌本部にも電話でこの由《よし》報告しておきましたが、小沢、共和村など隣接町村では、今朝から非常態勢をとって犯人逮捕に協力していることと思いますが、万一、犯人がまだにこの町に潜伏しているならば自殺のおそれもあります。またそれに、佐々田質店に出入りしていた札つき不良青年など、町の若者を虱《しらみ》つぶしに調べてみる必要があります」

灰燼に帰した黒こげの町には、三十九名の死者が丘の上の保健所のタタキに収容されていた。負傷者は町内の病院、医院に充満している。田島清之助巡査部長は、いまだにくすぶっているこの町からようやくにしてつながれた電話線を通じて、札幌方面隊本部に佐々田質店一家殺しと放火犯人追及のための緊急応援隊の出動を懇請している。

四

岩幌町西町の佐々田質店の出火原因は、一家強殺犯人の放火によると推定された。

岩幌警察署は、緊急災害救助法の発動をみたので、罹災者の救助はもちろん、火事場盗難の警戒に忙殺され、署内は混乱の渦中《かちゅう》にあった。しかし、九月二十一日の朝十時には、「佐々田質店強盗殺人放火犯人捜査本部」という看板を掲げている。

考えられることは、犯人は佐々田質店と顔見知りか、それとも、店内の事情にいくらか通じている者の仕業にちがいない、ということであった。台風の前ぶれもあったことだ。いくら質草をもって現われたにしても、初対面の男に、主人の伝助が愛想よく応対するはずはない。付近の話だと、佐々田質店は、きまって、夜九時には閉店する。伝助が戸じまりを担当していた。紺ののれんのかかった玄関の戸も、玄関から一メートルぐらいしか離れていない門の戸も鍵《かぎ》をかけるのが習慣だったそうだ。九時以後の客は塀《へい》の端にある裏口のくぐり戸を使用する。顧客によっては、この裏口のくぐり戸を敲《たた》いて伝助を起す者があった。用心ぶかい伝助は、鉄格子《てつごうし》のはまった台所の窓から裏口をのぞいて、よほどの顔見知りでないと、あけてくれなかったという事実も判明した。

係官たちは十九日夕刻から九時ごろまでの時刻に、佐々田質店の前を通った人に物音がしなかったか聞いてみたが、これといった証言はなかった。風の強い夜であったことが困難にしたのである。

とすると、やはり、顔見知りの顧客と推定されてよい。主人が愛想よくその客を入れたとみていい。ところが、肝心の台帳や帳簿の類は焼けてしまっており、犯人の目撃者である一家四人が死んでいるのであるから、手がかりを摑《つか》むのに困ったのであった。町の住人の中で、質屋通いをしている者に申出てくれと懇願してみても、正直に、全部が全部申出てくることも考えられなかった。捜査は最初から壁にぶっつかった。

縁故関係にしぼってみた。老夫婦の過去や、弥助、まつの結婚当時まで詳細にしらべたが、怨恨《えんこん》を抱かれるような事情はなかった。やはり、流しの兇行《きょうこう》か、ということになった。岩幌町の若者や不良の札つきが虱つぶしに調べられた。すべてアリバイがあった。本部は頭をかかえた。迷宮入りになるにしても、全町の三分の二を焼失した大火災の原因ともなった、憎むべき犯行である。罪は重い。警察は、如何《いか》なる手段をとっても、町民の前に犯人を検挙してみせねばならなかった。

「やはり、流しですか」

思いあぐねている田島清之助の前へきて、小樽《おたる》から応援にきた荒川という年輩の刑事がいった。

「本人は、最初に一家殺しなど考えていなかったかもしれませんね。衣類か何かで金を借りようとして訪ねてきた。主人はこっちの思う額面を貸してくれない。よくあるケースですよ。わたしも昔はよく質屋通いをしたもンですが、質屋の主人の値踏みというヤツは、こっちの思う額よりはたいがい下まわった値をつけるもンです。カッとなることもありますな。それでご不満ならどうぞおひき取り下さい、なんていわれると、切羽《せっぱ》つまった短気男は、むらむらと殺意が湧《わ》いてくる。そこで、居直ったンです。騒がれた。しかし、この声は大風だったので、幸い隣家にはきこえなかった。犯人は、急に殺伐《さつばつ》となり、四人とも皆殺しにしたんです。放火は主任さんのいわれる通り、朝になって証拠湮滅《いんめつ》をかねて、一家心中にみせかける知恵を思いつき、火をつけたンでしょう。ところがこんな大火事になろうとは本人だって考えていなかったでしょう」

「大火事が逃亡を助けたということになった。混乱にまぎれてどこかへ消えたンだ」

と田島清之助は怒ったようにいった。

「町民の中に犯人がいるのなら、行方不明者の中に容疑者が出てもいいと思いましてね、火事で死んだ三十九名はもちろん、遠出している人間を徹底的にしらべてみました。死んだ者は逃げおくれた年寄り子供が大半で、若いのが三人いましたが、三人とも病気で寝ていて逃げおくれています。まず、この死者の中にはいないと思います。すると、二十日から二十一日に姿を消した男ということになるわけですが、各交番からの申告をみてますと、該当者はありません。澱粉《でんぷん》会社の社員が二人札幌へ出張していったのと、税務関係の吏員が二人小樽へ行ったほか、町を出た者はありませんでした。旅館、飲食店などしらべていますが、この方からも容疑の濃い申出はないんです」

本部は地だんだを踏んだ。二十一日から二十四日まで、四日間を、総出で犯人捜査に走らせたが、これといった聞込みはない。一切が徒労に終ったのである。巧妙な犯行といえる。偶然とはいい条、予期しない大火災を併発したために、混迷が生じた。完全に犯行をくらませる結果になった。

五

本部がいつまでも犯人を挙げないと、世間は、おかしなもので、新聞に発表されている当局の推定はまちがっているのではないかといいだす者が出てきた。つまり、内部犯行説が擡頭《たいとう》してきた。

林業会社につとめていた息子の弥助は、常日頃、伝助の営む質屋を好いていなかった。自分は一人息子だからして、ゆくゆくは質屋を受けつがねばならないことを考えると気が重い。貧乏人を相手にして、金を貸すのだからいいようなものの、親爺《おやじ》の働きぶりを見ていると、結局は情けをかけた処置も相手に通じない場合が多い。親切心から金を貸していても、いかにも強欲《ごうよく》な高利貸のように思われるのだ。そんな商売は自分はとうてい出来ない、と、弥助は同僚にもこぼしていたそうであった。

あるいは、十九日の夜、相続のはなしが起きて、弥助が自分の意志を表明したことで伝助とりきがびっくりし、息子の考えちがいであることを説得した、弥助は温厚な性質だったが、そのことだけは、妥協しなかったとみられぬこともない。口論になった。血をみた。あるいは深夜、伝助か弥助かが、突如として狂人のようになって、恐るべき兇行を演じたか——。考えられないケースでもない。町民にしてみれば、黒板塀に囲まれた、大きな土蔵をもった佐々田の屋敷が、どこか暗くてしめっぽい感じがしたのも、そうした推断の資料となった。噂《うわさ》がひろまりだすと、本部の中にも、内部説を主張する係官が出てきた。

「内部説は弥助の兇行とみますね。弥助だけが、傷を負うていなかった。煙にむせて昏倒《こんとう》して焼け死んだ。弥助がなぜ殺《や》ったかというと、これは伝助の爪《つめ》に火をともすようなケチな根性が弥助の反感を買ったとみられますね。伝助は、札幌銀行岩幌支店に九十二万円の定期預金と、普通口座に七万二千円の貯金をもっていることが判明しました。おそらく現金は例の預金封鎖以来あまりもっていなかったンじゃないかと思いますね。伝助は預金が封鎖になった時は狂乱せんばかりに支店長に向って罵倒《ばとう》をあびせたということです。感傷的な一面もあったようで……彼はタバコも吸わず、酒も呑《の》まずに銭《ぜに》をためたが、その銭が使えぬことになったときいて目先が真っ暗になったといったそうです。酒呑みの漁師の方が、よっぽどましだとどなり散らしたそうです。封鎖は政府の一時的な措置で、早々に解かれる日がくるだろうと支店長は説明したそうですが、頑固《がんこ》な伝助はくちびるをふるわせて怒って帰ったといってました。時代の急変してゆくことも、いくらか、この小心で律儀《りちぎ》なしまりやであった質屋の主人の精神状態を追いつめていたとも考えられますしね。そんな時、息子が質屋などやめてしまえといいはったとすると、伝助はカッとなります。私は、旭川の署にいましたころ、深川町で起きたタバコ屋の一家七人殺しにも捜査を担当しました。この時だって、最初は流し説で、札つきや炭鉱関係の荒くれ者を虱つぶしに当りました。けれども、容疑者は出てこなかった。そこで、内部説に切りかえてみて捜査をはじめからやりなおしたンでしたが、十日目に次男の兇行ということになった。次男がバクチをおぼえて、外に借金が出来た。親爺に泣きついたところ、猛烈な叱言《こごと》を食った。カッとなって、首を締めたンです。このとき兄弟が加勢したので、とうとう、次男は、薪割《まきわ》りをもち出し、一家七人を滅多《めった》斬《ぎ》りにしたンです。このケースなんかと、どこか現場の模様が似ているような気がしませんか」

田島清之助は聞いていて、腹がたってきた。もし内部説が当っているとしたら、焼け跡の金庫からいくらかの現金が出てこなければならない。金庫は空っぽだった。質屋に現金がないなんてことは考えられない。

〈やっぱり流しの物盗《ものと》りが居直ったンだ……〉

田島は歯を食いしばって初心を捨てなかった。

六

五日経《た》つと、焼け土の上にバラックが建ちはじめた。中には、焼けのこった柱やトタンをつなぎ合わせた掘立小屋に、一家五人もの家族がぎっしり詰めこまれている風景も見うけられた。焼夷弾《しょういだん》をうけて焼失した町の姿に岩幌は似ていた。アメリカ空軍は、北海道は、あまり空襲していなかったので、岩幌は昔のままだった。それが、人災によって終戦二年目に灰土の町に化したのだ。

田島清之助は、署のある大通りから五百メートルほど山の手に上った官舎に住んでいた。自家が焼けのこったということもあって、仕事を済ませて、焼けただれた町を通って家に帰る足が重いのであった。

通りは塵埃《じんあい》の山である。トラックで海岸の埋立地に運んではいるものの、なかなかはかどらない。食糧事情のきびしいせいもあって、腹いっぱい食べていない町民には元気がなかった。それに、残暑がきびしい。毎年なら、もう秋の音がとっくにしていなければならないのに、この年は、気違いじみた天気つづきでじりじりと焼けつくようにトタンが焼けた。

田島は、家には三十九歳になる由枝《よしえ》という妻と三人の男の子があった。学校が焼けたため、子供たちは、坂の上の寺院でひらかれている仮校舎で勉強していた。

兇悪な犯人によって、町じゅうが悲惨のどん底に見舞われている。田島は歩きながら、憎んでも憎み切れない犯人の容貌《ようぼう》を想定してみた。

あの現場の模様からいって、相当な力もちの男にちがいないだろう。年齢は二十五、六前後とみていい。性情は兇暴らしく、一人を殴りつけたあとで、りきとまつの脳天も割ったのだ。

〈ところが弥助だけは無傷だった……〉

これに疑問はのこる。なぜ、弥助にだけ傷がなかったのだろう。ひょっとしたら、犯人は弥助の知人ではなかったろうか。弥助を殴りつけないで、伝助と、女二人に兇暴をふるっているのは、女に対する怨恨が匂《にお》わぬでもない。

〈流しではなくて、計画犯行か……〉

いろいろと想像はできるのだった。田島は五日間、頭の中で、あらゆる推定をしてみていたが、それらのいずれもが、ぷつりと糸の切れるように、途中で裏切られてゆくのをおぼえた。捜査は長期が予測された。

十月二日の夕刻であった。本部で例のとおり、会議を終え、署長の桑田警部といっしょに霧ヶ丘の官舎へ田島はもどってきた。

「俺《おれ》は内部説はとらないね。君のとっている外部説にことごとく賛成なんだ。いいかい。確かに四人は殺されているんだ。人間のやったことに手落ちのないはずはないんだ。みんな灰になってはいる。しかし、人間のしたことなんだから、どこかに証拠がのこっているはずだ」

と署長はいつになく元気をつけるように田島に何どもいった。田島は心強い気はしたけれども、どことなく、その署長の言葉のうらにうつろなものを嗅《か》ぐ思いがした。三叉路《さんさろ》で、署長と別れて、ひとりきりになると、充血した眼《め》がうるんでくるほど憤怒がわいてくる。いつものことながら、家にさしかかる急なこの坂道は、その日も徒労に終った田島の疲れた眼においかぶさるように在った。

田島は玄関の戸をあけて、入った。と、由枝が三畳の敷居に立っていて、

「おかえり」

といった。顔いろをうかがうようにして、うす暗い家の中を背景にして立っている。妻の細い顔がこの時妙に田島の眼をとらえた。

「いま、そこで、紺の背広きた人に会わなかったですか」

と由枝はいった。

「誰《だれ》とも会わないよ」

不機嫌《ふきげん》にいって、靴《くつ》をぬごうとすると、

「この人、五分間ほど前に、表をぶらぶらしてきますっていったわ」

名刺だった。由枝がさしだすその紙切れを受けとってみると、田島は胸さわぎをおぼえた。急に田島は背中をどやしつけられるような大きな音を自分の耳にきいた。活字はたしかに次のように読めたからである。

網走《あばしり》刑務所看守部長　巣本虎次郎

鉛筆の走り書きで、余白にこんな字がみえた。

——折入っておはなし致したきことあり、参上いたしました。少し町をぶらぶらしてまいります。——

〈なぜ、署へ来なかったのだろう……〉

そのことが不思議に思われた。

七

網走刑務所からきた巣本虎次郎という男は、それから十分とたたぬ間に、田島清之助の家の玄関に現われている。

田島清之助は、由枝から名刺をわたされ、心待ちしていた矢先だから、足音をきいただけで、玄関の三畳に迎えに出た。暮れ初《そ》めた坂下の町屋根を背景に、ぽつんと突立っている五十すぎのやせた貧相な小男をみた時、田島は身構えるような姿勢になった。

「わたくし、巣本虎次郎といいます。網走の看守部長をいたしております」

いんぎんに頭を下げると、男は敷居をまたいで、タタキの上に泥《どろ》のはね上がった靴先を合せた。

「ちょっと、田島さんにたずねたいことやら、おはなししたいことがありましてね……」

左眉《ひだりまゆ》と上瞼《うわまぶた》のあいだに、小豆《あずき》大のほくろのある細い眼をしょぼつかせ、巣本虎次郎はせっかちにいった。

「汽車の都合で、夜分になってしまいました。ご勘弁ねがいます。ここで結構ですから」

男の子のローラースケートやら履《は》きふるした下駄《げた》のちらばっている上がりはなに、巣本は疲れたらしい腰を下ろして、人の好さそうな細眼をしばたたかせている。

「ま、おあがり下さい」

看守部長といえば、永年勤務者であるし、顔の皺《しわ》をみると、すでに停年近い年齢に思えた。遠い網走から、わざわざ、自分をたずねてきてくれたことにも、熱いものを田島は感じたのだった。

「さ、おあがり下さい。いま、署から戻《もど》ったところなんですよ」

そういって、ひと先ず、奥の六畳へ客を通した。うす明るい電球の下で黒檀《こくたん》の机をはさんで坐《すわ》ると、巣本虎次郎はあらためて礼をのべた。

「じつは、岩幌大火の原因の質屋殺し容疑者の件です……」

ぽつりと切りだした。控え目な態度でありながら、低くつぶやくような声を出す看守部長の声は、いま、網走から胸いっぱい詰めこんできたものを、ようやくにして吐きだすのだといった感じを田島にあたえた。

「容疑者がいたんですね」

田島は膝《ひざ》をのりだした。ひょろながい巣本の顔にじいっと見入った。

「新聞を拝見していますと、火事は質屋殺し犯人の放火だと、はっきり決ったようですが、私に心あたりの男が二人いるんです。ご参考にと思ったもンですから、札幌へ用事があって来たついでに、あなたにお報《しら》せに上がったわけです……」

田島はごくりと咽喉《のど》を鳴らした。待っていた日が来た。網走を脱獄した男がいたのか。それとも、出獄して間なしの容疑者らしい男に、看守部長はめぐりあったにちがいないのである。

「いって下さい」

田島清之助は、妻の由枝がもってきた茶盆《ちゃぼん》を机の上にのせると、心もち指先をふるわせ、急いで湯呑《ゆのみ》に自分が茶を入れてさしだした。

「今年の六月のはじめでした。私どもの刑務所から仮釈放になった木島という男と沼田という男がおります」

巣本虎次郎は色あせた紺の夏背広の内ポケットから、黒表紙の手帳をだしてめくると、

「ああ、あれは、雨のふる寒い日でした。六月の十日でした。木島忠吉も沼田八郎もともに内地の富山県の男でしてね……木島は強盗で前科六犯、沼田の方は殺人未遂でこれも強盗を働き、共にB級受刑者でした。ふたりとも、六年の刑に服していたんですが、六月はじめに、仮釈放ということになりましてね。木島は四年九カ月目に、沼田は五年と一カ月目に同日釈放になりました。帰住地は、木島の方は富山県東砺波《ひがしとなみ》郡上平村の赤尾という部落で……沼田の方は、婦負《ねい》郡の大長谷《おおはせ》という山の中の部落でした。ふたりの帰住地は偶然に隣合っておりますが、じつはこの者たちは、帰住したはずの本籍地に、どちらも帰っていないことが判明したンです」

「帰っていない?」

「は、左様です」

巣本虎次郎はひっこんだ眼を光らせている。

「確認しましたのは、じつは、わたくし、この七月に金沢まで参りました節、ちょっ

と、ふたりのことが気にかかったもンですから、本籍地へ立寄ってみたンです。ふたりとも、帰住地には帰っておりません」

田島は老看守部長のシミの出た浅黒い顔をにらんだ。どうして、網走の看守部長が、わざわざ、終刑者の帰住地までゆく気になったのだろう。

「巣本さん、あんたは、わざわざ、その二人の帰住地へ」

「金沢刑務所に護送する受刑者で、これは十五年の刑に服している松守由造という殺人犯がございました。この男を金沢へ私どもの刑務所から、戸沢、三田というふたりの看守といっしょに護送したんです。その節、わたくし、出張期間に二日ほど余裕がありましたんで、所長の許可を得て富山で途中下車して、東砺波郡と婦負郡までいって参りました」

「ほほう」

田島は咽喉をごくりと鳴らした。

八

「ま、こんなことは、珍しくはありません。私ども長い看守生活をいたしておりますと、受刑者とは毎日顔を合せているうちに、妙な言葉にきこえるかもしれませんが、わが子のように思える受刑者もできるようなわけで……。五年近い年月を一つ屋根の下の監房で見かけてきた木島も、沼田も、私によくなついていて、仮釈放の許可が出ると私にもあいさつにきました。作業成績もよく、終戦前までは、稲作りのベテランでもありましたし、なかなかの働き者でした。出入りしております曹洞宗《そうとうしゅう》の坊さんで沢野という教誨師《きょうかいし》がおりますが、この方も太鼓判を押されるほど、ふたりは他の受刑者にくらべて勤勉でした。そうしたことから谷沢所長が仮釈放に判を捺《お》されたンだと思います。私にも相談がありましたがもちろん賛成しました。木島忠吉はやはり百姓出です。高岡市で強盗現行犯で逮捕され、高岡地裁から廻《まわ》されてきております。沼田の方は、これは、婦負郡の木樵《きこり》の次男でして、山仕事で気性の荒い男でした。昭和十七年ごろ、魚津《うおづ》の町で沖仲仕をしていたとき、町内の雑貨商へ夜中に押入り強盗を働き、主人に傷を負わせて逃走したんです。捕《つか》まったのは伏木《ふしき》市内でした。これも富山地裁で六年の刑が決り、私どもの刑務所に送られてきたんです。まじめに刑に服して、教誨師や私どもが見ても、情状酌量《しゃくりょう》の余地が多分にみとめられ、地方に出しても安心だと思われたものですからね、所長さんも仮釈放を申請され、司法大臣から許可がおりたのです。六月に出所しました。ところが、あんた、ふたりとも、いいあわせたように帰住地に帰っておりません。じつのところ、わたしははっとしました」

「ふたりは、まだ道内にいるんですか」

田島はせり出した膝をひいて、冷たい茶をごくりと呑んだ。

「さあ、それはわかりません。魚津の押入り強盗と、当地の質屋一家を襲った犯行が、どこやら似ているようで……沼田八郎の手口じゃないかとわたしはまず新聞をみて思いついたものですからね、こうしてお報せにあがったんですよ」

「巣本さん」

田島は、わきの机のひき出しから便箋《びんせん》を取りだすと、いそいでペンを走らせながら訊《き》いた。

「沼田はいくつぐらいですか。この岩幌へきたことはなかったでしょうか」

「この町にきたことがあったかどうか知りません。沼田は二十七歳。網走へきましたときは二十二でした。中肉中背で、顔立ちのまるい、つるつるした肌《はだ》の男です。ちょっと見では、とても、殺人未遂強盗などやるような男にはみえませんでした。しかし、富山の在所にいってみて感じたことですが、大長谷というところはずいぶん山の奥のへんぴなところでしてね。親爺さんにも会ってきましたが、気性の荒そうな頑固爺さんでしたよ。その息子ですからな、つるつるした顔に似合わず、内面には強いものももっていたと思います。五年間の受刑生活でも、そういう面はたしかに私どもにもよくみえておりました。しかし、気性の荒いのは本人の生来のもので、向けようによっては、これが、良い方に向くと、なかなか社会人としても成功者となりかねません。網走は、刑務所の中でも極刑地といわれます。作業の中心は農業でして、B級受刑者でも、逃走の心配さえなければ、集団的に小舎《こや》に寝泊りさせて、作業をさせておりますが、沼田は一徹な気性を、この勤労作業に向けて、なかなか熱心でした。累進《るいしん》も目に見えてよかったです。あれが、もし、刑務所を出て、ふっと出来心で、岩幌に迷いこみ、恐ろしいことをしたと思うと、私は、はらわたが煮える思いがします……」

「………」

田島清之助は視線をじいっと老看守部長の顔にあてていた。

「もう一人の木島といっしょに出所した。ひょっとすると、共同犯行ということも考えられますね」

ぽつんといったが、田島はここで思いなおすように首をかしげた。

「佐々田質店の放火現場の調査では、二人の押込みは考えられませんね。今までは、単独の流しということで一応捜査をすすめてきたわけです。が、二人組とは考えていなかった……」

「いや、田島さん」

巣本虎次郎は語気をつよめた。

「木島と沼田がやったと私はきめてかかってきたわけではありません。もし、ひょっとすると……という気もちが強いだけですよ。当地で、流し犯行捜査が壁にぶっつかったときいたので、参考までにこの男たちの人相写真から目撃者の洗い出しをしてほしいと思ったまでなのです」

巣本はポケットから二枚の写真をとりだした。それは、名刺判大のうすよごれた写真だった。現像液の不備からか、それとも、写真が古いためか、すでに印画紙の周囲が、黄ばみかけていた。皺《しわ》くちゃの写真である。

「こっちが沼田八郎、こっちが木島忠吉です」

巣本はさも大事なものを手渡すように、田島清之助にさし出した。田島は受けとってじっと瞠《みつ》めた。

沼田八郎はなるほど、丸顔で、つるりとした顔をしていた。造作もみにくいほどではない。鼻梁《びりょう》も高い。眼もほそい。どうみても兇悪犯人とは思えない。いっぽうの木島忠吉は、やせて、ひょろりとした小造りな軀《からだ》だった。顔は寸づまりのように小さく、額の生《は》えぎわも、眉《まゆ》の上にせまくかぶさったようにせばまっていて、いかにも、犯罪者らしい顔といえぬこともなかった。

「どちらかというと、木島の方が罪人らしい顔にみえませんか」

「ごもっとも……」

巣本虎次郎はわずかに口角に微笑をたたえた。

「兇悪犯人は、人相に出ております。がいして、小造りで、蒼白《あおじろ》い顔をした、ひ弱そうな男に多いようです。常識では、大男でいかつい軀つきをした男が兇悪なように思われますが、得てして、大男という奴《やつ》は、内心そんなにわるいことはできない。小心というか、善良な者が多いです。それに比べて小男の劣等感といいますかな、じっと我慢して耐えてきていたものが、相手によってカッと噴出します。その時はとんでもない悪事をしでかすんです……」

田島は巣本のいうことをききながら、じっと二人の写真をにらんでいた。ふと、こうした終刑者が、帰住地へ帰っているかいないか、わからぬような状態で、野放しにされている刑務所の無責任さが、腹を逆なでるような怒りとなって湧《わ》いてきた。

「さっそく、捜査計画の中に入れて、二人の目撃者を洗ってみますがね」

と田島清之助はいった。

「しかし、巣本さん、二人は六月に出所している。約三カ月を道内でぶらぶらしていたことになりますよ。仮釈放の男を、そんな杜撰《ずさん》な処置で野放しにされていて刑務所は何とも思われないんですか」

「といわれますと」

巣本は眼をしばたたかせた。

「つまりですな。私のいいたいことは、いくら作業成績がよく、改悛《かいしゅん》の色がみえていても、それは刑務所内のことであって、出たいいっしんに、勤勉を装っていたということも考えられますね。どこまで、人間を所長さんが信用されていたかということなんですが」

心外なといったひびきをこめて田島はいった。

自分はひとりの警察官にすぎない。つまり、犯人を検挙する仕事にたずさわってきている巡査部長である。検挙した犯人は検事局へ送られてしまうと、もう警察官の手に戻《もど》ってはこない。あとは裁判所に委《まか》せるわけだった。だが五年前に、折角、自分たちが苦労して捕えた犯人が、またぞろ何喰《なにく》わぬ顔で、刑務所から放たれている。田島の不安はそこにあった。

九

「所長さんがいくら太鼓判を捺されてもですな。それは刑務所内での本人の素行を見ておられて判断されたことであって、当人が世の中へ出て、これからどうして生きてゆくだろうかということになると、あまり関心がないようですね。出獄間のない犯罪者がすぐ前科を重ねた事件に遭うたことはあります。制度が不備なんですよ。巣本さん、そんな気がしませんか」

「………」

巣本虎次郎は細眼をしばたたかせた。

困ったような顔になると、やがて、ゆっくりした語調で、

「日本にはまだ保護観察制度というものは発達しておりません。わたしらも日頃《ひごろ》からそのことでは不満をもっているンです。あなた方が犯人を検挙される。これを裁判所に回して、刑務所に送ってくる。わたしらはまるで、隔離病院で患者を待っている医者か助手に似ております。犯罪者は高い壁に囲まれた、つまり社会と断ち切られた所内で矯正《きょうせい》指導されます。しかし、考えてみると、罪はシャバで犯してきている。刑を

終えると、またそのシャバへ帰ってゆく。げんみつにいうと、矯正指導はシャバでやらんことには何にもならん。とまあ、こんな極論を言出す人も所内にいるほどですからな。しかし、田島さん」

と巣本は語気をかえた。

「あんたのいわれるように、たしかに制度には落度の点はみとめられます。しかし、今日ほど、また、犯罪者の多い時代はないともいえます。私ども網走だけをみましても、終戦の年から今日まで、数字は倍近いほど上昇しております。実のところいまは、うちは、満員なんです。昔は極刑者が多かったが、このごろでは、六年からの受刑者も入っております。よその刑務所さんも、まあ、似たりよったりの事情なんでしょう。犯罪の多い原因は、敗戦ということにあります。道内だけでも、新聞の発表をみますと、たいへんなピークで、兇悪犯罪は諸所に起きています。仮釈放されてゆく者はともかくとして、終刑者の帰住後の観察に気を配っておる間《ま》はないんですよ」

「帰住地の管轄《かんかつ》区に保護観察官はいないんですか」

「おりません。検事正さんが、連絡の手続きだけはして下さいますがね。まあ野放しといわれてもしかたありませんな」

巣本は自嘲《じちょうてき》的な笑《え》みを口角にうかべて、つづけた。

「本人が立派に矯正されていることを確かめないかぎり、わたしどもは仮釈放はしない。いちいち司法大臣の認可もとります。われわれとしましては、みすみす前科を重ねそうな男をシャバへ出すはずはありませんよ。しかし今日のようにあとからあとから、送られてくる犯罪人の処理に追いかけられますと、つい、出獄者の更生に手をかける余裕はない。これが実情なんです」

田島は溜息《ためいき》をついた。

恐ろしいことといわねばならない。昭和二十年から二十二年ごろにかけての日本の犯罪者更生事業というものは、まったく無策の状況下に置かれていた。現行制度の犯罪者予防更生法なるものが実施されたのは昭和二十四年七月である。

それまでの司法保護事業は、民間の一部篤志家《とくしか》によって行われてきたにすぎなくて、各地方にある検事局の検事正が、片手間に、管轄下の帰住地に帰った犯罪者を確認する程度であった。それも書類上の手続きが行われただけで、現在のように、保護司が直接帰住地で本人を迎えるといった風景は見られなかった。

保護司の資格や、身分、職務などに規定を設けて、各地方に保護観察官を置いたのは、翌二十五年の五月、おそまきながら保護司法なるものが制定された。しかしながら、この物語のはじまっている昭和二十二年は、そのような制度は勿論《もちろん》ない。無為無策といってもいい受入れ体制のシャバへ、終刑者や仮釈放者は、ぞくぞくとして野犬のように放り出された。

「巣本さん、それじゃ、木島と沼田は網走を出たときは、富山県の帰住地へ帰るといったでしょうが……いったい、どれくらいの銭《ぜに》をもらって出たんです？」

「はい、二十七円五十銭支給しております」

「………」

田島は巣本のしょぼついた眼をにらむように見た。

「えろう、そら、少額ですな。それは、なんですか、汽車賃はもちろんべつで……」

「いや」

と巣本虎次郎はまた困ったような顔になった。

「汽車賃も含まれております」

「衣服は」

「それは本人のものがありました。入所した時のどんなものでも領置品としてわれわれは保管しておりますからね。返してやるわけです」

「沼田と木島はつまり入所当時の服装で」

「そ、その服装ですよ」

と巣本は、田島がまだ手にしながら眺《なが》め入っている二葉の写真を指さした。

沼田八郎は、膝《ひざ》がしらにつぎ布をあてた軍服ズボンのような丈夫なものの上に、黒っぽいジャンパーを着ていた。前合せの第二ボタンがとれている。メリヤスのうす汚れた肌着《はだぎ》がのぞいている。木島忠吉は、おそらくこれも国防色にちがいない、カラー襟《えり》のわりあいに小ざっぱりした五つボタンの服を着ている。

「この服なんかも」

と巣本虎次郎は考えぶかげにいった。

「本人の品物にはまちがいありません。出所の時は、帰住衣の設備はありませんでした。本人のものを着せて帰らせたわけです。沼田はジャンパーの袖口《そでぐち》とズボンの膝がしらに返り血をあびておりましたよ。魚津の殺人未遂のままで逮捕されていますからね。そいつを、わたしは本人に洗濯《せんたく》させましてな。かわくのを待って着せて帰らせたンです。雨の降るうすら寒い日でした。風呂敷《ふろしき》包《づつ》み一つもちまして、沼田はジャンパーの襟をたてて出てゆきましたよ。門のところまで見送った日をはっきりおぼえています」

「…………」

田島はごくりと唾《つば》をのみこんだ。その田島の顔から、巣本は視線をわずかにずらせる。

「いや、まったく、終刑者の帰住衣一つ整っておらんような状態では、困ると思うんですよ。かりにですな。わたしらが犯罪者だとしますと……五年、六年、所内で暮してきて、すっかり昔のことを忘れて出るにしましてもね。出獄の日に着せられる衣服が、血のついていた昔の洋服だったとすると、忘れていたはずの昔のことがついむらむらッとよみがえってくるにちがいありませんね。危険なことです。田島さん、あんたの仰言《おっしゃ》るように、たしかに杜撰《ずさん》きわまりない。わたしらも、このことは痛感しております。せめて、帰住衣ぐらいは、新しいものを着せてやりたいですな。晴れの出獄の日ですから。生れかわる日ですから」

巣本虎次郎は、冷たい湯呑を両手にささげるようにもちあげて、何ども啜《すす》るように呑んだ。

十

三カ月前に網走刑務所を出た二人、木島忠吉と沼田八郎が道内に潜伏しているやもしれぬという情報は、壁につき当っていた田島の捜査に、ある手がかりをあたえた。

とくに、沼田八郎に容疑が濃くなった。富山県魚津市で起した殺人未遂は、佐々田質店一家強殺の手口と似ている。ただ、魚津の場合は、放火していない点だけがちがっているだけである。

「調書によりますとね。沼田は、昭和十七年の五月十八日、雨風のはげしい夜八時ごろ、魚津市幸町五番地の雑貨商地引仙太郎さんの家に押入り、仙太郎さんが声をたてたので、店にあった洗濯板で撲《なぐ》りつけ、昏倒《こんとう》させ、帳場の金庫から十一円の紙幣を強奪して逃亡しました。仙太郎さんの妻りよさんが、二十分後に駐在へかけつけて発覚したわけです。翌日、伏木市内で沼田は逮捕されました。沼田は沖仲仕のたむろする『あさがお』という呑み屋の常連で、その日も夕刻から一人で酒二本を呑み、七時に『あさがお』を出ています。ちょいちょい石鹸《せっけん》を買いにいったり、タバコを買ったりして、仙太郎さんの店や奥の事情を知っていました。ふいに強盗を思いついた。雨風のはげしい夜だったということに、わたしはこだわるンです」

と巣本虎次郎は眼に光をうかべて田島にいった。

佐々田質店の事件の夜も大風であった。手口はたしかに似ている。どちらも、風雨を利用していた。

田島は深くうなずいた。巣本がわざわざ報告にきてくれたことに感謝の心がわいた。

田島は、巣本が持参した写真と、沼田八郎、木島忠吉に関する環境調査の写し書を借受けた。そうして、汽車の時間を気にしだして、早々に帰ってゆく巣本を岩幌駅まで自転車をひきずりながら見送った。

夜であった。焼け跡のバラックから、裸電球がいくつもゆらいでみえる。野火のようにみえるその広い焼け跡の向うには、黒い岩幌湾の海があった。

「いかつり舟が出ていますね」

と巣本は田島の家を出た坂道の上で背のびして、

「わたしは、はじめて岩幌さんへきてみましたが、なかなか、こぢんまりしたいい町ですなァ」

といった。

「ここへきて、わたしは八年になります」

田島清之助は古自転車を、ゆっくりころがしながらきいた。

「巣本さんは、網走でもうどれぐらいになりますか」

「十七年になりますよ。任官しましたのは釧路《くしろ》でしたが、昭和五年に刑務所へまいりまして……それからずうーっと……ご存じですかな、網走は」

「いや、いちども……」

と田島は小皺《こじわ》のみえる巣本の小造りな顔をみながら、まだこげくさい匂《にお》いのまじっている夜の空気を大きく吸った。と、このとき、横を歩いてゆく、巣本虎次郎がこんなことをいった。

「岩幌は漁港だときいておりましたが、何ですか、普通の貨物船も入ってくることがあるんですか」

田島は、散歩しにゆくといって十分間ほど町へ出た巣本が、もう港の方まで足をのばして、積荷物のあたりをみてきたのか、と驚いた。

「貨物船といいましてもね、小さなものでして。ここは澱粉《でんぷん》会社があります、内地へ向けて、澱粉を運びます」

「ジャガ芋ですか」

「岩幌から奥の小沢にかけて、わりと広い農作地になっていましてね。そこでとれる芋を内地へ送るんですよ」

巣本はいかつり舟のみえる遠い海に向って胸をはった。田島清之助も、それにつられたように海をみていたが、急にこのとき、田島の頭にひらめいたものがあった。

「巣本さん」

田島はハンドルを曲げて足をとめた。

「沼田八郎は沖仲仕をしていたといいましたね」

「魚津の浜で仲仕をしておったンです」

「とすると……沼田がここへくるということは考えられますな」

「……」

「つまりですな、沖仲士仲間で、岩幌出の男がいたとか、いや、友だちでなくても本人が、船にのって一どか二どここへきたことがあるとか」

「……」

巣本がきょとんとして黙っているので、田島は独語するようにつづけた。

「これはいい思いつきだ。わたしはあした、さっそく、船関係を洗ってみますよ。佐々田質店殺しは、どうしても、土地カンがないことには考えられん。あの家の事情をよく知っていた者の仕業《しわざ》にちがいありません。沼田が何日間かここへきたことがあれば、佐々田へ質入れにゆくことも考えられますしね……」

巣本虎次郎は眼を光らせていた。

「なるほど魚津と岩幌、離れているようでも、海なら、同じ北日本の水が流れてゆく先です。富山もここも海つづきですよ」

田島の胸を鼓動が打った。

「わたしは、網走へ帰ってから、同じ房舎の者たちにもきいてみますよ、新しい事実がわかったら、すぐ報《しら》せます」

巣本虎次郎は岩幌駅につくと、魚籠《びく》のいっぱいつまった貨物車輛《しゃりょう》の隣にとびのり、がら空《あ》きの車内の窓をあけると、いつまでも、田島清之助に手を振った。汽車は暗い山あいへ、短い警笛を放って吸われた。

第二章　釈放者

一

田島清之助はその翌朝早く岩幌《いわほろ》署へ出ると、署長に網走《あばしり》からの情報をくわしく説明した。署長も田島のいう船関係を重視した。もし、沼田八郎が、岩幌にきていた事実があるなら、沖仲仕時代ではないのか。

田島は、町の海岸に近い通りにある、回漕《かいそう》業者、魚仲買人、澱粉《でんぷん》会社など、船を持っている者を虱《しらみ》つぶしに聞きあるいた。しかし、成果はなかった。なるほど、岩幌港から、内地に向けて農作物を運ぶ船は数多くあった。澱粉も船舶による運搬の方が費用が安いとかで、殆《ほとん》ど、船を利用している。田島は仲仕の集合所や、それらの会社の事務員にもきいた。魚津の沖仲仕を知っている者はなかった。この聞込みに一日を棒に振り、田島が疲れた足をひきずって署に帰ってくると、例の小樽《おたる》からきている刑事

が、

「沼田と木島がかりにこの町へ入りこんだとしたら、温泉からじゃないですかね」

と妙なことをいいだした。

「佐々田伝助と女たち二人は火事の二、三日前に朝日温泉へ湯治にいっていましたね。そこはどんな温泉か知らんが、奴《やつ》らと宿で知合うってことはないですか」

田島はぎろりとその刑事へ眼《め》を向けた。重大なことを見逃していた。火事のあった二十日、佐々田夫婦と嫁の三人が朝日温泉から帰って間もなくだったときいたではないか。

「どんな宿ですかね。朝日なんてわたしはきいたことがないが」

と小樽署の刑事はかなりこの思いつきに執心しているのである。

「雷電海岸から、山へ入りこんだ湯内《ゆない》川という川の渓間《たにま》にある小さな温泉でしてね、ニセコではまあ、昆布《こんぶ》、新見《にいみ》、朝日とわりと著名な温泉の一つです。しかし、五、六軒しか宿はありません。しらべれば、すぐわかりますよ」

と若い巡査が勢いこんでいった。

残っている聞込み先はもうそれぐらいしかなかった。回漕業者か沖仲仕の中に沼田と会った者がなければ、やはり、偶然説をとらねばならない。網走刑務所を六月に出て、そこらじゅう転々した二人が、何か闇《やみ》商売でもして金を握った。温泉あそびなどしている時に、偶然佐々田夫妻と知りあったのではないか。

「あす、わたしは雷電をのぼってみます」

田島は署長にいった。

「朝日温泉は蘭越《らんこし》町の方からも入ってこれますからね。岩幌を通らずに、倶知安《くっちゃん》町から、狩太《かりぶと》へ出て、尻別川《しりべつがわ》に沿うて海岸へ出る。裏から朝日へ入れるちゃんとした道もあります。このコースの聞込みは殆どしていません」

「ご苦労だが、じゃ、そっちを当ってみてくれるか」

署長は焼け跡に灯《ひ》のともりだした夕暮色をみていて溜息《ためいき》をついた。警察が、今日になっても犯人をあげないので、町の罹災者《りさいしゃ》代表が今朝から押しかけてきていた。ほかの刑事や札幌からきている応援隊も疲れの出る頃《ころ》であった。みんなは椅子《いす》に坐《すわ》って足をなげ出し、思い思いに考えこんでいるが、田島が、喰《く》いさがろうとする朝日温泉にも、半ば期待うすな眼をなげている。しかし小樽からの刑事はぽつんといった。

「田島さん、わたしもいっしょにそこへつれていって下さいよ」

二

岩幌町から野束《のつか》、敷島内を通って雷電海岸に出る道は嶮《けわ》しかった。海に沿うて堅い岩層が屏風《びょうぶ》のように切りたっている所もあり、道は岩石につき当ると、その巨大な岩を通り過ごすために山へ入りこんで迂回《うかい》せねばならない。

田島清之助と、小樽署の荒川刑事が、火山岩の屹立《きつりつ》した雷電の鼻に到着したのはその日の午《ひる》ちかい頃である。

海は凪《な》いでいた。しかし、岩蔭《いわかげ》の荒磯《あらいそ》は波が大きな岩を嚙《か》んでいる。田島は、署にきて八年になるが、この景勝ゆたかな、雷電の岩壁をみたのは三、四回しかない。岩の雄大さも眼を瞠《みは》らせるが、五十メートルもある巨大な岩と岩の合い間から噴出するように数条もの滝が海へ落ちこんでいた。黒と茶褐色《ちゃかっしょく》との斑《まだら》になった岩壁に、純白の滝水が糸束を投げつけたように落下する底の方は、背すじを寒くするような巨大な穽《あな》であった。道は穽に沿うてまがりくねっている。時々、昔の旅人がどうしてそのような穴をあけることが出来たのかとおどろかされるトンネルもみられた。

雷電を越えると、北尻別、歌棄《うたすつ》、寿都《すっつ》と嶮しい道は渡島《おしま》半島の北部を通って檜山《ひやま》に出る。

「真偽のほどはわかりませんがね、源九郎義経《よしつね》が、ここを通ったというんですよ」

田島は歩きながら、荒川に話しかけた。

「雷電に刀掛岬《みさき》、向うの鼻に弁慶岬というのがあります。義経が蝦夷《えぞ》へきていたという史実はないとかあるとか、学者の中でもいろいろという人があるそうです。どうして、こんな北の果てに、弁慶だとか、刀掛とかいう名が生じたのか不思議ですねェ」

荒川刑事は岩のはなに立って、荒狂う磯につき出たいくつもの岬を望みながら息をついた。

「はじめてきてみましたが、ずいぶん淋《さび》しくて恐ろしいところですな」

佐々田質店の夫婦と若嫁が、この道を通って湯治に出かけたとすると、女たちの足は坂を登ったり、岩をくぐったりするのに難儀したであろうと思われる。

「辺鄙《へんぴ》な町ですからな、遊興といったって何にもありゃしません。でも昔から、大漁だと、この道を通って朝日やら新見の温泉へ散財に出かけたらしいんです。もっとも、ニシンの豊漁で景気のよかったころは、草競馬もあって、岩幌は近在からも人が集りました。だが、今は死んだような町でしてね、おそらく、朝日あたりも、さびれる一方じゃないでしょうか」

海岸から山へ入った。埃《ほこり》っぽい道がつづく。両側の山壁が次第にせばめられてゆくと、前方にかすんでいた雷電山と目国内《めくんない》山のきりたった山容が黒さをまして浮んできた。

朝日温泉は雷電山のふもとにあった。田島と荒川の両警官は午後二時に村へ入った。宿は石ころ道と川をはさんでとびとびに建っていた。岩幌を出る時に、佐々田夫婦と嫁が泊った宿の名をきいたが不明だった。弥助も含めて、一家四人が死んでいるのであるから、温泉へ出かけたらしいということだけ隣人にわかっていたのである。田島は村のかかり口から順番に宿をたずねて、三軒目にこの村で一ばん大きいといわれる朝日館と看板のかかった宿へ入った。年に一どか二どしか遠出をしなかったというしまり屋の佐々田伝助が、新婚間もない若嫁をつれての湯治だから、朝日でも一ばん設備のいい宿をとったのではないか、とふと思われたのだ。この田島の予想は当った。夫婦はここにきていた。

朝日館は二階建ではあるが、ひどく古びた宿であった。木目の出た玄関の柱や戸板が、昔のにぎわった頃の名残《なご》りをとどめているような気がした。主人は四十二、三の頭のはげた男である。

「岩幌の質屋さんでしょう。へい、十六日から十八日まで二日間お泊りになりましたよ」

田島はどきりとして主人の顔を見た。

早田というこの主人は顔つきをすでに変えていた。新聞を読んで、大火の原因を知っていたからである。急に眼つきを硬《こわ》ばらせはじめた田島と荒川の顔をみると、玄関横の板の間のせまい応接と客待ちをかねた部屋へ通した。寒々した木椅子に二人を招じるとお茶を出した。

「嫁のまつと三人で泊っていたでしょう」

「はあ、お三人さんで、二階の松の間にお泊りでした……」

早田は女中に宿帳をもってこさせた。

「その時、二人べつの男が泊ってなかったかね。二十六、七の男だが……」

荒川がわきから宿帳をにらんで聞くと、早田の顔は急に蒼《あお》くなった。

「十五日から十九日の正午ごろまで竹の間に三人泊っておられましたが」

「三人」

「はあ」

「三人いっしょか。二人じゃないのか」

「三人さんです。宿帳はそれでございます」

二人の警官は頭をすりよせるようにして同時に宿帳に眼をあてた。

札幌市南二十一条西十二丁目犬飼《いぬがい》多吉《たきち》他二名。

年齢も職業も書いていない。ペン書で右肩あがりの、かなり書きなれた字である。

「この客は、佐々田夫妻と話をしていたようだったかね」

「……」

早田は、このとき、宿帳をもってこさせた二十七、八の肥《ふと》った田舎丸出しの女中をまたよんだ。女中はすぐ部屋へきた。

「十五日にきた竹の間のお客さんでしょう。時々は佐々田さんとごいっしょでしたよ。お風呂場《ふろば》はいっしょですからね」

「ここは、共同風呂か」

「男女別になっております」

と早田は手をすりあわせた。

「きみ、三人の年格好をいってくれ」

田島清之助はこのときポケットから皺《しわ》くちゃになった二枚の写真をとり出した。

「この男たちが、三人の中にいなかったかね」

渡された写真に眼を近づけていた主人と女中が同時に声をあげたのだった。

「この人です。まちがいありませんよ。三人のなかにたしかにいました」

三

「もう一人の男というのをはっきりいってくれ」

「角ばった浅黒い顔で、坊主頭《ぼうずあたま》でした。ずいぶん背の高いお人で……そうですな、やっぱり二十八、九じゃなかったですか」

女中も早田の説明にうなずいた。が、こんなことをいう。

「無口であまり喋《しゃべ》らない人でしたよ。背が高くてね、竹の間の鴨居《かもい》に頭を打って怒っておられましたが、……三人はお友だちのようでした……。札幌からきたんだといってましたよ」

「その大男が宿帳の犬飼多吉だ。ほかの二人は沼田と木島だ。二人が名も職業も書かなかったのはわかってる」

田島清之助は独り合点《がてん》した。田島の顔は喜びでほころんだが、次第に蒼くなった。

「三人組か」

ぽつんと荒川もいって意外さに吐息を大きくついている。

「ありがとう。きてよかった、ちょっと部屋をみせてくれ。それから風呂場もだ……」

田島清之助は早田と女中に案内されながら、三人の男のことをくわしくノートに記録した。犬飼多吉と名のった男と沼田と木島は、九月十五日の正午ごろこの朝日館に泊っていた。都合四日間宿泊していることになる。早田と女中のはなしによると、三人はどことなく落ちつかないかんじがした。中でゆったりしていたのは犬飼という大男だけで、ほかの二人は、たえず落ちつかない。二人だけが行動を共にしていたようだ。風呂へゆくのも、外へ出て、村道を歩くのもいっしょだった。大男は四日間、部屋にとじこもったきりで、何か考えこんでいるようでもあった。女中はいった。

「言葉は関西なまりがありましたね。うちに毎年大阪のお客さまがみえますんで、あたしよく知っているんですが、その大きな人はね、大阪弁にちかいやわらかな物言いをしましたよ。軀《からだ》に似合わないやさしい声を出す人だなと思ったんです……」

「この字は誰《だれ》が書いたのか」

「大きい人が書きました。はじめね、おふたりの中の背のひくい人が書こうとしたんです。すると、お前書けいって、もう一人の人が大男の人の方へ帳面を渡したンです。だまって、大男の人が書きました」

「なるほど」

二人の警官はその時の光景を読みとるようにうなずいた。はっきりしている。佐々田夫妻と嫁は松の間から風呂に入った。その松の間は廊下を約十メートルほどへだてて竹の間につづいている。とっつきから階段を下りて風呂場にゆかねばならない。長らく刑務所にいた二人は女に飢えていた。質屋の若嫁に眼をとられたのは当然だろう。しかし、風呂は男女別だから、浴室で会って話をしたのは伝助だけである。「どこからこられましたか」「わしですか、わしは岩幌です」「ほほう、岩幌で、何かお商売でも」「質屋をやってます」久しぶりの湯治だ。用心ぶかい伝助は、真裸の男たちの素姓を見ぬくことが出来なかった。話しているうちに、沼田と木島に、質屋一家を襲う考えが芽ばえたのであろう。二人は伝助に接近した。問わず語りに岩幌の土地カンを頭に焼きつけた。十九日の風雨の夜、沼田が岩幌にきて、魚津でやった方法をそのまま復習した。伝助は宿で顔馴染《かおなじみ》になっている。深夜の客でも、門をひらいて入れたのかである。兇行《きょうこう》は沼田の手にちがいない。共犯の木島と大男は見張りでもしていたのか。

田島清之助は、電話口にでると、大急ぎで岩幌署長へ叫ぶようにいった。

「札幌署に至急手配願います。札幌市南二十一条西十二丁目犬飼多吉という男です。沼田も木島もこの男といっしょに朝日温泉に泊っています。兇行は三人組と推定されます」

宿の窓から雷電の海がかすんでみえた。扇子型に広がった乳色の沖にいまかすかに雲が割れたような気がした。

四

札幌警察署で、岩幌署長からの電話をうけたのは、司法係の宮腰という警部補であった。宮腰はかねてから岩幌大火の原因となった質屋殺し犯人捜査が難航していることに関心をもっていた。桑田署長の鬼の首をとったような声が入ってくると、思わず血が顔にのぼった。

「網走を出た仮釈放者でね、二名の人相ははっきりわかっているんです。もう一人の犬飼多吉という大男だけがわからんのですよ。大至急に南二十一条西十二丁目あたりを捜してくれませんか。朝日の温泉宿で、たしかに犬飼と宿帳へ記入しています」

宮腰警部補はおうむ返しに訊《き》いた。

「仮釈放って、そりゃ、いつ網走を出た連中ですか」

「六月十日です。二人とも富山県の男で、帰住地へ帰らないで、そのまま道内をほっつき歩いていたらしいんですな。大火の前日まで、ニセコの朝日温泉に泊っていて、十九日正午頃に宿を出ています。宿泊中に岩幌の佐々田の主人とねんごろになったらしいです。いま、宿へ行って、田島君と小樽署の荒川君が詳細に調べていますが、宿の証言では、確実にこの三人組が怪しいといってます。金もあまりなかったようです。バラ銭で宿賃を払っているゞです。いっしょにいた犬飼多吉だけは、仮釈放者かどうかはまだわかりませんが、おそらく、この大男は、沼田と木島が出所後、どこかで知りあったんじゃないかと思いますね。犬飼が札幌の南二十一条に住んでいたとすると、沼田と木島もあんたの管内で、闇屋《やみや》でもやっていたんじゃないですか。大至急にお取調べ下さい」

桑田署長の尻上《しりあ》がりにいうカン高い声を、宮腰警部補は、受話器を耳からわずかに離してきいているので、わきにいた刑事連中も何事かと耳をたてている。

「放火犯人が出たんですか」

「うむ」

司法係の主任である宮腰は小造りな顔をひきしめた。

「南二十一条西十二丁目というと、学芸大学の前あたりじゃないか」

「そうです、あすこらあたりは、閑静な住宅地です」

「きみ、大至急、ジープで飛べ」

どなるように宮腰がいうと、二人の刑事は、さっとドアを押して廊下へ走り出ていった。ところが、この二人の刑事は三十分ほどすると、二人ともしょげた顔つきで帰ってきたのだった。

「犬飼って名の家は西十二丁目のどこにもありませんよ」

怒ったようにいった。

「なんだって」

宮腰は小造りの顔を歪《ゆが》めた。

「ない？」

「はい、あすこは片側町でしてね……。南は大学の塀《へい》が長くつづいていて、北側にしか家がありません。ちょうど郵便局の横を入った路地の奥あたりが西十二丁目になっているんですが。犬飼って家はなくて、水島修一という北炭の社員の方の家がありました」

「よく調べただろうね」

「はい、水島修一さんにもきいてみました。犬飼なんて家は近所にないっていうんです。郵便局へいって、区内に詳しい集配人がちょうどいましたので訊《たず》ねてみました。

犬飼って家は南十七条あたりから二十三条のあいだにはないといいます」

「間借りしてたンじゃないか」

「それも当ってみましたが、主任、あすこらあたりはかなり裕福な家が多くて、札幌でもわりといい住宅地でしょう。間貸しするような家はありませんよ」

若い刑事は不服そうにいうのだった。

宮腰もちょいちょい学芸大学前の市電通りは通ったことがある。実のところ南二十一条あたりの家並みはすぐ頭にうかんでいたのだ。渋い黒板塀をめぐらせた庭木の多い家だとかモダンなブロック建築などがあって、官吏でいうなら部課長級の住宅が多いところである。

「ふむ」

不機嫌《ふきげん》な顔になると、宮腰警部補は岩幌警察に指先をふるわせてダイヤルを廻《まわ》した。

桑田署長は宮腰警部補からこの報告をうけると青くなった。

「偽名ですよ」

と桑田はいった。

「それにしても、住所をかくのに、実在の番地をつかったのは、むかし関係していた家じゃないでしょうかね。人相骨格を詳しくはなしますから、もう一どしらべてくれませんか」

桑田署長はカン高い声で、朝日温泉の宿にいた大男犬飼多吉の人相を説明した。宮腰警部補は、あらためて机上の紙きれに記録をとると、

「桑田さん、網走へは問合せましたか」

ときいた。

「いや、まだです。田島君が帰ってから、詳細な報告をしたいと思ったンです。沼田と木島の件をしらせてくれたのは、巣本虎次郎という看守部長さんでしてね」

「看守部長が」

宮腰警部補は首をかしげた。

「そうすると、犬飼って男も釈放者じゃないですかね。網走へ当る必要はありますな。よろしい、こっちから、その件は網走へ照会しますよ。署長さん、温泉宿の方の調査を徹底的にやってみて下さい。三人が岩幌から逃げるとすれば、おそらく、朝日の方へ戻《もど》ったとしか考えられませんからね。尻別の側は盲点でしたよ。いずれにしても、内地へ逃切るとすれば函館《はこだて》からです。連絡船の乗船名簿もあります、その方はこっちから、至急に連絡しておきます」

宮腰はそういうと、がちゃりと受話器を置いた。彼は司法係長の部屋へ走りこんで

いった。

札幌警察署はこの日から大きく揺れはじめた。

五

網走刑務所に通じた電話は十分後に札幌署につながれている。係長室にいた宮腰は長距離電話口に走ると、大急ぎで受話器をとった。

「看守部長の巣本虎次郎さんに願います」

警部補は大声でいった。

しばらく間があった。やがて、遠い細い声がきこえた。かすれ声なのできとりにくい。宮腰はいらだたしそうに何ども受話器をもちかえた。

「巣本でございます」

といっている。

「こっちは、札幌警察の宮腰警部補。あんた、六月十日に仮釈放になった沼田八郎と木島忠吉のことで、岩幌さんへいってはなしたそうだな」

ちょっと横柄《おうへい》な物言いであった。

「はあ、巡査部長さんの田島さんにだけおはなししました。札幌さんへ出張しましたついでに、私、ちょっと、立寄ってみたくなりまして」

「きみ」

宮腰はいっそうぞんざいな口調になった。

「どうして、札幌にきていて、そんなことをこっちへはなしてくれなかったんかね」

「………」

巣本は向うでペコリと頭でも下げるように息をついて、押しだまった。

「え、そうじゃないか……岩幌はこっちの管下ですぜ……、こっちへ来られたゝなら、なぜ、署へ寄ってくれなかったんかね。そうすれば、連絡もうまくいったゝだ……」

宮腰は怒ったようにいったが、やがて自分の興奮している声に気づくと、考えなおしたように、もとの口調にもどった。

「巣本さん、岩幌の近くの温泉宿に沼田と木島がいた事実が判明しましたよ。佐々田の親爺《おやじ》さんと、ふたりは風呂場で会ってはなしていたという女中の証言もあります」

「へーえ」

巣本虎次郎はびっくりしたような声をだした。

「主任さん、そら……どこの温泉で……」

「朝日といってね、石膏《せっこう》泉の温泉でひなびた村が雷電山の裾《すそ》にあるんだが、そこの宿でいっしょだったんです」

「へーえ」

とまた巣本虎次郎は息をのんでいる。宮腰にはその驚きぶりがわかった。

「ところで、あんた犬飼多吉という男を知りませんか」

「イヌガイ、タキチ」

「そうだ。犬という字と飼うという字です。それに多い吉という名です。タキチ」

と宮腰はもどかしそうにいった。

「イヌガイ、タキチ」

巣本虎次郎は、一、二ど遠い声で口ずさんでいたが、

「受刑者にはおりませんな。わたしは、受刑者の名はだいたい全部おぼえておりますが……」

といった。

「仮釈放者の中にもいませんか」

「おりません」

と、きっぱり巣本虎次郎はいった。

「巣本さん」

宮腰警部補はちょっと失望した調子になって、

「その男は大男でね。六尺ちかい体格で、顎《あご》のはった髭面《ひげづら》だったというんです。イヌガイタキチという偽名をつかったと思われるンですよ。大男で角ばった顔の人相から思いだしてくれませんか」

「六尺ちかい、顎の張った」

と巣本のしわがれ声がひびいて、しばし考えているようだった。

「大男はいろいろおります、何か写真でもないとわかりませんなァ」

と彼はいった。

「顎の張った男は受刑者にいくらもいますよ」

「六月十日前後、つまり沼田と木島が出所した前後に、大男が出所しませんでしたかね」

「さあ」

と巣本はますます困ったような声になっている。

「とにかく、巣本さん、あんたには、どうしても、札幌へきてもらわないといけませんな。沼田と木島がいたことは確実なんだから、二人の行方調査について、どうしてもあなたから話をきかんことには、手がかりはつかめません」

「岩幌の田島さんはどうしておられますか」

と巣本虎次郎は宮腰の問をはずして、なつかしそうなひびきをこめていった。

「田島君は朝日温泉を張りこんでいます。奴《やつ》らの逃亡径路を調査中です」

と宮腰はいった。

「宮腰さん」

巣本虎次郎はとつぜん声を高くした。

「沼田と木島がやったことはたしかでしょうな」

ダメを押すような訊《き》き方である。宮腰は舌打ちした。

「九分どおり間違いないでしょう。岩幌署長は連絡で、沼田、木島、それにもう一人の男をまじえた三人組以外にホシはないといってます」

「………」

巣本虎次郎は息をついた。

「やっぱり、沼田と木島がやった……」

しおれたようなその声が、宮腰の耳を打ってくる。わからないことでもない。しかし、いま、宮腰は巣本の感慨に同情している場合ではない。受話器をにぎりなおすと、

「至急にこっちへきてほしい、所長さんには、公文書を出します。折返し、札幌へとんできてほしいんです」

「は、はい」

おどおどしたように、老看守部長は承知した。宮腰は押しかぶせるようにつけ足した。

「犬飼多吉という男について、もう一ど、そっちでくわしく該当者がないか、しらべて下さい。六月に出所した二人が、シャバで知合ったと考えられますが、刑務所で知合ったとすれば、取りこぼしになりますからな。いいですか」

宮腰警部補は気短に相手の返事もまたないで、受話器を切っている。

まだ、会ったこともない、巣本という網走の老先輩の顔が想像できるようでもあった。彼は室にもどると、犬飼多吉の緊急手配を要請している。

「札幌以外に三人が落ちあった場所は考えられませんよ。たいがい、網走を出た連中は、釧路《くしろ》に出ます。そうして、やがては札幌にくるのが順序のようです。犬飼がもし刑務所にいたなら、札幌にいたかもしれませんね。そうでないと、偽名にしろ、南二十一条西十二丁目とくわしい土地カンのある住所を書くはずはありません」

「そのあたりを調べたか」

と係長は怒ったように下ぶくれの顔をふるわせてきいた。

「二十条あたりから、西十二丁目と交叉《こうさ》する町内を戸別にあたってみましたが、間借人の中にも犬飼姓の者はいません」

「偽名だろ」

係長は不機嫌になった。

考えてみると、札幌市は大通りを軸にして、南北それぞれ百二十メートルごとに東西に走る道路が直線的にひかれていた。それらの道路は北一条、北二条または南一条、南二条と名づけられている。南北をつらぬく通りには市内を流れる創成《そうせい》川を基準にした道があり、東西道路と直角にまじわって、東何丁目、西何丁目という風にわかりやすい呼び名で呼ばれているのだった。犯人が偽《にせ》の住所をあてずっぽうに書く場合には、この呼名は便利といえたかもしれない。南二十一条西十二丁目と書いたのは二十一と十二だから数字としては裏返しに使われている、あてずっぽうの感じがしないでもない。男がかつて住んだ家に近かったか、あるいは知人の家があったかと決めてかかることも、他都市とくらべて確率がうすいといえないこともなかったのである。

宮腰警部補は、いま、そのことを考えた。しかし、彼は係長の顔をにらむようにみて、

「兎《と》に角《かく》、岩幌の田島君と、網走の看守部長をよんで、合同会議をひらいて下さい」

といった。

「うむ」

係長は大きくうなずいた。

六

会議は十月六日の午前十時から札幌警察署の二階の一室でひらかれた。出席者は、岩幌の桑田署長と田島清之助。網走刑務所から巣本虎次郎看守部長、それに札幌の刈田係長、宮腰主任警部補の五名である。朝から風の吹くかわいた日で、市内の道は埃《ほこり》っぽく、窓から見える空は鼠《ねずみ》一色にけむっていた。

先《ま》ず、岩幌署の田島が佐々田質店の出火当時の模様を説明し、雷電山の朝日温泉から消えた三人組の調査結果を逐一報告した。そのあとで、こういった。

「温泉宿で佐々田の主人と懇《ねんご》ろになった三人は、主人夫妻と嫁が先に帰るのを見送った。そのあとで質屋を襲う計画を樹《た》てた。沼田は魚津での経験があったから、首謀者とみてよいと思う。木島、犬飼がそれを助けたわけです。問題は現場検証の際の兇行《きょうこう》一人説ですが、私はやはり、沼田が質店内に一人で入りこんだものと推定します。木島と犬飼は外で見張役をしたか、山の方で沼田を待っていたとみますが」

「兇行一人説というのは確実な証拠があるんですか」

と、宮腰が質問した。

「確実な証拠はありません。しかし、三人の男が、放火後、質店から抜け出して町中を走れば、誰かに気づかれる筈《はず》だと思います。だが、全然目撃者がない。私は一人説を取りたいんです。荒れた日でした。朝から台風の予報もありました。質店から五十メートルほど離れた時計屋の主人が放火直後に、二階の屋根にのぼって、雨もり箇所へトタンをかぶせています。この主人は佐々田の家から煙の出るのを屋根から見ています。しかし、駆けてゆく男はみなかったと証言しています。三人もいたら見えるはずです。一人なら軒下すれすれに走ることも考えられますが」

「すると二人はどこで待っていたのかね」

「死亡推定は前夜八時から十時とすると、二人は途中の小舎《こや》か岩蔭《いわかげ》で待機していたんです。町の飲食店や宿にいた形跡はありません」

「朝日を正午にひきはらった。ゆっくり歩いて、岩幌へきた。そうして、夜になるのを待った。沼田が単独で出かけたとみていいのだ」

と桑田署長が自信ありげにいった。全員はうなずかざるを得ない。田島はメモをみながら、小樽署の荒川刑事といっしょに調べた放火後の逃走径路について、三人の足は十九日の正午温泉宿を出てから杳《よう》として知れない、どこを逃げたか見た者はなかった旨《むね》をのべた。

「もっとも、岩幌から雷電を通る道はかなり買出し客が歩いております。二十日の嵐《あらし》の中を海岸道路へ出て南へ向う若者がいたとしても、怪しまなかったと思います。とにかく、大嵐でしたから、舟一艘《そう》海へ出ていません。大火におびえた岩幌は大騒ぎでした。かりに、雷電から歌棄《うたすつ》の方へ大急ぎでゆく三人の姿をみたとしても、不思議でも何でもない。避難者とみえないこともなかった状況です」

「うむ」

札幌の主任は、このとき、だまって一同の方を見ている老看守部長に顔を向けた。

「部長さん、あんたはこのはなしに疑点はないでしょうな」

遠路をわざわざやってきた老体の巣本に対するねぎらいが出ていた。

「はい」

巣本虎次郎は顔をあげて、

「沼田の犯行は確定的だと思います。魚津での前科が似ておりますし、出所後、道内にいたのなら無一文だったと思うんです。木島も同じでしょう。ふたりは相談して、大それたことをしたにちがいありません」

と巣本は細いしわがれ声を強めた。

「もうひとりの顎《あご》の張った大男にわたしは心当りはないんですよ。網走刑務所に犬飼姓の受刑者はいません。今年の五、六月ごろから今日にかけての釈放者の中にもありません。全然、見当がつかんのです」

「やっぱり、シャバへ出てから知合ったとみていいね」

「左様でしょう。沼田と木島の出所後の径路をしらべんことにはわからんでしょうな」

巣本虎次郎は、若い巡査が卓上にはこんできた蒸しジャガイモの皿《さら》をひきよせると、皮膚のうすい頰《ほお》を動かして食べはじめた。腹がへっているらしかった。

七

宮腰警部補から札幌の調査が述べられた。犬飼多吉が宿帳に記した南二十一条西十二丁目の住所はでたらめであった。そのため、沼田と木島がどこで犬飼と交叉したかは不明なのだ。五人の係官は溜息《ためいき》をついた。

もっともなことといわねばならない。札幌は空爆は受けていない。諸所から集った人びとでごったがえしていた。駅前の大通りには闇《やみ》市場があったし、衣類や食糧に飢えた近在の人びとが買出しにつめかけていた。跳梁《ちょうりょう》する闇屋やブローカーの群れがある。軍需工場や道内にあった軍隊の根拠地の解体で、復員帰住する若者も多かった。新規まきなおしの若者たちはまずこの市に出て動きはじめたのだった。札幌はあらゆる意味での起点であった。二人や三人の刑余者が、住所不定の男と交わって、混乱の市中へまぎれこんだとしても不思議でなかった。

九月二十日の層雲丸事故は札幌関係だけでも九十八名にのぼる遭難者を出していた。まったく、市は混雑そのものの状況下にあったといってもよかったのである。

会議は結局、鼠いろの空にさかまく砂をふくんだ埃《ほこり》を眺《なが》めやりながら、何らの結論も出なかった。

「要するに、犯人は主犯が沼田、共犯木島、犬飼ということになりますな。非常手配を道内各署に指令して下さい。とくに函館市警と、連絡船当局には木島と沼田の人相書を配布して下さい」

岩幌署長が係長に懇望すると、宮腰がわきからいった。

「函館へはすでに手配書を送っておきました。二十日以後の連絡船名簿の中には三人らしい名はなかったといっています、詳細な返事はまだきません。今明日中に到着するでしょう」

会議がはねたのは午後一時であった。署の玄関から、岩幌署の田島は巣本看守部長といっしょに肩をならべて外へ出た。町は風だった。

「やっぱり、二人がやってました」

巣本虎次郎は人ごみの中を闇市の方へ歩きながら感慨ぶかげにいった。

「無力なもんですな。わたしはつくづく、自分のしている仕事に嫌気《いやき》がさしてきました。受刑五年。あんなにまじめに改悛《かいしゅん》の顔に戻った沼田八郎が、出所三カ月目に大犯罪をやらかすなんて……」

溜息まじりにつづけた。

「やっぱり、田島さん、あんたのいわれる刑余者の更生方法がまちがっているんです」

「たったの二十七円五十銭ではね」

と田島清之助は歩きながらいった。

「あまりに少なすぎる。沼田も木島も五年近く刑務所で働いて、シャバへ出た、汽車賃もふくめて二十七円五十銭しかなかった。これじゃ、罪を重ねて生きろというようなもんじゃありませんか」

田島は誰《だれ》にともなくぶっつけようのない憤《いきどお》りを顔に現わしていた。

「わたしは、あれから、いろいろ考えてみましたよ。二十七円というと、闇市の屋台でたべるスイトンが一杯七円。ジャガイモ一皿《さら》が五円。一日分の食糧代じゃありませんか。刑務所は、早く帰住地にさえ帰れば公定価格の配給食が待っているとでもお考えですか……。本人にしてみると、刑務所を出たその日に、飢えの思いがするんじゃないでしょうかね。きくところによると、刑余者の誰もがシャバへ出た日は、女を買うことと、腹いっぱい飯を喰《く》うこと以外にないといいます……」

「………」

巣本は足をとめて田島をみた。田島の顎が心もちふるえている。路傍にはハモニカの穴のように屋台店がならんでいる。とうもろこし、スイトン、イモようかん、代用食。風にはためくよごれたのれんへ、頭をつっこんだ男たちのすりきれたズボンのお尻《しり》がにょきにょきつき出ている。腹をへらした男たちが喰いついているのだった。

田島はぽつりといった。

「考えねばなりませんな。巣本さん。あんたも網走へお帰りになったら、よく刑余者の更生について、所長さんに進言して下さい。血のついた領置品を着せて帰らせないで、せめて小ざっぱりした帰住衣ぐらい着せてやってくれと、岩幌署の田島がいったと仰言《おっしゃ》って下さい」

風の中で無精髭《ぶしょうひげ》の顔がいつまでも怒ったように静止している。この二人をやがて人の波が呑《の》みこんだ。

第三章　廃　港

一

　青森県の下北《しもきた》半島は本州の最北端に位置していた。マサカリをつきたてたような半島の突端に、大間《おおま》という町があった。人口わずかに五千。南東の大畑の町から海岸にそうてここへくるまでの道は険しい山岳で遮断《しゃだん》されていて、まったく忘れられたようなうら淋《さび》しい漁師町だ。町の東から百メートルほどはなれた海中に弁天島という小さな島がある。そこには古い灯台が立っている。灯台のあたりから、海峡の対岸にある北をのぞむと、すぐ函館港の段丘と、なだらかな汐首岬《しおくびみさき》の山々がかなりはっきり浮いてみえた。南の方は黒い山であった。

　晴れた日は、背後のこの山波から、先のとがった二つの山が突出てみえる。マサカリの柄首《えくび》の位置にそびえる恐山《おそれざん》と佐藤ヶ平だった。いずれも八百メートル近い山であるが、いく重にもかさなる山地の向うに、まだそうした山塊が黒ずんでみえる風景は、いっそうこの町のさびれた感じを深めた。事実、大間へくる道は青森県内でも、もっとも交通不便といわれているのである。県庁所在地の青森市へゆくには、陸路、海路、いずれをとっても半日以上かかる。どちらかというと、対岸の函館へ渡った方が便利といえた。漁港といっても、イカ、サメ、コンブなどが中心で、棟飾《むねかざ》りのない軒のひくい藁《わら》ぶき屋根の舟小舎《ふなごや》が、灰色の砂地に点々と散在している風景も、またこの町の侘《わび》しい感じをふかめていた。

大間から、岬を西へ迂回《うかい》して、海岸ぞいに平館《たいらだて》海峡にのぞんだ嶮路《けんろ》をゆくと、山地は急に海に向って突きたてたように断層崖《だんそうがい》がつづいてゆく。その中でも、仏ヶ浦といわれる断崖は見事な景勝を誇っていた。詳述しておくと、この浦は、下北郡佐井村牛滝という部落と、福浦という部落との中間にあって、湯ヶ岳という背後の山が海へ落ちこむために、そこだけ切落されたように、数百メートルの崖《がけ》をつくっているのだった。古くから「仏が宇陀《うだ》」と近在の人びとに崇拝されているこの断崖は、グリンタフの海蝕《かいしょく》台地の上に、純白とも見まがうばかりの石や、淡緑色の石やで、巨大な仏像に似た奇岩怪石を抱いていた。もとより、この岩壁の突出た姿を陸路から遠望することはできない。海から眺《なが》めるしかないわけだが、この海蝕台地が、次第に傾斜をゆるやかにしてゆく中腹部に、濃緑色の混成原始林がつづいていた。木樵《きこり》が通るぐらいのあるかなしかの細い道がまがりくねってつづいているのだ。
札幌市で網走刑務所からきた老看守部長と、岩幌署の田島清之助が、会議を終って、風の吹く町を歩いていた時刻である。この仏ヶ浦の巨大な岩壁に陽《ひ》が照っていた。崖《がけ》裾《すそ》では波が塩をふりかけたように砕けていた。その海を右に見ながらとぼとぼ歩いてくる一人の男がいた。角ばった額と顎《あご》は埃《ほこり》でよごれ、無精髭《ぶしょうひげ》が耳下から鼻下へうす黒く被《おお》っていた。六尺ちかい怒り肩の体軀《たいく》が、いかにも、背後の原始林からとび出してきたばかりといった印象をあたえた。この男は、復員服を着て、雑嚢《ざつのう》をさげていた。ときどき、片足を岩角にもちあげていっぷくしたが、そのたびに、男は大きく息をついて、北の光った海を眺めていた。武張った顔に細い眼をしているのが印象的だった。男は南の方へ向って歩いていた。

二

牛滝の部落が、ヒバ林の樹間にとびとびに見えはじめた時、角張った男の顔に、かすかな安堵《あんど》の色がただよいはじめた。男は、斜めに照りつける陽光に、汗ばんだ額をときどき皺《しわ》よせ、腰にぶら下げた汚れた手拭《てぬぐい》をひきぬくと、何ども力強く拭《ふ》いた。その拭いたあとから、赤銅色《しゃくどういろ》の頰《ほお》へじっとりとまた汗がにじみ出てくる。

大きなあぐら鼻をしていた。意志の強そうなひきしまった厚い唇《くちびる》、四角い顎、のび放題の髭、みるからに、すさまじい形相《ぎょうそう》である。しかし、よくみると、髪も髭も、毛はそんなに硬くない性質とみえて、二週間ほど前から剃刀《かみそり》をあてていないようにみえこそすれ、毛なみのそろったちぢれ毛は、どことなく無精ったらしいというよりも淋しげにみえる。

部落の石置き屋根に陽が照った。ここは二十三、四戸の家数しかない。崖の傾斜面に、わずかな平坦地《へいたんち》を見つけて、とびとびに建てられている村の家々は、すべて杉皮《すぎかわ》や檜皮《ひわだ》でふいた粗末なものばかり。浜へ下り切ったあたりに、わずかに白砂のみえる磯《いそ》があって、藁ぶきの舟小舎がいま白い箱にみえるけれども、活潑《かっぱつ》な漁師村とはどうしても受けとれなかった。家の建っている周囲に、段々になった畑地がつづいているが、そこには、火山灰地の肥土を吸った蕗《ふき》の葉がいちめん、横這《よこば》いになって漆をとかしたようにしげっていた。

男が村口に来かかった時、その道は村へ下りる路《みち》と山へ入る路との二股《ふたまた》路に岐《わか》れた。掲示板のある地点であった。四、五人の男女がいた。男が近づくと、誰《だれ》もがじろりと男の顔に眺め入った。男はだまって、反対側の路端《みちばた》へゆき、そこにあった大きな石の上に腰を下ろした。背をむけたまま海の方をみている。

「ちょっと、おたずねしますけども、福浦の方から来なさったか」

かたまりから背のひくい四十年輩の男がぬけて出て、背を向けた男に近づいた。

「台風で山くずれあったつうけんども通れたかな。おめえさん、歩いて来なさったんですべ」

村の男も無精髭を生やしていたが、これは小男である。

「あるいてきた」

と、大男はぼそりとこたえた。それっきりでだまった。村の小男は顎をひいた。男の埃じみた襟《えり》くびと、汗の形のついた軍隊服の背中を、眼をむいて見た。

「へーえ」

小男は溜息《ためいき》とも、驚きともつかぬ声をだした。そのままわきにしゃがみこんだ。陽がまともに照った。しかし風があるので、そこは涼しい。掲示板の蔭《かげ》で赤ん坊を抱いていた女がヤニ眼をしばたたかせ、背中をむけた男の方をとろんとみている。胸もとをはだけて汗疹《あせも》だらけの乳房をひっぱりだし、むずかりだした子に黒い乳首をくわえさせた。

「ノダイから軌道は動くべせえ。ノダイまで歩くべか」

ひょろりとした顔の蒼《あお》い男が、頬かむりをとって汗をふいた。と、先《ま》ず女がだまってうなずいた。すると、わきにいた三人の年輩の男たちも、地べたに置いてあった魚籠《びく》のようなものを包んだ木綿風呂敷をうしろへ巧妙に担《かつ》ぎあげた。

「ふんだば、ノダイまでゆけや、軌道が走ってるべ」

反対側の二人をチラッとみて、五人が眼くばせし合った。いずれもかつぎ屋に見える。すぐわきから上り勾配《こうばい》になった道が山へ吸いこまれる。草の生えた細い道だった。

「おめえはどうするな。船でゆくか」

村の小男がさしのぞくように訊《き》いた。角張った大男はだまったままで横向いていた。キラリと眼の隅《すみ》に光が走る。しかし、だまったままで鶯《うぐいす》いろのよごれた雑嚢をひきよせると、

「おっさん、大湊《おおみなと》までゆくにはどれくらいかかるね」

関西訛《なまり》のあるその声が村の小男に心もち奇異な感じを抱かせたらしい。

「大湊さゆくのけ」

「そうだ」

「ノダイから畑《はた》さ出て、畑から川内《かわうち》さ出ねばいけねえ。川内さいけば、あんさん、軽

便が走ってるすけ……」

陽がヒバの枝のとび出た山のはなにかげると、男はかざしていた手を下ろしてゆっくり立ち上がっている。皆のうしろをついてくるらしい。村の男女は、時々この男の足もとを眺めながら不審げな眼を見合せた。

「俺《おら》がそばさよったらよ。くせえったら、くせえ、くせえ」

と、村の仲間の方へ走りもどった小男は大げさに鼻をつまんでつぶやくようにいった。十七、八の娘もいたが、その娘は恐ろしいものを見るかのように、旅の男をふりかえった。

三

野平《のだい》というところは、四十分ほど歩くと山の中腹にひらけた開拓部落だった。まだ、木目の出た板囲いの、ほんの粗末なバラックが建ったばかりの部落である。途中の路端には、伐採した木の根がにょきにょきと土くれをつけたままころがっていたし、荒れた畑地にも、元気のない芋の葉がひょろひょろとのびている殺風景な台地である。道はこの部落を斜めに通りすぎると、材木のならんだ森林軌道の出発点へきた。そこには、トロッコとも汽車とも名のつけようのない鉄鎖のついた枠《わく》だけの車輪と箱をつないだ軌道車が停《とま》っていた。シャツ姿の男が七、八人箱の上にのって、鉄鎖につかまっている。営林署が伐採したアスナロウやヒバの材木を運搬するためにとりつけた軌道車なのである。牛滝から上ってきた男女を車の上から見つめていた若い男が、しわがれ声でわめくように訊いた。

「福浦の土砂くずれで、死人が出たそうだが、どうだった」

「こんひとが」

と先程の背のひくい小男がいった。

「歩いて来なさったが、何でもねえとよォ」

角張った男は、鼻のひくい男に冷たい視線をチラと向けただけである。すぐ顔をそむけて、押しだまった。

「これさ乗れば、畑さゆけるス、それから湯野川からくるべつの軌道さ乗ればよ、安《あ》部《べ》城《しろ》つうところへ出るス。安部城さ出れば川内だスな。陸奥《むつ》だス」

と、小男は親切げな眼《ま》ばたきをしていった。

「おーきに」

と、男は関西訛でうなずいた。さびた鉄鎖をつかんで、最後尾の軌道車の枠にのった。と、村の男もそれについてとびのった。その時はもう、子を抱いた女も、娘も、男たちも一つへだてた向う側の箱に乗っていた。枠だけの軌道車は、樹液の黒くしみこんだ危なかしい軌道車であった。角ばった顔の関西訛の男は、一人だけうしろにいた。皆とはなれるように、枠に腰を下ろした。

機関車の方で、白シャツの腕をまくった二十七、八の男が手をあげると、やがて軌道車はぐっと大きくゆらいで走りはじめた。背高いカヤの葉さきが、ペシペシと軌道車の枠にふれる。やがてその音もなくなってしまうと、速度が出た。シューゴットン、シューゴットンというレールを噛《か》む音が、坂道をのぼりつめると、やがて人びとの耳にけだるい疲労感となってひびきわたった。

軌道車は紅葉した涼しい山脈を、へばりつくようにして奥へ入る。

「魚は何だ」

先にのっていた蒼白い顔をした若者が、リュックをまたいだ尻《しり》を坐《すわ》りなおしながら訊いている。

「何もねえ、スルメばっかだ」

「はあ、湯野川へゆくのけ」

「うん」

と魚籠をわきによせたかつぎ屋がいった。

「湯野川じゃ、米はとれっか」

「陸稲《おかぼ》がとれるよ。ちょっぴりは谷に水田はあるけどもなァ……」

と男はいった。やがて、右側に落ちこんだ低い暗い湯野川の渓谷《けいこく》がみえはじめた。斜面の道を、軌道車は鏡のように光る水面に櫛《くし》のような影を落してスピードを出しはじめた。


ヒバ、杉、黒松などのいり混じった林は、上の方へゆくほどに黒々としげっており、黒い樹肌《きはだ》にからみついた蔦《つた》や藤《ふじ》の葉だけが、茶褐色《ちゃかっしょく》に色づきはじめていた。走る軌道車から、それらの山肌のむらのある裾《すそ》が、画筆《えふで》で荒々しく撫《な》でつけたように、見えかくれして消えてゆくのだった。

大男はごくりと生唾《なまつば》をのんで、景色をみていた。走り消えてゆく山の風景を、美しいとも、何とも感興の湧《わ》きたたないしめった眼もとで受けとめている。雑嚢をひきよせると、紐《ひも》のゆわえてあるおおいをゆっくり取りはずした。新聞紙でくるんだ四角い紙包みがのぞいた。その中身を村の男がチラと覗《のぞ》いた。はっきりとは見えない。男はそれをわきの方へ押しやり、袋の底にちらばっている干し芋を指先でかき集める。白粉のふいた干し芋の切れはしを二つ三つ掌《て》の上にのせると、男は髭面《ひげづら》の口へフタでもするみたいにぽいと投げ入れた。大きく咽喉仏《のどぼとけ》がうごいた。

先程から、この男の方をじっと見つめていた村の男がわきへ寄ってきた。

「大湊さいって……何なさるだ」

復員したての男と踏んだらしい。大男はこのとき、わずかに顔を歪《ゆが》めた。馴《な》れ馴れしく口をきかれたことに嫌悪《けんお》を催したらしい。それが判然としている眼だった。しかし、厚かましいかつぎ屋ははなしかけてくる。

「大湊は、はあ、おめえ、いま、ひどくさびれて見るかげもねえってよ。軍が根こそぎ、進駐軍にぜえーんぶ取られてしまってよ。昔の造船所も草茫々《ぼうぼう》だってェ……おめえ、町にすってる人でもあるのけ」

男はだまって、うなずいた。

「うん」

と、このときまた関西訛をだした。

「ちょっと、知合いがおますんや」

四

「おめえ、大間からきなさったか」

男はまた、口角に力を入れてだまった。

「……………」

「大間から佐井へ出たんですべ」

「……………」

「佐井の景気はどうでした」

「……………」

「ぱあーっとしねべせえ。軍がさ、伐《き》るだけ伐ってほったらかしにしてしまったから、大雨が降れば、山はくずれる。道やどろんこせえ、敗《ま》け戦《いくさ》はしたくねえ」

村の男はそういうと、自分でひとり合点《がてん》するみたいに、うなずいている。

軌道車は四十分ほど走ると、緩行しはじめた。山が割れ、畑《はた》の部落が前方にみえはじめたからである。この部落も、すべて石置き屋根だった。杉皮のひしゃげたような小舎がとびとびに傾斜面にみえはじめると、みなはやがて、ががやがや動きだした。下《お》り仕度《じたく》にかかるのだ。

畑の部落では、この軌道車はいったん停車して、湯野川温泉と安部城をつなぐ新しい森林軌道に連絡していた。

畑の部落は、貯木場のある広場をかかり口にして伐りひらいた傾斜面から下方に向った平坦地にある。川にそうて、二、三十戸の小舎のような家がならんでいた。つい四十分ほど前に、男が通過した牛滝も野平も、いや、この畑の部落も含めて、それはこの下北半島の山中にかくれたようにして、置忘れられた部落であった。山間地を川内にそうて陸奥湾へ出れば、そこからはいくらか文化の匂《にお》いのする町もある。しかし、いったん山中へはいってしまうと、森林軌道一本しか通らない死んだような部落が眠っていた。

二年前までは、大湊要塞《ようさい》を中心とするこのあたりは、軍の機密保持の都合上から、日本の地図から除外された空白の部分といえた。深い山は、営林署の役人兼木樵が伐採に従業してはいり込む以外は、おそらく訪問者は誰もなかったであろう。ただ、この畑の部落から、川内川の支流の湯野川をさかのぼると、そこに小さな温泉があった。わずかに三軒しかない温泉宿を中心にしたひなびた村だった。しかし、こことても、川内町からずいぶん奥へはいりこんでいるために、北方の下風呂《しもふろ》や、薬研《やげん》の湯宿にくらべると、辺鄙《へんぴ》だし、陸の孤島といわざるを得なかった。湯野川はただ近在の百姓や木樵どもが、傷《いた》めた足をいやしたり、リューマチや神経痛をなおしに湯治にくる以外には、客とてない小さな温泉村だった。その湯の村へ入りこむ起点のこの畑部落は、今しがた到着したばかりの森林軌道の機関車の音が静止すると、しばらく乗客たちのはなし声でにぎやかにざわめいていたが、このとき、安部城へ下る軌道車の乗口へ、ひょっこり現われた二十二、三の和服姿の女がいた。

都会風なのが目をひいた。大柄《おおがら》なひまわりを浮かした銘仙《めいせん》の袷《あわせ》を着ていた。濃いエンジの名古屋帯がくびれた細い胴を強くしめつけていて、均斉《きんせい》のとれた体軀と色の白い目鼻立ちの小づくりな顔にどことなく色っぽい感じがする。女が荒らぶれた山の男女たちとよごれた荷のかたまりへ入ってくると、そこだけ抜け出たように花やいでみえた。おそらく、畑部落へきた女にちがいない。川内へ出る軌道車を待っていたのだ。濃い目の化粧をしたはれぼったい眼は、復員服の方を見ていた。男の眼は女をみると異様に輝いた。

軌道車のエンジンのあたりで、熱っぽく湯気のような煙が立った。車輪をみていた男は眼をあげて、チラとその女をみてすぐ視線をそらせた。女は手にした風呂敷包みを振ると、待機している軌道車へ、股《また》をひろげてとび乗った。裾が割れて、桃いろの湯文字《ゆもじ》が大きくのぞいた。そのうしろを、男も、雑嚢をきゅっと抱きかかえてとびのってくる。ぷーんと化粧の匂いが男の鼻を打つ。女は横へいざりよった。

「大湊へは何時ごろつくかね、ねえさん」

はじめて大男の厚い口が自分からひらいた。

「……………」

女は流し眼で男をみた。

「日の暮れに着くわ」

女は、むっちりした白い手にくいこんでいる腕時計の皮を片手で撫《な》でるようにしてみた。

「ありがとう」

男はタバコをとりだした。皺《しわ》くちゃになったピースであった。女の眼はそのピースにすいつけられるようにひっぱられた。

「どうだ、いっぷくつけないかね」

男はぺしゃんこのそのピースの箱を女の白い手へさしだした。

五

「ありがと」

女はさしだされたピースの函《はこ》を受けとると、有難《ありがた》いものをいただくみたいにちょっと鼻先で拝むようにもちあげてから一本だけひきぬいた。

「ありがと」

とまた礼をいって男にかえした。

「いいんだ、それみんな、あんたにあげるよ」

男は気前よさそうにそういうと、髭面をにんまりさせて、チラと横眼でみた。女がこの男を遠眼に見た時は、武張った猛々《たけだけ》しい男にみえたのだが、近くでみると、人なつこい細い眼をしているのに好感をもったようだった。というよりも貴重なタバコをもらったことが嬉《うれ》しかったのでもある。うまそうに火をつけて喫《す》いはじめたのだ。

当時は民間ではピースはめずらしかった。自由に買えるタバコとしては高価なのだった。一般にはのぞみという粉煙草《たばこ》が配給されていた。人びとはそれを煙管《きせる》で喫うか、簡便式の手巻器械で巻いたり、巻煙草用の紙だけを携帯していて、小器用に指で巻きつけて唾液《だえき》でひっつけると、指先の焼けるまで喫ったものであった。それほどピースは貴重だった。そのピースを惜しげもなく五、六本も残っている函のまま呉《く》れたのだから、女の眼色がかわっても不思議ではない。この煙草が、走り出した軌道車の上で、髭面の淋《さび》しげな男と色白のむっちりした女との会話をとり結んだ。

「大湊のどこへ行きますか」

と女はもどかしい標準語できいた。ぷうっとまたうまそうに煙を吐いて男をみた。

「………」

男はだまっていた。眼をほそめて、眼下を流れている川内川の石ころの出た渓谷をみている。しばらくだまっていたが、やがてぽつりといった。

「あんたも大湊かね」

「そう」

「どこだ」

唇が人なつこい微笑を示してこっちを見ている。女は男の視線をまともにうけると、心もち気恥ずかしげに、

「働いてるところよ」

といった。大事そうに喫いかけのタバコを半分にしてもみけしたのをしまった。と

女は膝《ひざ》の上の風呂敷包みをごそごそひろげはじめた。中から、新聞紙に包んだこんもりと山になった握り飯が出てきた。狐色《きつねいろ》に焦《こ》げている。ずいぶん大きな三角握り飯だった。一つだけ白い指先でつまむと、

「たべない?」

男の鼻先へつきだしたのだ。男はごくりと咽喉をならした。

「ギンメシか」

「そうよ」

上唇のうすい口もとを女はにっこりさせた。しかし、男がそれをにらんだまま受けとらないので、うしろのかつぎ屋たちを気にしだした。早くうけとってくれと請求している眼もとが、男の心に何か秘密めいたものをただよわせたらしい。

「おーきに」

そういうと、男は素早く受取ってぱくりと大口をあけてぱくついた。

「あたしのね、在所が、畑にあるのよ」

女はぼそりといった。

「母ちゃんのね、三周忌で帰ったのよ」

「お母はんが死んだんか」

男は眼色をかえて、こぼれそうになる握り飯を両手でささげるようにして喰《く》いながら女をみた。このとき女はなぜか笑った。

「母ちゃんの声をききにもどった。爺《じい》ちゃんがね、巫子《いたこ》さんをたのんで母ちゃんの声を聞かせてもらったんよ」

男はじっと、女の顔をみつめている。

「死んだ仏のか」

「そうよ、巫子さんにたのむと母ちゃんの声が出てくるんよ」

男はギロリと眼を光らせた。瞬間何を考えたのか、ぎょっとしたように口をあけたまま眼を伏せている。

六

「あんた知んないの」

女は軌道車が大きくゆれるので、ときどき鉄の枠につかまった。そのたびに白い腕がまくれて男の眼が吸いつけられる。

「恐山《おそれざん》にはね、巫子さんがいっぱいくるわ」

「巫子ってそら何だ」

男は怒ったようにきいた。

「恐山にあつまった死んだ人の亡霊をよびもどす女のひとよ」

「………」

男の顔がまた歪《ゆが》んだ。女から急に視線をそらせた。女はその変化を、迷信を信じないぞ、と男がいった意味にとった。急にカーブを切りはじめた軌道車が山峡《やまあい》へ入る。のろくなったその車輪の音に調子をあわせるように女は説明しはじめた。

「七月の地蔵講がくるとね、恐山の円通寺さんにいっぱい死んだ人の亡霊に会いたい人が集るのよ。眼の見えない女の巫子が数珠《じゅず》をもっててね、死んだ人の言葉を、そのとおりしゃべってくれるんよ。みんなはそれを拝むのよ」

「………」

「円通寺の境内には、賽《さい》の河原や血の池もあるわ。そこへね、みんな石をつんだり、お線香あげたりして、おまつりしてゆく」

「………」

男の耳がきいていないようにみえるので、女は話を途切らせた。と、男が、急に声を高くして、

「あんたは、それで、お母さんの声をきいたかね」

「お爺ちゃんが、お講の信者だから毎年巫子さんを呼ぶのよ。仕方なしにあたしたちは聞いてあげなきゃならないのよ。迷信よ、あんなの、いいかげんのことをいってるんだから……」

と女はいって笑った。男は女が笑う顔をみて、ほっとしたように自分もうす笑いをうかべた。

軌道車は山峡からひろい盆地にぬけた。扇子型にひろがった空が、灰いろの雲を一つ二つうかべ、黒い山と山の間に割れて、蒼々《あおあお》と海のようにみえた。

「安部城につくわ」

と女がいって男の方をみた時だった。男は握り飯をたべ終わって飯粒のおちた板の上に手をさしのべていた。と、女はぎょっとした。男の手に痛々しい大きな傷跡があったからである。その傷は二寸ばかり、血のふき出たあとをまざまざと示していた。紫色にまわりの肉をはれ上がらせているのだった。石か棒かで力づよく撲《なぐ》られたか、仕事をしている時に材木にでもはさまれた傷だろう。しかし、女は、その傷が何も薬をつけられていないのをみて、痛そうに眼をしかめた。

「あんた」

と、女はいった。

「怪我《けが》してるんじゃない、どうしたのさ」

男はぎょっとしたように手をひいた。

「どもしやしない。ちょっと山でぶっ倒れた木に当ったンや」

関西弁で自嘲《じちょう》するようにいうと、女の眼の奥につきささるような視線をあてている。恐ろしい傷だったと女は思う。しかし、なぜか、その傷について、男にそれからたずねることを控えねばならないような気がして口つむった。それほど男の眼が女を射すくめたように思えた。

「安部城よ」

と女はいった。軌道は平坦地を緩行しはじめた。なるほど前方に家がみえる。かなりな大きい村らしく、瓦《かわら》屋根の広い倉庫のようなものが建っていた。

「これから、川内へまだ三十分かかるわ」

と女はいった。どういうわけか、傷のはなしが出てから男は寡黙《かもく》になった。女は、軌道車がはげ山をみせた鉱山村の安部城を出て、やがて本線の川内駅についた時、この男が逃げるようにして、材木置場の方に消えるのをみた。男のどこかうれいげだった眼もとと、痛々しい傷跡が女の頭にのこった。

十分間のちに女は本線に乗りかえていた。本線の中は森林軌道とちがって客は混《こ》んでいた。男が乗ったものかどうかを見きわめることが出来なかった。
女——杉戸八重は大湊に夕刻五時二十分についている。

七

杉戸八重という名は本名であって、女は大湊の歓楽街、喜楽町にあるあいまい宿「花家」で、千鶴《ちず》という名で酌婦《しゃくふ》に出ている。この年、杉戸八重は二十四だった。畑の部落で零細な農業をしている杉戸長左衛門の長女に生れた。部落の娘たちの誰もがしたように、高等小学校を出ると八重も大湊へ出た。海兵団の水兵目当ての酌婦になった。それから八年たったが、八重はまだ「花家」で働いているのである。終戦になって、大湊海兵団は崩壊して、水兵が復員してしまうと火の消えたような静かな廃港の町と化してしまった。したがって八重のような酌婦も不景気となった。町は恐山の釜臥《かまふせ》山を背景にして、大湊湾といわれるおたまじゃくしのような形をした入江を抱えていた。戦争中に海軍がここを北辺唯一《ゆいいつ》の要港としたのは、地理的な条件もさることながら、港が格好の深い入江であったからである。入江は芦崎《あしざき》の砂州《さす》といわれる高い砂山に抱かれていて、いつも波は静かである。海兵団のあった砂州の湾奥は、進駐軍の管理するところとなったが、荒れ果てたまま放置されていた。しかし、町には砂鉄工場や製材工場があったし、細々ながらも昔の商店街は残っていた。もともと、土地のせまい町であるから、住宅地は広い台地にせりあがりながら建ちならんでいる。「花家」のある歓楽街は、もともと、海兵団時代に栄えたところで、さびれかたはひどかった。業者の中でも、いち早く転業するものや、青森あたりへ移ってゆく者もいたけれど、杉戸八重の抱え主である来間佐吉《くるまさきち》は、大湊に生れた男で、転業もせず、商店街や住宅地から流れてくるお客や、行商人などを呼び込んで、ささやかながら営業をつづけていた。

八重はこの店で一ばん古参だった。建物は、二階建である。古びていた。安っぽいブルーのペンキ塗りの表口は、カフェー「花家」の看板を掲げている。階下は、カフェーという名にふさわしからぬ十畳ぐらいのたたきにテーブルをならべただけの大衆食堂のような体裁で、酒やビールを売った。二階は別の入口をもっていて、軀《からだ》を売る女たちがいる。八重は景気のよかった戦争中も、この二階の女であった。多い時は十二人も同僚がいたが、いまは八重をふくめて、五人しかいない。女たちはいずれも近在の農家を出てきた娘か、あるいは、青森、八戸《はちのへ》あたりから流れてきた者だが、どの女も今は年輩者となった。つまり、若い女たちはいち早く見切りをつけて出ていったのだ。

八重が「花家」に残っていた理由は他の女と同じく借金があったからであった。彼女は来間佐吉から三万近い金を借りていた。山の材木場で檜材《ひのきざい》の皮むきをしていた母が下敷きになって大怪我をして、二年前の秋に死んだ。永びいた病院費と、葬式費に借りたわけだった。三周忌をむかえた今日、八重は主人にこの金を一文も返却していない。主人が返却をせまらない理由は八重にそれだけの稼《かせ》ぎがなかったからでもあるが、八重は今の稼いだ中からでも畑の実家へ送金して、借金はあと廻《まわ》しにしていた。暢気者《のんきもの》であるところも手伝って、彼女はいっこうに主人に気がねしていない。主人も八重を放すことを恐れたから借金を催促することを控えていた。今となっては主人は女たちが財産となっていたのである。

杉戸八重は、母親の三周忌の帰り道で、畑の軌道車の中で出あった男を三日ほど忘れなかった。ピースを呉れたということにもよった。しかし、何よりも、痛々しい手傷を負っていて、それの充分な手当もしていないのが気にかかっていた。また、大男に似あわないうれいげな眼つきをしていたことも頭に残っていた。八重は男の名も、どこの人間だかもしらない。そのまま別れたのだった。しかし、杉戸八重はその男と再会できた。「花家」という商売がその役目を果してくれたのだ。男がひょっこり、店の敷居をまたいだのは、畑から帰って四日目の夕刻であった。杉戸八重は、復員服を着た大男が、髭面《ひげづら》を呆然《ぼうぜん》とさせて階下のタタキに突立ったのをみてあッと声をあげた。

眼はなつかしげに見えたし、恐ろしいように光ってもいた。また澄んでみえた。今にも八重の前から逃げださんばかりの哀れげな眼《まな》ざしにも見えたので、

「ちょいとォ、あんたァ」

八重はふるえ声でいった。

「どうして、ここわかった。あたしをたずねてきてくれたの？」

八重は一段ひくい上がりはなから、つっかけをはいて男に突進したのだった。

「お上がり、二階でも飲めるわよ」

と八重はいった。男は無表情にむうっとしてつっ立っていたが、やがて顔をしずかにやわらげて、八重が手をひくと、前のめりに気はずかしげな眼をして寄ってきた。

「そんなら、あがらしてもらおか。妙な縁や。あんた何ていう名やった」

男はがらりと変ったように関西訛《なま》りで問うた。

「あたし、チズっていうのよ」

「チズ」

「そう、妙な名でしょう、千の鶴《つる》ってかくのよ」

階段を上がりしなに杉戸八重はくすんと笑ってふりかえった。男が逃げだしはしないかという気もしたからだ。摑《つか》まえたら放してはいけない。髭も剃《そ》ってやりたいと思ったし、どうしてこんなにうれいげな眼をしているのか腹の中もきいてみたい。傷の手当もしてやりたい。二階の割部屋は節の出た細い柱の四畳半であった。障子をあけると、男はすうっと入った。なつかしそうにタバコの焼け跡のある古畳を眺めていたが、やがてどっかと腰を下ろすと、澄んだ眼をなごめて八重をみた。八重ははじめての客と思えないようななつかしさをかんじた。

八

西陽《にしび》のあたる押入れの唐紙《からかみ》をあけて、ひと組のうすい蒲団《ふとん》をひきずり出すと、赤茶けた畳の上に敷く。昔なら女たちがお客を相手に応接間ではなしこんでいる間に、女中が床を敷いてくれたものである。それが、いつの間にやら、自分で客の床を敷かねばならぬようになった。

「うれしいわァ。あんたが来てくれるなんて、あたし、偶然とは思えない」

よごれた花柄《はながら》の蒲団の上へ、敷布をぱんぱんと音たてて敷くと、八重は唐紙を閉めながら男の肩をみた。

「どこから来たの、言ってよ」

「わしか」

男は八重の方をみないでいった。

「牛滝や」

「牛滝から？……」

八重は首をかしげた。この男が牛滝の漁師とは思えなかったからである。どこか他所人《よそびと》に見えるのだ。牛滝には一、二ど八重も行ったことがある。畑の分教場にいた時、先生につれられて海を見にいった。そこには白い岩や灰色の岩が仏像のような形をしてならんでいた浜があった。大きな音をたてて荒波が打ちよせていた。恐ろしいような、それでいて、何ともいえぬ美しいような風と波に、猛《たけ》りくるった絶壁が忘れられない。

「仏が宇陀《うだ》っていうのね、あの岩」

と八重は鼻声でいった。

「知ってる?」

「知っているよ」

と男はこたえた。

「牛滝の村って、ほんとに」

「……」

男は八重がしつこく聞くのに焦躁《しょうそう》をおぼえたようであった。八重はだまった。そして、白い前かけをはずすと、帯を解きはじめた。

八重は顎《あご》の下が二重になるほど肥《ふと》っていた。しかし肩から胸もとにかけてはすんなりとやせていた。胴もくびれていた。そうして心もち尻がとび出ていた。「花家」でも、美貌《びぼう》の方といえたかもしれない。細い眼と、いくらか空をむいた先のとがった鼻をしているが、肌がつるつるしているので、愛嬌《あいきょう》がある。

「きみ、色白だな」

男は八重が腰巻をおろす時に、丸い尻がのぞいたので背をむけたままいった。やおら立上がると、汗ばんだ軍服をぬぎはじめた。

「風呂《ふろ》はないのか」

男はきいた。

「いまね、大急ぎでわかしてもらってんのよ。少しぬるい目だったら、もういいかもしれない。あんた、先にゆく？」

「うん、このとおりや、汗びっしょりや」

男は髭のあいだから歯をだしてわらった。

「つれてってあげる」

「いや、おれ、ひとりではいる」

と男は八重の案内するのをこばむようにいった。

「風呂はおれ一人やないと嫌《いや》や」

「おもしろい人ね、あんた」

八重は笑ったが、このとき、男の左手にあった痛々しい傷を思いうかべた。

〈あの傷をみられたくないのか……〉

ふと八重はそのように思ったが、男にさからうことを控えた。手拭《てぬぐい》と石鹸《せっけん》を用意すると、小さな鏡台のひきだしから安全かみそりを取りだして、

「髭を剃ってらっしゃいよ。そんな髭むじゃら、あたしは大嫌《だいきら》い」

かみそりを受けとると、男は教えられた階下《した》へ下りていった。

長い風呂であった。三十分もかかって男は二階へ上がってきた。八重は見ちがえる

ような若々しい男をそこにみた。あばたやにきびが一つぐらいはあってもいいのに、男の顔はシミ一つない紅《あか》らんだつやつやした顔だった。だが、眼だけは心もち病人のように澄んでみえた。

「いらっしゃいよ」

「…………」

男は生き生きしたような顔をしている。

「いらっしゃいよ」

八重は先に寝ていたふとんの中で胸がはずんだ。

九

ゆきずりの男たちと契《ちぎ》るのが商売の女であってみれば、杉戸八重はどの女たちもがするように、わざと冷酷に、無表情にふるまうのを習慣としている。いってみれば、娼婦《しょうふ》の意地のようなものである。男に対して軀《からだ》が無意識に燃えることがあれば、恥じらいで身がちぢむ思いがする。

八重は長い間「花家」で軀を売ったが、終戦になって、殊更《ことさら》、旅の男たちが動物的に変ってゆく姿をみていた。やわらかさや、親切な心というものが微塵《みじん》もない。ただ男たちは、金を払った時間を、けもののように欲望を充《み》たして、背中をむけて去ってゆく。名も商売もわからない。たまにいったとしても、それはみな偽名であるか、いいかげんなことをいって帰る。本当のことというものは、何もない。八重の軀の中へ流していった欲望以外にはないのだった。

ところが、いま、八重は不思議な男をみた。男は八重に求めなかった。

八重は男の横顔をじっと瞠《みつ》めていた。畑の森林軌道へ、ひょっこり乗りこんできた男、にぎり飯を呉れてやると、ぱくぱく大口をあけてうまそうに喰った男。その男が髭を剃って、つるつるした顔でわきに寝ているのだ。

「あんた、おもしろい人ね、なんていう名、おしえて」

「おれか」

男はちょっと眼角に光をうかべた。

「おれか」

「嘘《うそ》いわないでよ。みんな嘘をいうんだから」

八重は懇願するようにいった。

「おれは、犬飼《いぬがい》多吉《たきち》ちゅうんや」

「犬飼?」

「おもしろい名やろ」

男は苦笑した。そして、おしだまるように口つむると、何を考えたのか外の景色に眼をむけた。

あけ放った障子と柱のあいだに釜《かま》を伏せたような高い山がそびえている。それは、昔は火山であったにちがいない。噴火した当時の溶岩の流れが、擂鉢状《すりばちじょう》になってふもとの方へ向って凝固している。

「恐山よ」

八重は白い手をのばしていった。

「……」

男はじっとしていた。

「円通寺のある山よ」

「あんたのお母ちゃんの声をきかしてくれるイタコはんのいるとこだろ」

「そうよ」

と、八重は咽喉《のど》をならしてわらった。しかし、男は急に黙った。死者がよみがえるというその黒い山が、男の心のどこかに恐怖をよびおこすのであろうか。かすかに口もとをふるわせると、やがて、大きな軀をがたがたとふるわせはじめたのである。

「あんた、どうしたの。あんた、どうしたのよ」

八重はびっくりしたように両手をのばして男の顔をはさんだ。

男の眼は爛々《らんらん》と輝き、八重をつきさすようににらんでいる。

十

いとなみは淡かった。それは男の無力感を現わしていた。燃えたはずの男の軀は、八重の汗ばんだ体臭の中でなぜか、急に萎《な》えたように思われた。八重はぶざまな羞恥《しゅうち》の中で軀をかくし、男にこんなことをいった。

「あんた、あたしを軽蔑《けいべつ》したんでしょう? わかるわ。あんたの眼はあたしをみないんだもの。あんたの眼がまともに光ったのは山をみてた時だけよ」

「………」

男はだまって、頭をかかえている。しばらくしてからいった。

「おれ、何か、あんたにいうたか」

「何もいわなかったわ」

「そうか」

ほっとしたように男は息をついた。

「おもしろい人ねェ」

八重は手巻ののぞみ煙草を吸いはじめる。と、男は、鏡台のわきに大事そうに置いてあった雑嚢《ざつのう》をひきよせると、中からピースの函《はこ》をとり出した。

「これ、喫《す》いなよ」

八重がぼろぼろの煙草をもみけして、新しいのに火をつけると、

「あんたはお母さんが死んだっていったが、家にはお父さんがいるんだろ」

ときいた。

「お爺ちゃんとお父ちゃんと、弟が二人いるわよ」

「おやじさん何してるの」

「木樵《きこり》」

と八重はこたえた。

男の眼がわずかに光る。

「営林署の手伝いやら、山持ちの家にやとわれていって木を伐《き》る仕事よ。大きな大きな弁当をもって出かけるわよ」

八重はそういって、両手で、父親の弁当箱の大きさをつくってみせた。

「母ちゃんがね、死んだ時に借金が出来たのよ。そいでね、あたし、いつまでもやめられないの」

「……」

男は顔を八重の方にむけて、気恥ずかしそうな表情で訊《たず》ねた。

「弁当箱って、それ、籠《かご》であんである奴《やつ》か」

八重ははぐらかされたように思った。

「そうよ。竹の皮で編んであったわ。御飯を入れれば入れるほどやわらかくなってふくらむのよ。そんな弁当箱みたことある？」

「うむ」

男は知ってるような顔をした。

「あんたの家は牛滝じゃないでしょ」

「牛滝じゃない。牛滝へきたんだ」

「それじゃ、生れたとこはどこよ、田舎、都会？」

「田舎さ、うんとこさ西の方だ」

と男はいって、眼をほそめた。関西なまりのあることは八重も承知している。

「西ってどこよ。大阪、名古屋？」

「そっちの方だ。しかし、そんな都会じゃない。やっぱり、わしの親爺《おやじ》もな、大きな弁当箱をもって稼《かせ》いでたよ」

そういうと、男は歯をだしてニヤリとわらった。人なつこい笑いであった。八重は起上がると、小用に下りる顔をして階下へおりた。来間佐吉の部屋にゆくと、消毒薬と傷薬をもち、二階へ上がってきた。と、部屋をみると、男は浴衣《ゆかた》をぬいで、服にきがえてしまっていた。

「あんた、これ」

八重はつき出すようにさしだした。

「………」

男は、オキシフルと何か煉薬《ねりぐすり》のような缶《かん》入りのそれをじっとみつめていたが、

「ありがと」

といっただけでもらうのをためらっている。

「もういいんだ。さっき風呂へいったときにみたら、うす皮がはってた」

「バイキンがはいるといけないわよ」

と八重はいった。

「ありがと」

男は軍服をぬいで傷をひらいてみせた。大きな傷であった。紫色にはれ上がった部分は痛々しそうにまだぶよぶよにふくれていたし、裂けた傷口はうす皮がはっているとはいうものの、ふくれたようにまだ口をあけている。男はその傷口を、八重の出してくれる脱脂綿に消毒液をふくませて二、三ど拭《ふ》いた。泡《あわ》つぶをたててしみこむ傷口を男はじっと瞠《みつ》めている。八重は繃帯《ほうたい》をだした。

「これで、しばっときなさいよ」

「ありがとう」

男は素直にうけとった。そうして、傷口を八重がしなやかな白い指で器用にまいてくれるのをみている。

「あんたは親切な人だ」

男はいった。そうして、

「いくらだ」

ときいた。

「クスリのお金はいらないわよ、わたしが階下《した》からもってきたゝだから」

「きみに払う金さ。いくらあげればええんか」

「あたしの方は五十円」

男はうなずいて雑嚢をひきよせた。底の方へ指をつっこんで、まさぐっていた。やがて百円札を一枚取りだして八重にわたした。

「ありがと、あんた、またきてくれる」

反射的に誰にも投げるその言葉を男は無表情に受けとめていたが、このとき、急に雑嚢へ手をつっこむと、しわくちゃの新聞紙をとりだし、ひと摑《つか》みにした札束を包んでぽいと八重の前に置いた。

「いくらあるか知らんが、あんたにあげるよ」

「……………」

八重はぎょっとした。手の切れるような百円札が何枚もあるからだった。おそらく五百枚ぐらいはあるかもしれない。

「そんな、そんな、たくさん……」

八重の眼はギラリと光った。二重顎《あご》がぴくぴくふるえた。

「いいんだ。何にもわるい金やない。これ、おれが闇《やみ》商売で儲《もう》けた金や。どっちみち、右から左へ品物を動かしてぬれ手でつかんだ金や。あんたにあげる。好きなように使いなよ」

犬飼多吉はそういうとにゅっと立ち上がり、杉戸八重が呆然《ぼうぜん》と見あげているうしろを、ふりむきもしないで廊下へ走り出ていった。腕の傷をしめた繃帯が、いくらか強すぎたのであろうか。右手で、ちょっと撫《な》でるようにしたかと思うと、うれいげな眼を半泣きのように皺《しわ》よせ、ちらと八重を見ただけであった。

「あんたァ」

杉戸八重は膝《ひざ》がしらをつき出すようにしてあとを追ったが、軍靴《ぐんか》に足をつっこんだ男の汗ばんだ背中が階段の下にみえ、ふりむきもしないで出ていくのがみえた。八重は部屋へもどった。

〈黙っておれ、黙っておれ！〉

そんな声が押しかぶせるように、杉戸八重の顔をたたいた。

〈どうせ闇の金なんや！〉

札束をカバンに入れて上がってくる闇商人はめずらしくはなかった。しかし、それらの商人は一枚の札をさも惜しそうにひきだしてくれるにすぎない。こんなに厖大《ぼうだい》な金を無造作に置いていった男はいない。杉戸八重は、ひとりきりになると、卑《いや》しげな眼つきをつくって、ふとんのわきにつまれた札束の金額を目測した。六、七万円はありそうであった。それをかぞえもしないで八重は鏡台の引出しに匿《かく》した。そうして何やら口で言葉にならないうわごとのようなことをいうと階段を走り下りていった。町へ出た。

風のつよい日であった。砂塵《さじん》の吹きあげてくる港へ通じる道には人影はなかった。恐山の背中へ落ちかかろうとする夕陽が、今しも死んだような静かな廃港の沖を染めていた。橙色《だいだいいろ》の夕焼けである。

〈犬飼、犬飼多吉……〉

男の名を八重は何ども口ずさみながら大通りまで走ってみた。男の影はなかった。

第四章　湯野川

一

石ころの坂道に秋のうす陽《び》が斜めに照り映えていた。杉戸八重は、長左衛門のしなびたような痩《や》せた手を取ると、今し方停《とま》ったばかりの軌道車の枠《わく》から線路に向って裾《すそ》へ片手をあてながらとび下りた。

「お父《ど》、どうしたンな」

八重はむっつりしている父親の手をひっぱった。「花家」の店で使っていた標準語から、いくらか解放されているので畑《はた》の言葉がまじっているのである。

「どうもしねえ。ちょっと足がひきつっただけだ」

と、長左衛門は顎《あご》のほそい皺《しわ》くちゃの顔をしかめた。坂道の向うに陽が照っている。

紅葉した山裾は橙色の栗《くり》の葉や、欅《けやき》の葉で埋まっている。とろんとした眼を父親はほそめていた。

「湯野川だ、お父」

「しばらく来なかったなァ」

と嬉《うれ》しげに長左衛門は歩を早めだした。

「お母《かか》あが入ってた風呂が見えるべ、ほら、あすこの石垣《いしがき》の上に見えるべ」

杉戸八重は、足がまたのろくなりはじめた長左衛門の手をひっぱって、大きな息を吐いて上っていった。

八重は右手にかすんでみえる釜《かま》を伏せたような恐山をみた。

犬飼多吉の四角なつやつやした顔がそこにあった。八重は、夕焼け空の昏《く》れなずもうとしている町へ消えた男の名を、いま、口の中でよんでみたい衝動にかられた。

男の置いていった札束は、あれから二階に戻《もど》って勘定してみると、六万八千円あった。八重は胸がどきどきした。かぞえる指がふるえて、ずいぶん時間がかかった。札は手《て》垢《あか》のつかない新しいもので、百枚ずつの束にしてあった。八重がかつて手にしたことのない多大な金額であった。

へいいんだ。何にもわるい金やない。これ、おれが闇《やみ》商売で儲《もう》けた金や。どっちみち、

右から左へ品物を動かしてぬれ手でつかんだ金や。あんたにあげる。好きなように使いなよ〉

犬飼多吉が帰りしなに四角い顎をにんまりさせていった言葉がはっきり頭に焼きついている。八重は札束をいったん蒲団《ふとん》の下にかくした。夜になってから、鏡台のひき出しに移した。

鏡台に入れてみたが、それでも心配になった。夜ふけてから、また札束を眺《なが》め、行李《こうり》の夏着のあいだへ新聞紙に包んで入れ、眠りについた。しかし、なかなか眠れなかった。男が逃げるように町へ出ていった後ろ姿と、置いていった多すぎるほどのその札束が重なり、いつまでも動悸《どうき》がやまないのだった。八重は、ひと晩じゅう考えた。と、朝方になってからある恐怖が八重をおそった。

ひょっとしたら、悪い金ではないか、という直感である。よくお客の顔をした泥棒《どろぼう》や、人を傷つけた男が泊りにくることがあった。警察は男が去ってから調べにきた。あとで、あの時の客が、恐ろしい犯人だったか、とぞっとしたことも再々ある。

〈だけど、犬飼さんはそんな人じゃないわ……〉

と八重は男のつやつやした顔を思いだした。澄んだ眼と、はにかんだ笑いも思いだした。行李の中にしまってある金が、自分のものであるということを、いまはっきり確認したい。六万八千円もあれば、来間《くるま》への借金は返すことも出来る。畑の家にも一万ぐらいを置き、死んだようなこの廃港の町を出てゆくことも出来るのであった。犬飼多吉が、悪い男であってはならなかった。もし、そうだったら、行李の札束は誰《だれ》かに取りあげられてしまう。闇商売で儲けた金だ。その金の一部を男は気まぐれに置いて行った。

これは無理な判断ともいえなかった。近ごろは、製材工場や砂鉄工場へくる闇商人が多い。みんな腹巻に、札束をまきつけている。

闇物資の売買だった。インフレといって、お金というものが、紙屑《かみくず》のように価値のないものになりつつあることも、八重は知っていた。しかし、それにしても六万八千円は多額すぎた。八重は気が遠くなるほど驚愕《きょうがく》した。しみのついた襖《ふすま》や、節板のならんだ安っぽい「花家」の天井が、急にみすぼらしくみえ、八年間も耐えて暮してきたことが不思議なような気がした。柱も天井も、押入れの襖も、急に他所他所《よそよそ》しい空気の中で浮いてみえた。八重は咽喉《のど》が涸《か》れるような気持をもてあました。

「どうしたンな、あんた、顔が蒼《あお》いよ」

同僚の品子という二つ年上の肥《ふと》ったのが部屋へきて、珍しく上り客をとった八重に、根掘り葉掘り、男のことをきく。八重はくわしい説明をしなかった。

「大きな人だっていってたね」

「大きな人だった」

と八重は笑ってこたえた。

八重はそれから三日目に、畑へ帰る用事が出来たといって、来間に休暇をもらった。三日間も警察からたずねにこなかったことが、大きく八重を安心させたのだった。六万八千円の金を洗濯物《せんたくもの》と一しょに風呂敷に包んで、八重は午《ひる》すぎに大湊《おおみなと》を出ている。在所に帰って、ゆっくり金の費《つか》い方を考えてみたかった。祖父は足腰が立たない。せめて父親の長左衛門だけでも、湯野川へつれていってやりたい。湯野川の温泉宿で、母のヨネは半年も療養して死んだ。父親は、品物を運びに母のもとへ時々通ったことはあるが、ゆっくり湯につかったことはなかったはずである。その長左衛門を湯につからせ、八重はあすにでも大湊の来間の店を出てゆくことを相談してみたかったのだ。

二

卵形の大小の石が檜皮《ひわだ》の傾斜に無数に敷きならべてある。その屋根は、ひしゃげたようにかたむいている。くさりかけた箱のような湯煙の出口が、ぽつんと離れて二つとりつけてある。そこから白い湯気が棒のように出ていた。平家の浴室は湯野川村が経営する共同風呂である。粗末な松板を釘《くぎ》で打ちつけただけの建物だ。中へ入ると、広い湯船があり、澄んだ湯があふれていた。誰も人影はなかった。

杉戸八重は父親の前で、ぱらりと紅《あか》い腰巻を取り、白い裸を露出した。客の前では気恥ずかしさをつくろいながら着物を落す八重も父親の前では堅くなった。八重はもたもたと野良着《のらぎ》のもんぺをぬいでいる父親をふりむかずに、湯垢《ゆあか》のついた木の段を下りて湯に入っていった。

窓のこわれた、四角い穴が板屋の上にあいている。ここで母の折れ曲った足を八重は何ども洗ってやったことを思いだすのである。ずいぶんうす暗かった。真上の煙ぬきの穴から落ちてくる光線が、湯をすき通らせている。八重は、白い軀《からだ》をのびのびとのばした。長左衛門がだまったまま、湯船をまたいでつかってくるのに、ゆっくり考えていたことを切りだした。

「お父、おらな、大湊の来間さんとこを出るつもりだが。いいだろ」

長左衛門はどきんとして娘をみた。椎茸《しいたけ》のように黒ずんだ耳をぴくりと動かしている。

「借金はどうするだ」

「返すわ」

「そんな大金、おめえいつつくった」

疑いぶかげに父親はしょぼついた眼をなげてくる。

八重は標準語になった。

「このごろはずいぶん忙しくなったのよ。工廠《こうしょう》の跡始末に役所関係の人が何人も泊りにくるし、砂鉄の方にも、大勢の職工さんが入ったわ。店はひとときより客足がよくなったのよ。それでね、いくらか貯《たま》ったお金があるから来間さんに返して、わたしは東京へ出たい」

「東京？」

と、長左衛門は汚れた褐色《かっしょく》の手拭《てぬぐい》を手放して湯の上にうかした。ヤニのたまった眼がひんむいたように光る。

「東京よ」

とまた八重ははずんだ声でいう。

「これからは、東京へゆかなきゃ、だめよ。八戸《はちのへ》だって、青森だって、景気はわるくなるいっぽうよ。時ちゃん知ってるでしょ。大畑の薬研《やげん》にいた人よ。あの人も、東京へいっちまった」

「………」

八重は不機嫌《ふきげん》そうに黙りこんでいる父親の、肉のそげ落ちた咽喉のあたりをみながらつづけた。

「いつまでも、わたし、今のような商売してたくないのよ。東京へゆけば、お給料で働ける店はいくらもある。青森や八戸だったら、顔見知りがいっぱいいるしね。どうしたって、素人《しろうと》じゃ通らないものね。お父《ど》、いっそのこと、遠いところへゆけば、あたしだって……真面目《まじめ》に見られるでしょ。お父」

八重は湯の香ににじんだはれぼったい眼を真剣に父親にむけて、

「お父、うちは、まじめな商売をしたいのよ。こんな商売、戦争中でもうたくさん。戦争はすんだ。兵隊さんはみんなひきあげた。みんな、新しく出直す時代がきているのよ。お父」

三

六万八千円の金が、若い娼婦《しょうふ》の眼に光をあたえていた。八重はいま、これまでに味わったことのない自分の過去や将来について、思慮をもつ時間といえた。八重は湯の中で身を硬《こわ》ばらせた。

母親が、営林署の伐採に傭《やと》われていって、檜《ひのき》の皮むきをしていて、材木の下に押し倒された一日から、八重の人生に押しかぶさった冷たい厚い幕のようなものが音を立てて消えてゆくようである。

「お金があればね、お父、この世の中は苦労しなくてもいいのよ。お金を上手に摑《つか》んだ人が勝ちなのよ。お父。お父はお母あをつれて、毎日毎日営林署の下働きに、大きな大きな弁当箱もって精を出したけど、六十になっても、お父には銭《ぜに》はなかろ。お父が悪いんでもない。お父は運がわるかったんよ。死んだお母あが、ここで、湯船のわきにきて、あたしが傷口へタオルの湯を少しずつこぼして流してやると、こういった。お父。お父はええ人だ。ええ人だから、苦労する。畑の治左衛門のように人の山でも自分のもののような顔をして売って、その銭で青森に工場を建てるような大きなことはお父には出来ねえ。お父は一生苦労する。ふんだから、お前ら、お父を阿呆《あほう》にしたらいけねえって……お母あがいうた。な、お父、あたしは、いま東京へいくちゅうのは、お父のこと思うていってるんだ。お父に銭を送るために、長つづきする真面目な仕事をしねえばいけねえと思うてよ、お父」

「………」

長左衛門はうつろな眼を天井の穴にむけ、はあっと大きな息を一つついて、手拭を頭から肩にかけてかぶった。

「聞いてるけ、お父」

と八重はもどかしそうにいった。

「聞いてる」

と長左衛門は腑抜《ふぬ》けたような声をだした。

「おめえの儲けた金でねえか。おめえがどうつかおうとわしの知ったことでねえ。しかし、わしのすってる者らは、東京さ出て出世したもんは一人もいねえ。東京は女《おな》子《ご》の軀をもみくちゃにして、また、在所に放り出す恐ろしいとこだと、治左衛門のお母あもいってた。おめえが好きならええけどもよ。……おめえは、ふんだば東京さいって何するだ。まさか、大湊のようなことはするんじゃ、ねべせえ」

「喫茶店よ」

八重は天井にまでひびくはずんだ声をたてた。

「東京にはね、まじめなお茶を呑《の》む店ができてるってよ。進駐軍がいっぱいチップを置いてゆくんだって。時ちゃんは薬研《やげん》のお母あに、二千円も送ってきたっていったよ」

「時がそんな進駐軍の喫茶店にいるのけ」

「行ってみなけりゃ、わからない。でも、いいところらしい。友だちとアパートにすんでるって、品ちゃんのとこへハガキを書いてきてたもン」

「へーえ」

と長左衛門は疑いぶかい眼を娘に投げた。やがて、断念したように、

「好きなようにするがええ。お父は、死ぬまで山さえぐ」

と、いった。八重は湯船をまたいで床にあがった。すべすべした腹から股《もも》にかけての餅肌《もちはだ》に、見惚《みと》れるように眼をほそめ、何ども何ども、手拭の湯をかけた。

〈あすにでも、東京へ出よう。来間の店に借金を返して、とっとと大湊を出ていこう。そうだ、途中で、仙台で一泊して松島でも見てから上野へゆこう……〉

かたちのいい椀《わん》を伏せたような乳房が熱っぽくほてった。そうして、乳房に湯をかけていると八重はもう汽車にのった心地になった。

四

と、この時であった。浴室の隅《すみ》の方から、とつぜん咳《せき》ばらいがした。ふりむくと、にゅっと現われた男がいた。湯気の中で、男はじっと寝ていたらしい。八重は思わずぎょっとして股間《こかん》にタオルを被《おお》った。

土地の者ではなかった。二人の方へゆっくり歩いてきて、じろりと八重を見た。背のたかい、やせた男である。しゃくれ顎《あご》に無精髭《ぶしょうひげ》が胡麻《ごま》粒のように生えている。眼つきがひどくわるい。陰気なかんじだった。四十五、六だろうか。

いったい、この男は、八重と長左衛門が二十分も前に、表入口からはいってきて、湯船に軀をひたし、長話をしているあいだ、隅の方の湯気の中でかくれていたのか。それとも湯気の向う側の裏口から入ってきたのか。

八重は男に盗み聞きされたという後悔と、にゅっと顔をつき出すようにして出てきた無作法さに、思わず軀をちぢめて、睨《にら》みつけていた。

キラリと眼を光らせた男は湯に入った。ほおーっと一つ息をついて、浅黒い軀を首までひたらせている。タオルをつかって肩のあたりをゆっくりこすりはじめた。

八重は父親をみた。長左衛門はとろんとした眼を男の方にむけて、さほどびっくりした風でもない。

男は、泳ぐように両手を湯にひろげて長左衛門のわきへきた。

「いいお湯ですなァ」

かすれたひくい声だった。深い鼻じわをみせ、長左衛門にはなしかけてきた。

「わたしは、はじめて来てみましたが、なかなか、いいお湯ですな。……お近くの方で……」

はきはきした物言いだ。たしかに地元のものではない。

八重は石鹸《せっけん》の泡《あわ》つぶだらけの下腹に湯桶《ゆおけ》の湯をかけながら、男を観察しはじめた。

「はい、畑の者だス」

と長左衛門はいった。

「畑というと、ここへくる途中の材木のあった村ですか」

「そうだ」

と長左衛門はいった。男はこっくりうなずいた。また、八重の方に切長の眼をキラリとむける。裸体の女を見る好奇というよりは別の光であった。八重は、この男が自分を知っているのではないかと思った。すると、八重は急に軀がほてりはじめた。

「湯野川には、お爺《じい》さん、たびたびおいでになりますか」

「はえ。家内がながらくここで療治しておりました。わしはときどき来ました。そのころと湯野川はすこしも変っていねえべや」

「静かな、いいお湯ですな」

と男はまたいって、浴室の古びた天井や、粗末な板囲いを眺めまわしている。

「お前さんは、どこから来なさった」

と長左衛門がきいた。男は瞬間、八重の方に眼をむけてだまっていたが、すぐに、

「函館《はこだて》です」

といった。

「ほう」

長左衛門は感心したように口先をつきだしている。つれが出来たので、楽しくなったとでもいいたげな表情である。八重は不快感がこみあげた。男にじろじろ見られるのも嫌《いや》だった。湯気の中へ立上がると、小股《こまた》歩きに、さきほど男の出てきた湯気のこもった方へ行った。と、そこには、浅い小さな子供湯のような湯船がある。昔はなかった湯船だ。

〈男はここで寝そべっていたのか——〉

八重はうかつなことに隅の方まで気を配らなかったことが悔いられた。と同時に、あの男——犬飼多吉から貰《もら》った金のことを、父親にまだはなしていなかったことが、大きな安堵《あんど》感《かん》となって軀をかけめぐった。

〈誰にもはなすまい。あの六万八千円の金のことは、死ぬまで、誰にもはなすまい……〉

八重はあらためて自分にいいきかせながら、底の浅い湯に軀を寝かせていった。湯気がひどいから、こっちからは、向うの男はみえない。しかし、父は世間ばなしを大声ではじめた。

「リューマチや神経痛に効くべ。古い湯でな。わしの家内も山仕事で骨折って半年、この湯につかっていましたけんども、ぽっくり二年前に死にました」

五

湯野川へ父をつれてきたことは、杉戸八重に収穫があった。久しぶりに父親ののんびりした顔をみたほかに、何よりも大湊の「花家」を出て、東京へ働きにゆくのを無理矢理納得させたことが大きい。

しゃくれ顔の男がいつまでも父と話しているので、八重は、先にあがった。あがりしなに、風のふきぬけてくる更衣室の隅をみた。籠《かご》の中に黒っぽい背広がぬいである。土のついた短靴《たんぐつ》がそろえてある。気づかなかった。八重たちは入口に脱ぎっぱなしのまま入ったのに、男はちゃんと靴を籠の裏側へかくすようにして置いていたのだ。

八重は、変な男だな、と思っただけで、父親が湯から上がってくるのを待つ間、石ころ道の湯野川の村を歩いた。風がなくて心地よい日和《ひより》である。道はかわいている。湯上がりの肌に澄んだ空気がいくらか冷たい。二年前の夏、足首まで繃帯《ほうたい》をまいた母を背負って通った道だ。八重は、恐山のみえる南の山波を眺めたり、行止りになっている村道の段々畠《ばたけ》などをいつまでもみて時間をすごした。時々、浴室の方を気にして見届けにきたが、父親はまだ湯につかっているとみえて出てこなかった。

八重は久しぶりの湯治だから、父親をゆっくり湯につからせたい。自分は村を歩いてみたかった。東京へゆけば、もう湯野川へは二どとこられないかもしれない。道ばたの山蕗《やまぶき》の背高い葉っぱや、天を突くように生えそろっているヒバ林の梢《こずえ》がなつかしく思われた。

八重が、共同湯の裏側から、湯口の樋《とい》の架《か》かっている山裾の方へ歩いている時であった。うしろから、足音がしたのでふりむいた。どきりとした。いつのまに、背広服に着かえたのか、先程の浴室の男が登ってくるのだった。八重は道がつき当りになっているので、困った。男の足は早くなった。近くにくると男は立ち止った。じろりと八重をみていた。その眼は針のようにするどかった。八重はつんとするのも変だと思って、男の視線に軀をあずけたまま、

「父はまだお湯にいましたか」

ときいた。

しゃくれ顎がこのとき微笑した。

「まだいらっしゃいましたよ。あなた、杉戸八重さんですね」

男は八重の顔をみないで、内ポケットに手をつっこんで、

「待っていたンです。無躾《ぶしつけ》だったかもしれません。しかし、大湊でひと足ちがいになったもんですからね、あなたが在所へ帰られたというんで、追いかけてきたンです。わたし、こういうもンです」

骨ばった手をポケットからひきぬくと、黒い手帳を取りだした。

「函館警察の弓坂といいます」

八重は息がつまった。

〈あの男のことで来たのか……〉

眼先がくらくなるのをおぼえた。
手帳をのぞくと、はっきり活字がよめる。
函館警察署捜査一課刑事係長
警部補　弓坂吉太郎

六

「せっかく湯治なさっているところを、待伏せしたような格好になって、申しわけありませんでした。じつは、札幌からの依頼でね、探している人があるンです。青森市や、大間《おおま》のあたりへ手配りして聞込んでいたンですが、『花家』で、あんたのお客さんになった男が、ちょっと似ているんです。四日前にあがった大男ですよ」

八重は弓坂吉太郎の顔をじっとみつめた。

どう返事してよいか迷った。あの犬飼多吉が、やっぱり、悪いことをしたという愕《おどろ》きと、犬飼が置いていった金が、不純なものであるという思いが頭にきた。と、八重の湯上がりで赧《あか》らんでいた肌に鳥肌が立ちはじめた。

〈嘘《うそ》をつくのだ。本当のことをいってはいけない。あたしだけしか知らないんだから

……〉

八重は心の中で闘った。そうして、弓坂に顔をむけていった。

「四日前って、復員服をきた川内の人ですか」

「川内？」

弓坂は顎をひいた。猜疑《さいぎ》走った眼がまた針のようにつきさしてくる。

「はあ、川内の製材所にきたんだといってました。一時間だけあがって、帰ったンですよ」

空とぼけた感じを出すまいと、八重は懸命になった。瞼《まぶた》の裏に、またしても、男の痛々しかった傷口がうかぶ。

「何という名ですか」

「工藤《くどう》っていってました」

「工藤」

弓坂吉太郎の顔から赫みが消えた。

「工藤？」

と警部補はつぶやいて、手帳をぽんと掌《てのひら》の上で音させた。工藤というのは常連の男であった。咄嗟《とっさ》に出たこの青森県にかなり多い姓が、このとき真実性をもって警部補の耳に入ったかと思うと、八重は安堵感がこみあげた。

「四角い顔の、大きな人でしたよ、だまってばかりいて、なんにも話をしないんですよ。いやなお客でした」

と杉戸八重はいった。

「関西なまりをだしませんでしたか」

内心、はっとしながら、すらりとこたえる。

「青森の言葉でした。川内の製材工場に知合いがいて、材木の仲買にきたんだといってました。大工さんじゃないかなと、わたし思ってたんです」

「ほう」

弓坂吉太郎は、しわばんだ眼をキラリと八重にむけて、射すくめるように見つめたきり離さない。八重は膝《ひざ》がしらがふるえだした。

「復員服といいましたが、雑嚢をもっていませんでしたかね」

「雑嚢って兵隊さんのカバンですか」

「そうです。紐《ひも》でくる被《おお》いのついたカバンですよ」

「風呂敷包みをもってました。その中に雑嚢が入っていたかどうか知りませんけど」

精一杯の嘘をついた。八重は次第に言葉がふるえ、顔がカッとほてってきた。

「そうですか」

弓坂警部補は顎をひき、はじめて視線をそらせて地面をみた。ひとりごとのようにいった。

「やっぱり、人違いだったかな。川内の製材工場へきた人でしたか。いや、大男で復員服ときいたもんだから、てっきり、探している男にちがいないと思って、あなたを追ってきたんですよ。ご不快にさせたでしょうね」

「いいえ」

と杉戸八重は次第に落ちついてくる胸をなで下ろしている。

〈うまくいった。うまくだまし終えた……〉

八重は激しい動悸《どうき》を聞きながらそう思った。

しかし、すぐそのあとで、この警部補が、湯気の中で、自分が東京へゆくということをきいたにちがいないと思うと、ぞっとした。大変なことを盗み聞きされている。

「ありがとう。あなたのいうことを信じます。しかし、もう少し、その川内へきた男のことをはなしてみて下さい」

ねばっこい視線だった。八重は不快な思いがつきあげてきた。しかし、いま、ここで、突慳貪《つっけんどん》に出れば、かえって怪しまれてしまう。

「一時間ほど部屋にいて帰ったんですよ。川内へきたという以外にははなしませんでしたわ。工藤って名前は本人があたしにいったんです。お客さんは嘘つきですから、名前なんか信用しませんけどね、大湊にも工藤って名があるので、あたしおぼえたんですよ」

「軍隊のことははなしませんでしたか」

「はあ」

「なんにも？」

「あたし、洗濯のあとだったし、つかれていたんですよ。お相手するのもいやだったぐらいで、……それに、大男の髭面《ひげづら》でしょう、気もちわるくって、あんまり……」

警部補はうなずいて、手帳をしまった。

「なるほど……」

と、そういったきりでだまった。だまっていると、何を考えているかわからぬような眼である。八重は早くここを立ち去りたかった。さいわい父のことが気になりだした。

「あたし、父さんのとこへゆかねばなりません。よかったら、いっしょに共同湯の方へいってくれませんか」

警部補は八重のあとをついてきた。泥靴《どろぐつ》だった。ズボンの裾《すそ》もひどくよごれている。山や畑の道を相当歩いてきていることが知れた。

「八重さん、あんたは東京へゆかれるンですね」

弓坂の声が耳をうつと、杉戸八重はキリッとした眼をむけて、口角をゆがめた。はげしい怒りがわいた。しかし、なるべく、やわらいだ声で、

「あたしのはなしを刑事さん、聞いたんでしょう。大湊じゃ、うちへ送る金が稼《かせ》げませんからね。東京へ出て、友だちといっしょに働こうと思うんです」

八重は空を仰いで警部補の方は見なかった。恐山が煙っている。その山の頂きに、夕焼けの町を逃げていった犬飼多吉の肩を張った黒い影がまたうかぶ。

〈あの人を助けてあげよう。助けてあげねば、あたしの貰《もら》った六万八千円は消えてしまう……〉

八重は落ちつこうとつとめた。警部補はひっつくほどに近くに寄りそって尾《つ》いてきた。

七

弓坂吉太郎警部補は、共同湯へ下りてゆく石ころ道を、杉戸八重の湯上がりのむせるような匂《にお》いを鼻にうけながら、足早に尾いていった。

〈この女が嘘をいうはずはない……〉

警部補はそう思うのであった。

杉戸八重は一見、酌婦《しゃくふ》のようにはみえない。永年、そのような商売をしていると、女たちの眼にはクマが出来、どことなくすさんだ、艶《つや》のない肌をしてくる。娘時代は鈴のような美しい声をしていた者が、四、五年もすると声帯がわるくなる。ガラガラ声になってしまう。八重にはそれが認められない。どこか素人《しろうと》っぽい感じがする。これは、八重が八年間も「花家」で働きながら、何かを捨てないで大切にしてきている証拠ではないだろうか、と、弓坂吉太郎は思った。

八重の性格は、湯気の中にかくれて聞いた父との対話にも出ていた。八重は、来間佐吉の家から出てゆきたいと思っているけれど、畑の生家の老父のことが気になって、かんたんに東京へとび出すわけにもゆかないのだ。

警部補は、貧しい家にうまれた娘が、一家の働き手であった母親を事故で亡《な》くした日から、ずいぶん苦労したにちがいないと思い、八重の親思いの心情の美しさを垣間《かいま》見た思いがして、じつのところほろっとした。

〈この女が嘘をいうはずはあるまい……〉

「花家」に休憩した大男は、やはり川内の製材工場へ木材を買いにきた工藤という男だろう。工藤という姓は青森県に多い。八重が咄嗟《とっさ》にその男の名を言った時の、顔の変化はごく自然にみえた。男が一時間ばかし上がって肝心のことは何もはなさないで、名前だけ告げて帰って行ったということもありがちなことだ、と思う。

〈とすると、やっぱり、ここまで追いかけてきたのは無駄《むだ》だったか――〉

弓坂はだまりこくった八重のうしろ襟《えり》のあたりを見ながらいった。

「ありがとう。せっかく、お父さんとふたりで湯治に来ておられるあんたに、変なことを聞いて、めいわくをかけましたね。役目柄《やくめがら》、しかたがなかったんですよ、八重さん許して下さい」

警部補は芯《しん》から詫《わ》びる表情になって、

「私は計画的にお湯の中にかくれていたのではありません。……畑へ行って、あんたたちが湯野川ゆきの軌道車に乗ったというもんだから、急いで前の方の箱に乗ったんです。ひと足さきにつきました。湯に入っていると……まさか、あんたたちがあとからここへはいってくるとはゆめ思わなかった……いや、刑事生活をながいことしてきた私ですが、恥じていい行動のような気がしないでもありません。どうぞ、おゆるし下さい」

警部補はしゃくれ顎をひっこめて、謝罪の心をこめていった。八重はだまって歩いてゆく。

もう何も話などしてやるもんか、といった怒ったようなうしろ姿が、この場合、警部補のとった卑劣な行為をはねつける役目をし、八重の強い気構えが出ているように見えた。

弓坂は共同湯の入口にきた時、八重が父親の入っている更衣室の暗がりへ入ろうとするのへ、ぺこりと頭を下げた。

「東京へゆかれたら、元気で働いて下さい」

杉戸八重は警部補の方をふりかえった。

「わたしは嘘はいわなくてよ、刑事さん。嘘をいったって一文のとくにもならないんだから」

一だん高くなった共同湯の入口へとっとと上がってゆく。野良着をぬいだ若者と、その女房《にょうぼう》らしい田舎びた浅黒い顔の女が湯文字をぱらりと落して籠の中にしまっている。近在の客らしかった。八重はその湯気のこもった更衣室の隅《すみ》に、どっかとあぐらをかいた父の長左衛門を見た。長左衛門はゆで章魚《だこ》のように赤くなり、皺《しわ》くちゃの顔を、とろんとさせて、坐《すわ》っている。

八

札幌警察署の宮腰警部補から、函館警察署長宛《あて》に、犬飼多吉ならびに、網走刑務所仮釈放者、木島忠吉、沼田八郎両名に関する照会がなされたのは十月六日のことであった。宮腰警部補は網走刑務所看守部長巣本虎次郎と岩幌署巡査部長田島清之助の提出した資料によって、岩幌町大火の原因となった佐々田質店強盗殺人犯人は、犬飼、沼田、木島の三名と見、会議がすんでからすぐ公文書をもって全道内に調査方を依頼した。

この書類が函館署に届いたとき、刑事係長の弓坂吉太郎は首をかしげたのである。彼の頭に、九月二十二日の朝、層雲丸の事故死者の中で、二死体だけ引取人のこない死骸《しがい》があった。その若者たちの死骸を思いうかべたのだ。年齢も風采《ふうさい》もどこやら似ている。

弓坂は書類だけ読んだのでは得心がいかなかったので、電話口に走ると、札幌署の宮腰警部補をよび出して訊《き》いてみた。宮腰は例のカン高い声でいった。

「木島は小柄で沼田は中肉中背ですしね、犬飼は六尺ちかい大男だというんです。犬飼は刑余者ではありませんが、木島、沼田は六月に網走を出所しています。思うに、木島と沼田がシャバに出て、犬飼と知りあい、朝日の温泉へあそびにいって、金が欲しくなって、沼田が魚津の前科と似たような強盗殺人を計画した、とまあ、岩幌署の田島君も、網走の巣本さんもいうもんですからね。二十日以後の連絡船の名簿なんかひとつ、あんたの方で当ってみてほしいんです」

「宮腰さん、木島と沼田の写真はありませんか」

弓坂吉太郎はおうむ返しに訊いた。

「あります。いま、複製中です。大急ぎでおくりますよ」

当時の警察網というものは、手不足でもあった上に、犯罪捜査については、今から思うとずいぶんのろまなことをやっていたと思うしかない。強盗殺人容疑者の照会にしても、各署に同時に手際《てぎわ》よく写真を同封するという余裕はなかった。関心を示した署から強く要請がなされて、はじめて、木島忠吉と沼田八郎の例の名刺判のピンボケ写真が函館署に到着したのは、それから二日目のことである。

弓坂警部補は、宮腰から送られてきた二枚の写真を凝視した。似ていた。いや、それはたしかに同一人と思われた。

弓坂吉太郎は、窓ぎわによると、高台町の向う側にのびている、七重浜《ななえはま》の白い渚《なぎさ》を思いうかべた。

弓坂は、死体収容所の後のテントにあった二体の身元不明の死顔について考えていた。あの日、荒筵《あらむしろ》を係官にわざわざめくらせてみたが、若者の心もちすさんだような死顔には、申合せたように、どっちにも、額に撲傷痕《ぼくしょうこん》があり、それがすでに水をふくんで、草いろにただれたように水ぶくれしていた。誰かに撲《なぐ》られたようだ、と思ったものの、船が転覆したのであるから、柱やその他の浮遊木材にこっぴどく額を打ちつけるということだってあるではないかという他の係官の意見に弓坂は屈服して、この身元不明の死体に、かすかな疑惑を抱《いだ》きながらも、処理を委《まか》されていた責任もあって、華厳寺《けごんじ》の墓地へ土葬にしたのであった。

いま、その華厳寺のある久根別《くねべつ》の空はどんよりと雲が落ちていて暗い。

「係長」

わきから配下の刑事がいった。

「あの死体が沼田と木島ってことはありませんよ。十九日にはまだ、二人は朝日温泉にいたんですよ。台風が北上して、岩幌を焼いたのは翌朝のことです。やっぱり、人ちがいですよ、係長」

「ふむ」

弓坂は考えていた顔を配下の方にもどした。

なるほど、日時が符合しないのであった。沼田と木島が、青函連絡船層雲丸に乗っていたのなら、朝日温泉にいた三人組はにせ者となる。

「しかしね、よく似ているんだよ」

と、弓坂はくもった空をにらんでいた眼を名刺判の写真にゆっくりもどしてつぶやいた。

「あの死体によく似ている。妙なことだなァ……。きみ、他人の空似にしては似すぎているんだ……」

弓坂は考えこんでいる。

九

朝日温泉に泊っていた三人組が、その後全道内の虱《しらみ》つぶしの捜査にもかかわらず、該当者が出てこないとなると、函館管内のどこかから内地へ逃亡したという確率が濃くなるわけであった。道内でもっとも内地に隣接した地区でもあったし、連絡船のほかに、当時は、物資の輸送をかねた民間の渡舟《わたしぶね》が、函館・青森間を蜘蛛《くも》のように往来していた。一家惨殺《ざんさつ》事件をひき起しておいて、犯人が堂々と連絡船に乗って渡るとは考えられない。闇《やみ》の中を船で消えたにきまっている。

当然の推理といわねばならなかった。函館警察署長は、弓坂吉太郎を首班として、犬飼多吉、木島忠吉、沼田八郎を指名手配し、管内の船持、個人回漕《かいそう》業者一切にわたって、係官を動員して聞き込ませた。

二日目であった。弓坂の配下で、戸波牛松という年輩になる刑事が、七重浜から矢《や》不来《ふらい》村の方へ入った地点にある、零細な一本釣《づ》りで生計をたてている通称「三木」といわれる漁村を聞き歩いている時、妙な噂《うわさ》を耳にした。三木の酒木田《さかきだ》辰次《たつじ》という漁師の舟が、ちょうど、二十一日午後二時ごろ、層雲丸の死体引揚げに借りだされたまま、まだ返還されていない、というのであった。戸波刑事は妙なはなしだと思った。たしかに、当時、警察は消防団、青年団を動員して、五百三十二体の遭難者をひきあげるために、付近の漁民から舟を借りうけていた。引揚げは、波が荒かったので困難をきわめたが、二十一日の夕刻には大半が引きあげられ、必要のなくなった舟は、すべて持主に謝礼金をつけて返還した。借りうけるにも、警察はいちいち署長名の借受証を発行していたし、どさくさにまぎれて、零細漁民の財産でもある持舟に、万一のことがあってはならぬと慎重に取扱ったと記憶する。その舟が返還されていないなんておかしい。聞き込んだその男に戸波は口をとがらせてきいた。

「たしかに警察が借りたんでしょうか」

「警察だか、消防だか知らんが、舟をもっていったきり返してこん。辰次がそんなことをいってましたよ」

戸波刑事は、酒木田辰次の家を教えてもらうと、大急ぎで浜近い松林のわきにあるひしゃげたようなそまぶきのその家へすっ飛んだ。酒木田辰次は、裏の浜で、スルメイカを干していた手をやすめてこういった。

「死体引揚げが難航しちょるよってに、すまんが、うちの舟もかしてくれんか、というんでね、わっしは二つ返事で貸したです。消防団のもんだといったです」

「消防団？　警察じゃなかったのかね」

「はい。土地の者なら顔は知ってますよ、あっしも消防に昔いましたからね。だが、その人の顔は見おぼえはなかったです」

「どんな男だったかね」

「四角い顔でね。みるからに、あんた消防団長みたいな髭面《ひげづら》で……函館のもんだとはっきりいいましたべ」

「……」

戸波刑事は首をかしげた。

「村で、あんたのほかに、その男に舟を貸した人がいますか」

「いいんや、引揚げ作業にゃ、わしんちのような和船がいちばん便利ですからの、わしんちだけ借りにきたべよ。よそは誰にも貸してなかべ」

戸波牛松はこのはなしを聞いてとんで帰ってきた。四角い顔で大男であった上に、無精髭が生えていたというから、犬飼多吉の人相とそっくりに思えたのだ。戸波の報告をうけた弓坂吉太郎の顔が大きくゆがんできた。

「二十一日の何時ごろのはなしだ」

「はい、午後二時ごろだったというんです。無精髭の男がひとりきて、函館の消防団だが死体ひきあげに舟が足らなくて困っている、和船があいていたら出してくれないか、といったそうですよ」

「……」

弓坂はじろっと戸波の顔を見た。

「関西訛《なまり》がなかったかね」

「そこのところを、辰次ははっきりおぼえていないんですね。人相はしかし、犬飼多吉にそっくりなような気がしますね。係長、大急ぎで、市内の消防団に、あの当時、矢不来の三木で舟を借りた男がいたかどうか照会してくれませんか」

この調査は翌日午前中に行われたが、消防団員の中で、酒木田辰次の持舟であるイカ釣り用の和船を借りたものは誰もなかった。意外といわねばならない。四角い顎のはった大男に、まんまと詐取《さしゅ》されていたのであった。

この事実は、大きく捜査陣を内地へ結びつける端緒となった。

「青森県へ至急係官を派遣して下さい。あのどさくさに、津軽海峡を和船を漕《こ》いでわたった三人組がいるはずです」

弓坂吉太郎の声は、函館署の古びた建物の二階に大きくひびきわたった。

第五章 消えた舟

一

函館警察署から青森県警に依頼された、犬飼多吉《いぬがいたきち》、沼田八郎、木島忠吉三名の行方調査は、すぐ管下の下北半島を中心にして、海峡に接した沿岸駐在所に手配された。けれども、県警本部が各地からの報告をまとめて、函館署に回答してきた文面は、弓坂吉太郎警部補をひどく失望させた。

矢不来《やふらい》の三木から詐取《さしゅ》された和船を漕《こ》いで、青森県下へ上陸したとみられる三人の姿を、目撃した者はどこにもない、と返答してきた。

——何分とも、日時が経《た》ちすぎております上に、下北北岸ならびに、陸奥湾《むつわん》に面した沿岸は、ご存じのように、陸路とてない辺鄙《へんぴ》なところもありまして、散在する小部落をいちいち本部員が聞込み歩くということは現状では不可能に近いと思われました。大畑、大間《おおま》、川内《かわうち》、大湊《おおみなと》など、旅館接客業の存在する町を重点的に聞込みさせたのであります。しかし、何らの回答は得られず、貴警察署のご依頼に応《こた》えられないことが遺憾です。しかし、本部としては、気を永くもち、手配書を津軽半島の対岸地帯にも配布し、管下駐在に調査させるつもりであります。また、青森市内の接客業者、つまり、遊廓《ゆうかく》、酒場、旅館などにも手配書を配り、より一層の努力をいたしておりますが、只今《ただいま》のところこれといった報告のできないのが残念であります。――

と、責任者である根岸警部補からの書面をよまされてみると、弓坂吉太郎は大きな溜息《ためいき》が出た。一艘《そう》の和船が、今から二週間も前に、しかも、あの遭難事故のあった直後の夜闇の中へ消えていったのである。下北半島の人跡絶えた海岸に漂い着き、かりに三人が、山地に入りこんで、一人ずつ別れて散ってしまうとすれば痕跡《こんせき》は摑《つか》めないだろう。青森県警の手紙の内容が、どこか間抜けてみえる。日時が経ちすぎているのだ。

しかし、弓坂吉太郎は署長の前に出ると、しゃくれた顎《あご》を心もちつき出すようにしていった。

「荒れた海を和船で漕いでいったとすれば、台風後の海流のかげんで、あの場合、どうしても、下北半島の方角へ向わないことには、相当の困難を要しただろうと、気象台の係官もいうんです。三木から盗まれた舟はまず、大男の犬飼の指図で、海峡へ出たことはたしかですから、下北のどこかに着いているはずです。遭難収拾のどさくさにまぎれた巧妙な内地逃亡を三人組が計画したことは、歴然としております。青森県警だけに委《まか》しておいては、いつのことやらわかりません。私と戸波刑事を出張させてくれませんか。下北の目ぼしい町村を廻《まわ》って舟の行方をはっきりたしかめてみたいのです」

わきにかしこまって立っていた戸波牛松が小造りな顔をひきしめていった。

「三人組が舟を捨てたということが問題です。下北あたりの漁村の近くだとすると、舟は誰《だれ》かの手に入ったということも考えられます。和船はいま非常に貴重で、函館、下北間を漕いで、闇回漕《やみかいそう》でもやろうものなら、一日、相当の収入になりますしね。漂流している舟を見つければ、届け出る者はないでしょう。おそらく、どえらい拾いものをしたと、喜んでいるはずです」

「ふむ」

署長ははげ頭に手をあてて考えていた。なるほど、青森県警に委しておくだけでは、手ぬるいかんじがした。札幌署からの依頼は、強硬な文面であるし、三人組は岩幌大火をひき起した質屋一家惨殺《ざんさつ》という兇悪《きょうあく》事件の容疑者であった。

「よし、それじゃ、行ってみてくれるか」

弓坂吉太郎は戸波牛松刑事をつれて、その日のうちに函館を発《た》った。連絡船に乗ったのではなかった。弓坂は、水上警察の巡視船に便乗して、その日のうちに大間の町についている。

二

天気のいい日には、弓坂の家のある函館市の高台町からも、下北半島の突端にある大間町の屋根が見えることがあった。しかし、弓坂はまだいちども、この町へきたことはなかった。

着いてみると、町というには、ずいぶんさびれた感じがした。波の打ちよせるコンクリートの防波壁の下に、つぶて石の光った磯《いそ》がつづいている。白砂の浜はわずかしかなくて、磯に立つと、灰いろや斑《まだら》色の軽石が足もとの砂にまじっている。

「あれが弁天島ですよ」

いちど、この町に来たことのある戸波牛松は、弓坂を案内しながら、左手にみえる灯台のある島を指さした。陸から百メートルほどはなれた海上に、黒布をうかしたように小さな島がみえた。そこに背のひくい灯台が立っている。

「あの灯台は、嵐《あらし》の日だって灯《ひ》がついていたろうね」

「もちろんついていたと思いますよ」

函館気象台の係官が、荒海の闇夜に舟を出すとすれば、かならず、下北の突端近くに漂着するといった言葉が、いま弓坂の頭にうかぶのだった。おそらく、二十一日の夜、まっ黒い波が立ち騒いでいる海峡には、この灯台の灯は光をさしのべていたはずだ。犬飼多吉も、木島忠吉も、沼田八郎も、灯《あか》りを目標にして漕ぎついたにきまっている。

弓坂は戸波と、大間の巡査部長派出所に入った。

派出所は、すでに、県警から指令をうけ、漁師の家に聞き込んだあとだった。弓坂と戸波の顔をみるとびっくりしたように、

「大間には該当者はありませんよ」

といった。

「本部に報告しておきましたけんど、二十一日には、函館さんから、死体の漂着がないか問いあわせはありました。それで、わしたちも、大間から大畑までは、海岸をい

ちおう巡視しましたです。そんな時、そんな男たちをみかけた話もきいておりませんが」

当時、巡視船に同乗した若い巡査が出てきて説明した。そのことは弓坂も知っている。二十一日には層雲丸の死体がまだ足らなかったので、大間の岸に流れてはいないかと問い合わせたことがあったのだ。

「この町の旅館はいくつありますか」

「七軒ほどですが、そこはみな調べずみです」

と巡査はいった。

「漁師の家で、舟を拾ったというようなはなしはきかなかったでしょうな」

と戸波牛松がきいた。

「拾った?」

と若い巡査が耳を立てたが、急に小馬鹿《こばか》にしたような物言いになって、

「そんなことがあれば拾得物横領罪ですよ。ここらあたりは漁師仲間はかたまりをつくっています。和船を拾った者が出てくれば、噂《うわさ》はすぐひろまります」

弓坂は、三人組の着いた場所は大間の海岸ではない気がした。三木の船主の酒木田は午後二時ごろに詐取されたと証言している。三時ごろに舟をだして、死体捜査の船

にまじって、七重浜の沖に出たとしても、夜になりかけたころには下北に到着しているはずなのである。

「戸波君、この町じゃないよ」

弓坂はつぶやくようにいった。

「もっと辺鄙《へんぴ》な海岸だ」

駐在所を出て、弓坂警部補が、陸奥湾に沿うて佐井から福浦に出て、例の仏ヶ浦の奇勝を眺《なが》めながら、海路をとって川内についたのはその翌日だった。そこから弓坂は汽車に乗って、大湊にきた。

海軍の諸施設が進駐軍に接収されて、まったく動乱に近い騒ぎをみせているこの町に弓坂はある匂《にお》いを嗅《か》いだ。それは海兵団の解体といっしょに、徴用工や施設要員の多数が、この町から各地に散っていったという事実である。函館の層雲丸遭難のような大事故をまんまと逃走に利用した犯人ならば、内地への出発起点を、廃港の大湊に考えつかぬこともあるまいと思われたからだ。

弓坂は三日目に大湊市の喜楽町にある「花家」の玄関を跨《また》いでいる。驚くべき足の成果であった。

三

だが、いま、杉戸八重の口から、「花家」へきた大男が川内の製材工場へ材木買いにきた工藤という男だったといわれて、弓坂はがっかりしたのだ。

八重が共同湯のうす暗い入口に消えた時、弓坂は、大きな望みをもって湯野川まで追いかけてきたホシが一つ消えるのをみた。

〈あの女が嘘《うそ》をいうはずはあるまい。やっぱり犬飼ではなかったゝだ……〉

弓坂吉太郎は、石ころ道を下りて、軌道車の出発地点までくると、そこに四、五人の闇屋らしい若者たちがリュックサックや、風呂《ふろ》敷《しき》に包んだ竹籠《たけかご》などを地べたに置いて、何かはなしているわきによった。

話題は、闇米の値段と、大湊の町の海軍施設の軍需物資が、一部の兵隊たちによって、恐山のふもとに隠匿《いんとく》され、それが、どこかへトラックで持去られたというようなことらしかった。

「ひでェことをするもんだな。戦争中は徴用したもゝの尻《しり》ひっぱたいてこきつかってよ、敗戦となれば、職権を利用して軍の品物をもちだしてよ、うまい汁《しる》をすすってるんだもんなあ。おら、もう将校つう連中のいうことは一生涯《いっしょうがい》聞いてやるもんか」

「将校はもういねえべ」

とわきの男が歯をだしていった。

「ふんだら、そんな将校のやる戦争が、お前、二どとあったらたまらねえべや」

弓坂は男たちの話をきいていたが、おそらくこの男たちは、湯野川へくる闇屋にちがいないと思った。

「もし」

四十年輩の蒼白《そうはく》な顔をした顎のはった男に近づいて訊《たず》ねた。

「あんたたちは、ここへよくきますか」

「週にいちどは来てるス」

と男は弓坂をじろじろみた。

「大間から、大畑のあたりへいったことはありますか」

「おら薬研《やげん》にも下風呂《しもふろ》にもゆくス」

と男はいった。

「復員服を着た三人づれの二十七、八の男たちを見たことはなかったかね」

わきにいる四人の若い闇屋がはなしをやめて弓坂を見た。

「復員服を着た男はいくらでもいるス。こん男も復員服だべ」

と年輩の男はわきの若者を指でつついた。

「無精髭《ぶしょうひげ》を生やした連中だ、ひとりは六尺ちかい大男だが」

「さあ、いつころのはなしだが知んねえが、気づかなかったス」

と年輩の男はいった。弓坂の顔が急に刑事の顔にみえだしたからである。闇屋たちは、物をいわなくなった。かかわりたくないといった表情だ。

無理もないはなしだった。弓坂はここ二、三日間、大湊や川内の旅館や飲食店を廻り歩いていたが、どの店でも、胡散《うさん》くさい眼でみられた。警察がきたというだけで、まるで塩でもまきかねない形相で、話もしてくれない店もあった。それは経済統制がまだ解除されていなかった上に、食糧管理がきびしかったためである。弓坂の訪問を経済違反調査の係官と混同した店主は幾人もいた。

当時の一課関係の刑事事件捜査が、なんでもない聞込みにも難航をきわめたのはこの理由によった。刑事係の刑事たちは、まず、自分は経済犯の取調べできたのではないという身の証《あか》しをたててから、取調べをした。もともと、接客業者や飲食店主は、裏口から闇の米や禁制物資を買入れ、これを客に提供しなければ生きてゆけなかった。うしろ暗い者ばかりであった。眼を光らせてくる刑事に心から協力する者は一人もいない。

しかし、「花家」の店の来間佐吉は、弓坂の取調べには協力的だった。八重の部屋に上がった大男のことについて彼は垣間見《かいま》た風貌《ふうぼう》や年齢についてくわしくはなしてくれた。弓坂はその男が犬飼にちがいないと思った。しかし、それも、いま、湯野川にきてぷっつりと糸がきれたのである。

弓坂吉太郎は、まもなく、野平《のだい》の開墾地へゆく軌道に乗った。牛滝の漁村に戸波牛松が待っていたからである。戸波は、沿岸の村々を聞き込んでいた。舟の追及であった。

弓坂はくさりのついた材木積載用の鉄枠《てつわく》につかまりながら、走る軌道車の上から、川内川の上流の伐採しつくされた荒れた山肌《やまはだ》をみた。やがて深いヒバ林へ軌道車は入っていった。

すでに下北の秋は濃かった。濃緑のヒバの樹間に絵具をまき散らしたように真赤な楓《かえで》があった。風は寒かった。

四

野平の開拓村で軌道車を捨てた弓坂警部補は、暮色の落ちかかる山道を牛滝の方へ向って歩きだした。

軌道車を一しょに降りた村人たちが四、五人うしろから尾《つ》いてきたが、まもなく開拓村の方に消えてしまうと、警部補はひとりきりになった。警部補の足どりは重かった。朝から、大湊に出て、畑の部落にゆき、そこから湯野川まで急行して、杉戸八重を問いつめてみたけれど、徒労に終ったのである。警部補は歩きながら考えた。

〈復員服を着た三人づれといったって、近ごろの大湊の近辺は、そうした若者でみちあふれている。闇屋でも、三人、四人の組をつくり、漁村だの、農村を歩いているではないか。……髭面の三人づれを目撃した者がいないのは、そんな男たちと見迷ったにちがいない……〉

とすると、足を棒にして、ここまで三人の影を追ってきたことが一切空《むな》しいことのように思われてくるのだった。

犬飼多吉——。

主謀者らしいその大男の名を、警部補は、いまあらためて口ずさんでみるのだが、かりに犬飼多吉が、木島、沼田の相棒をつれて、下北のどこかに上陸したにしても、目撃者を捜し出すことは海に落ちた針を捜すようなことに思われた。湯野川で湯気にむされたせいもあって、警部補はひどく疲れている。疲れていると、おのずから考えることも消極的になってくるらしかった。

野平をすぎると、平坦《へいたん》になった開墾地がつづいた。そこには秋の収穫をつげるやせた陸稲《おかぼ》が、疎《まば》らに黄ばみかけていた。畦《あぜ》のないだだ広い畑に、芋のつるが斑状《まだら》に生えている。つばの広い麦藁帽子《むぎわらぼうし》をかぶった野良着《のらぎ》姿の男女がしきりに鍬《くわ》を動かしているのが眺められた。

開拓地を出ると、下り坂になる。ふたたび、山道は暗いヒバ林に入ったが、林をぬけると急に視界がひらけた。牛滝漁村のみえるえぐれた海が暮色に煙っている。警部補は村口についたとき、掲示板のある四辻《よつつじ》のところで手を振って待っている戸波牛松刑事の小柄《こがら》な軀《からだ》をみとめた。疲れていた足が急に元気づいた。

〈何か収穫があったか！〉

戸波のにこにこした顔がみえだすと、弓坂吉太郎は胸があつくなった。

「ご苦労さんです」

戸波牛松は走ってきて陽焼《ひや》けした顔に白い歯をだしてペコリと帽子をとった。川内町で別れるとき、陸奥湾ぞいの漁村を虱《しらみ》つぶしに聞き廻ることを依頼しておいたのである。

「舟がみつかったか」

警部補は不機嫌《ふきげん》な面持《おももち》ですぐきいた。

「それが……」

と、戸波の顔はわずかに歪《ゆが》んだ。収穫のなかったことがそれでわかった。警部補はますますがっかりした気分になった。

「福浦の漁師村できいたんですが、妙なはなしが一つあったんです」

「何かね、そりゃ」

弓坂はもったいぶった戸波の喋《しゃべ》り方に焦躁《しょうそう》をかんじた。

「漁師で、イカ釣《つ》り舟を二艘《そう》もっている夫婦がいましてね。そこでのはなしなんですが……二十二日の夕刻といっても夜近い時刻だったそうです。仏ヶ浦から、福浦の方によった山林の中で、火の手がぽーっとあがるのをみたというんですよ」

「火が」

「はい」

戸波牛松はごくりとつばを呑《の》んだ。

五

「舟を捜しにきて、山の中の焚火《たきび》に不審をもったというと、変なはなしなんですがね。まあ、収穫というと、それぐらいのはなしなんで……申しわけありません。しかしその山の火は、火事というんじゃなくて、誰かが山ん中で焚火をしているんじゃないか、と思われるような煙だった……と漁師は沖の方から眺めたというんです。あんなとこに、誰がおるんじゃろう、変だなァと、夫婦ではなしたというんですが、ちょっと、気になったんで……。詳しくきいてみると、そこは、陸路のない山ん中で、行きつくためには、舟です。崖《がけ》からあがらねばならん。どえらい峻《けわ》しい深い山だそうです」

弓坂は耳をたてた。

「近くに村はないのかね」

「ありません。仏ヶ浦は岩壁《がんぺき》の断崖《だんがい》ですし、そこから北へあがると、福浦の村しかありませんよ。福浦から海岸へ下りると、漁師部落はあることはあります。しかし十二、三戸の淋《さび》しいところでしてね。そこの連中にきいても、山ん中へ上って火を焚いたって男はおらんのです」

「すると他所者《よそもの》が入りこんでいたわけか」

「営林署の木樵《きこり》か、それとも、薪造《まきづく》りに入りこんだ村人にちがいありませんね。しかし、山に入って日の暮れに火を焚くってことは、ここらへんの連中はしないそうですがね」

戸波の眼は何かほかのことを考えているようであった。

「その山を見たのか」

「舟のはなしがきけないもんですからね、いちど、その仏ヶ浦ってところも見たいと思いましてね。漁師に舟をだしてもらって見学してきましたよ」

のんびりしたことをいうようにみえても、戸波の眼には生気がある。

「それで……」

「夫婦がみた山の下まで舟を漕《こ》ぎつけてみたんですが、そこは何と、岩壁の断崖をはずれた深い原始林の下でして、どこから上ってよいかわからぬような、深い恐ろしい淵《ふち》になっています。舟をつけて、かんたんに山へ上るということは出来ません。しかし、その地点の真上から、煙が出ていたんですから、誰かが、陸路から山へ入って、海べりのその山中で夜をあかしたか、それとも、何か焼くものがあって火をつけたか……考えようによっては気味のわるいはなしなんです」

警部補はなるほど妙なはなしだと思った。二十一日に犬飼たちが舟を詐取《さしゅ》して函館を出ているとすると、二十二日の不審火と関連がないとはいえない。戸波はぼそりといった。

「二十一日の夜さりに漕いできた舟を、仏ヶ浦あたりに放っておいて、断崖をよじのぼったとすると、翌日は二十二日。おそらく、いくばくかの食糧はもちこんでいたでしょう。しかし、食物はあっても、荒れた海で濡《ぬ》れた着物をかわかすには、火が必要だったことはいうまでもありませんね。それで、三人組は、山ん中で暮色にまぎれて火を焚いたんです。きっと」

考えられることである。火を焚く。追われた者が、山の中へ入りこんだ場合、よくやるケースだ。弓坂もそのような体験をした。戦時中の冬のことだが、警察官が動員されて、塩田造りに、かり出されたことがあった。七重浜から入りこんだ国道ぞいの山へ入って、松の根を集めてくるのが弓坂たちの仕事だった。塩水を焚くときの燃料にヤニのある松がもっとも貴重とされた。弓坂は同僚とつれだって山に入ったが、松根の切株を掘りおこす作業をはじめる前に、誰が火をつけたのか、一時間ほど、焚火を囲んで、皆は戦争のはなしや、行き詰った食事情のはなしに花を咲かせたものだった。弓坂だけでなくても、日本人という奴《やつ》は、三、四人かたまると、手持ち無沙汰《ぶさた》な場合は火を焚くのをよろこぶ習性がある。ましてや、大犯罪を犯して逃げてきた三人組であった。ようやく内地にたどりついた。山の中へ入った。まず、焚火をして相談したにきまっている。

「戸波君、そいつは、ひょっとしたら、たいへんな聞込みだ」

警部補が急に意気込みだしたので、戸波牛松は気押されたように眼を白黒させた。

「そこへ、もう一ど、おれをつれて行ってくれ」

弓坂はいった。

「焚火の場所へですか」

「そうだ」

警部補は力強くいった。

「下北のどこにも、舟をあげた形跡はない。しかし、どこにもないはずはないんだ。どこかへ舟でこぎついたにきまっているんだ。痕跡《こんせき》がないということは、舟をどこかで消したんだ」

「というと」

戸波はきょとんとした眼をむけた。

「舟を焼けば痕跡がなくなる」

警部補はそういうと、牛滝の村の方へ足早に歩きだした。

「ここの駐在で、今晩は寝よう。戸波君、いいか。あすは、焚火の跡を見に、山へ入るんだ」

ふりむいた眼つきが変ってきている。戸波はごくりと咽喉《のど》を鳴らした。

六

牛滝の村は海岸に帯のように細長くのびていたが、藁《わら》ぶきの粗末な舟小舎《ふなごや》のならんだ磯《いそ》から、一だん高くなった傾斜面に、杉皮や檜皮《ひわだ》の上に石を置いた人家がいま、ぽつぽつと灯《あか》りをつけて暮色の中に望まれた。

駐在所は村の中程にあって、そこには、三十七、八の寺田真市という巡査がいた。六畳ぐらいの床をはった事務所の裏に八畳の畳を敷いた住宅がくっついている。トタン屋根の駐在所は、どことなく、漁師の家にくらべて、こぢんまりとした文化的な感じがした。

戸波刑事は、すでに、この巡査とも顔見知りになっていて、弓坂が到着するまで、ここで休憩していたので、寺田巡査は、警部補が入ってくると、緊張して直立不動の姿勢で硬くなった。

警部補は、その巡査に会釈《えしゃく》していった。

「仏ヶ浦へ観光客がくることはありませんか」

「観光客というと何ですが、牛滝まできて漁師舟で見学して帰る先生方はちょいちょいおります。付近では、低学年の子供らの遠足は、みなこの仏ヶ浦にきまっとるようであります」

「学校の子たちのほかに、大間あたりからくる連中はいないかね」

「そうですな」

と、巡査は首をかしげて、

「終戦になる前までは大湊工廠《こうしょう》の将校連中が時々、酒を下げて舟を出してはおりましたが、近ごろは、進駐軍の将校も、ときどき、ここまでジープをとばしてきて、舟を出すことがあります。だが一般人が、見物にくるというのは、時たましかありませんね」

「仏ヶ浦から、山へ入れる道はありますか」

「山へ」

巡査はまた考えた。

「山へ入ることはおそらく不可能でしょう。なんしろ、行ってみるとわかりますが、どえらい高い断崖でしてね……上は深山になっとります。ここは、裏の方からでも出てこないことには登ることは出来まっせんでしょう」

巡査は戸波とも焚火云々《うんぬん》のことについてはなしていたとみえて、次第に警部補の質問の意図がわかってきたらしい。

「わたしは、焚火の主は、海から上がったのではなくて、山の方からきた木樵じゃないかと思うんです」

と自信ありげにいった。

「あすこらあたりは国有林ですし、一般人はめったに入りません。部落の人の中で、薪造りにゆく人はあります。しかし、薪造りにいっても、厳密にいうと、これは、薪を盗むことになりますからな。火を焚いていっぷくするなんてことは先ず考えられません。わたしも、牛滝の者で、山へ入ったものがないか、戸波さんから話をきいて調査はしてみました。管下の者で、山へ入った者はおりません。薪盗みにはいっとることがばれちゃいけんので黙っとるのか、と疑ってもみて、くさい奴をしらべてもみました。だいたい、冬にかからんことには、村の連中は、ヒマがありませんからな、山へ入らんというとります」

するとますます、他所者が入りこんだという形跡が濃くなるのである。弓坂警部補は戸波の顔をチラとみて、意を強くした表情になった。

「営林署へはたずねてくれましたかね」

「はい」

巡査はこたえた。

「電話で大間と川内にきいてみましたが、伐採夫が湯ヶ岳に入ったのは三カ月も前で……それに、福浦と佐井の間は台風の日以来、崖くずれがあって、伐採夫が二十二日に入りこむことは無理だという返答でした」

「土砂くずれというと、例の二十日の台風ですか」

「はい、福浦と佐井の国道は、遮断《しゃだん》されていました。半町ばかり道が山くずれで埋って、トロッコも、軌道車も不通のままで今日になっています」

とすると、大間方面から、山中へ入りこむことは絶対に不可能となる。南側の牛滝に該当者がいなければ、二十二日の不審火は海上からのぼった者が焚いた火でなければならない。

だが、仏ヶ浦の切りたった断崖から、その焚火の地点へは入りこめない、と巡査はいうのだった。

「ますますくさくなってくるね」

弓坂警部補はタバコを大きくすって戸波につぶやくようにいった。

「犬飼は大男だった。それに木島も沼田も、網走できたえた軀《からだ》だ。ムショに入るまでは、木樵と沖仲仕だよ。山へ入るぐらい朝飯前だったかもしれない……」

寺田巡査だけはまだ、首をかしげている。

七

牛滝から舟を出してもらった弓坂警部補が、戸波刑事と駐在巡査の寺田を同道して、仏ヶ浦の北方にある樹海の下に到着したのは、翌日の午前十一時である。曇り日だった昨日とくらべて、朝からからりと晴れた日だった。空は海の色よりも青かった。戸波の説明を聞きながら、現場に来てみると、火の見えた個所《かしょ》は、ずいぶん嶮《けわ》しい山の中腹である。海から眺めただけでは、深い常緑樹の混成林としかみえない。場所もはっきり見当がつかない。藤《ふじ》のまきついた巨木が枝をさしのべているうす暗い淵《ふち》によった。そこからじかに山へのぼることは不可能である。仏ヶ浦の奇岩怪石のならんでいる下には、舟をつける岩場がいくつもある。おそらく、焚火の主も、そのあたりから岩壁をよじのぼって山へ入ったものであろうか。

弓坂は想像した以上の嶮しさに驚いた。しかし、火の焚かれた場所へ行ってみねばならない。舟が陸奥湾ぞいのどこの岸にもなかったとすれば、痕跡をくらますため、破砕してから焼滅させるという方法もあるわけであった。この弓坂の推理には、戸波刑事と寺田は半信半疑の眼であった。

「係長」

戸波牛松は、舟が仏ヶ浦の灰色の岩壁についた時にいった。

「こんなところへ漕ぎよせても、どうして、舟を山までもってあがれますかね」

弓坂はだまって、沖の方をみている。いま、青函連絡船の一隻《せき》が北に向って煙を吐いて走っていた。晴れているので、白い船腹が光り、無数の窓が美しくならんでいるのがみえる。それはつい三週間ほど前のように、荒れ狂った怒濤《どとう》の海峡ではなかった。海は鏡のように凪《な》いでいた。

「こわせば、どこへだって持ちはこべるさ」

と弓坂はいった。

「岩場で火を焚いておれば、連絡船から双眼鏡でみられるよ。やはり、焼くとすれば、山へ入って焼く以外にない」

弓坂は自説に固執した。

「とにかくのぼってみよう。焚火をしたあとには灰がのこっているはずだ」

戸波牛松は、駐在巡査の寺田をふりかえって、あきれたような眼を投げた。

思いつくと、どんなことでも、実際に当ってみなければ気の済まない上司の気質は判《わか》ってはいたけれども、戸波刑事には、いま、眼前の恐ろしいような奇岩怪石の絶壁が眼を瞠《みは》らせるのであった。いったい、この岩壁を、どこから、どうして登るのか。

仏ヶ浦とはよくいったもので、白灰色のきりたった岩々は、羅漢《らかん》の像にも、観音の像にもみえる無数の怪石を連ねていた。岩頭は陽《ひ》をうけて、空に屹立《きつりつ》していた。

八

ちょうどその時刻――。
大湊の喜楽町にある「花家」の二階の四畳半では、杉戸八重がこまごまとした身《み》廻品《まわりひん》の取りかたづけをすませたところだった。旅行用のスーツケースとメリンスの紅《あか》い風呂敷《ふろしき》包み一個きりの身軽な用意が出来た。汽車は十二時に大湊を出て、野辺地《のへじ》を経由して青森に到《つ》く。八重は青森から本線に乗りかえて東京ゆきに乗る手筈《てはず》にしていた。切符はすでに買ってあって、八重はそれを大切に朱色の帯のあいだにはさんでいる。同僚の妓《おんな》たちは、八重がいよいよ出発する時刻が迫っているので、複雑な眼を投げあって部屋へ出入りした。正直のところ、八重が急に、主人の来間《くるま》に返却する三万円近い金と、東京ゆきの汽車賃や、旅行の準備の金が出来たことについて、同僚たちは不思議に思っていた。

畑《はた》の父親が山を売って儲《もう》けた金の中から、わけてもらったのだと八重は嘘《うそ》をついている。来間は金さえ返してもらえばそれでいいのであって、八重のような愛想のいい娘が店から消えてゆくことは、商売の上からいって痛手であったにしても、強引にひきとめる理由はなかった。寂《さび》れてゆく旧軍港の町である。いずれは、他の妓たちも、順ぐりに店を出てゆくだろう。来間は腹がきまると、平常は階下の奥の間に寝たきりで、蒼《あお》い顔をしている女房《にょうぼう》のおかねとも相談して、八重に餞別《せんべつ》をもってあがってきた。

「軀に気ィつけてな。東京へいったら、また手紙くれ」

と来間は言葉少なにいって、八重の持物などをジロジロと見ていた。同僚も四畳半に入ってきた。

「お時さんに会ったら、よろしくいってね」

と口をそろえていっている。お時というのは八重より二つ年上の妓で、去年の秋まで「花家」に働いていた。ひと足先に東京へ出た妓の名である。

八重は東京へつけばお時にも会うつもりでいたけれども、しかし、上京することについては、まだその昔の同僚には通知を出していなかった。とにかく、この店を出たい。早く「花家」から姿を消せば、警察から追われることはないだろうと考える。あの犬飼多吉からもらった金も、身についたものになる気がする。八重はいま懐中に、二万五千円の金をもっている。それは、来間の分と畑の在所に置いた金の残額であった。二万五千円が、八重の門出の資金といえた。これだけあれば、東京について、宿をとることも出来るし、すぐ、お時のところにいって、泊めてもらわねばならないような肩身のせまい思いもせずにすむはずであった。

八重の胸はふくらんでいた。白いぽっちゃりした頰《ほお》がかすかに汗ばんだ。時間がきたとき、八重は永いあいだ働いてきた四畳半の押入れや、唐紙《からかみ》や天井や、窓などをゆっくりみつめた。額ぶちになった窓の向うに恐山《おそれざん》の峰がのぞまれた。晴れた恐山は、乳いろに椀《わん》を伏せたようにみえる。八重は晴れたり、曇ったり、雪になったりした恐山をみながら、八年間を、この部屋で男を抱いて暮してきた日々を思いうかべた。それが、いま嘘のように消えようとしていることを八重は知った。

妓たちは、玄関にまで送って出た。さく枝という妓が、野辺地にゆくといって、ついでに駅まで同道することになった。そのさく枝にスーツケースをあずけて、八重が店のタタキで佐吉にあいさつしていると、顔の蒼いおかねがだらしなく着つけた単衣《ひとえ》の前をはだけて出てきた。

「かなしいことがおきたら、また戻《もど》っておいでな」

とおかねはいった。佐吉もつっかけをひっかけて表まで送った。八重は送ってくれる妓たちが涙ぐんでいるのをみたが、不思議とかわいた気持で手を振った。

もう、この「花家」の店も見おさめかもしれない。はっきりそんな気がした。どんなことがあっても帰ってはならない家であった。

九

杉戸八重を乗せた汽車が、巴型《ともえがた》のうす汚れた湾にそうて、下北半島を南へ向って走っていたころ、海峡に面した仏ヶ浦から、五百メートルほど北に寄ったヒバ林の中を三人の警官は汗だくになって登っていた。

先頭を歩いているのは弓坂である。うしろから戸波、寺田の二人が、時々、歩くのをやめて、腰のあたりに手をおき、下方をふりかえりながらついてくる。

ヒバの林は、もみと楠《くすのき》の密生した原始林にかわった。木樵の歩く道があった。それは、伐採した木を出す時に、木馬《きんま》を通らせた名残《なご》りであった。おそらく、道ができてから、数えるほどしか人は通っていないにちがいなかった。背高い熊笹《くまざさ》や、裏白に被《おお》われた細道は、気をつけていないと、踏迷いそうなほど細かった。

樹海のどこで火が焚かれたか。おそらくこの道を歩いていったにちがいない。三人は奥へ奥へと登っていったが、暗い原生林がふたたび、黒松の入りまじった疎《まば》らな林となる地点に来かかった時、足もとの道に何かをずらせたような土の出た個所のあるのをみとめた。

〈ここらあたりだ……〉

警部補は犬のように眼を光らせた。道からわきにそれた。下手に下りていた戸波がとつぜん声をあげたのはその直後だった。

「係長、ここです。ここです」

彼の声ははずんでいた。

「焚火のあとがあります」

弓坂と寺田巡査は息せききって、戸波のいる方へ駆けつけた。と、そこはちょっとした平坦地《へいたんち》になっていた。かなり大きな焚火のあとがあった。まわりの枯葉がすっかり焼けている。地面も黒こげの焼土と化している。一帯は日蔭《ひかげ》なのでしめっているのに、そこだけがぱんぱんに乾いているのだ。灰は、かなりうず高くつもっていた。太い材木や、丸太の類《たぐい》を焼いたのであろう。炭になった丸太や、半燃えのままのものものこっている。黒い石や岩の破片がいっぱいちらかっていた。

警部補は棒切れで灰をまぜはじめた。釘《くぎ》かなんぞが混入していないかと期待したわけである。しかし、舟を焼いたとみられるような痕跡はなかった。木を伐《き》りにきた男たちが、ここで昼飯でも喰《く》ったような形跡である。

〈やっぱり舟ではないのか……〉

弓坂は強引にここまで登ってきたことに、かるい後悔をおぼえた。空《むな》しい気持がどっとおそってくる。

「この灰じゃ、係長、やっぱり普通の焚火じゃないでしょうか」

「そうときめてしまうわけにもゆかない」

と、弓坂はやせ我慢のようにきこえるふるえ声をゆっくりととのえながらいった。

「焼いてから、金具や釘の類を撰《よ》ってどこかへ捨ててしまえばわからなくなる。それに舟のつくりという奴は、そんなに釘など打っていないような気もする。釘のかわりにくさびを打って、板が組合せてあるんだ。釘がないからといって、舟でないという理由にはならない」

戸波牛松は、丸太のような燃え滓《かす》を手で弄《もてあそ》びながら、上司のいうことをきいていたが、なるほどといった気もするし、また、弓坂の推理が、ここへきて、はっきり敗北していることを認めないではおれない。

寺田巡査も同感の眼つきで、付近の草むらを捜してはいたが、飯を喰ったあとの新聞紙か、何かの遺留品などが一つ二つ出てきてもよさそうなものなのに、何も出てこないのに失望の色を濃くしている。

「戸波君、とにかく、ここへきて、われわれは焚火の正体をみたわけだ。舟を焚いた形跡はないようにみえるけれど、厳密にいって、灰になってしまっているのだから、わからないのも当然なんだ。この丸太だって、あとから燃やして、放置しておけば、舟を焼いたことのカムフラージュにはなる。考えねばならないことは、三人組は大犯罪を犯しているということだ。質屋一家を皆殺しにして金を盗んだ上に、岩幌《いわほろ》の町を焼いてしまったんだ。放火は質屋一家を焼くだけのつもりだったにしても結果は大火事となった。逃げた奴らの気持になってみろ。思わぬ大火をおこしてびっくりしたにちがいない。やった罪の深さは、逃亡する心構えをいっそう慎重にさせたと考えられないではない。三木から盗んだ舟を焼いてしまうなんてことも、決して無茶なことじゃないんだ。慎重な逃亡なら、当然計画されていいことなんだ」

弓坂は大きく息を吸ってまばらな梢《こずえ》の向う側にみえる津軽海峡を眺めた。やがてぽつりと弓坂はいった。

「寺田さん、ぼくらは今日、とにかく函館へ帰ります。あなたはご苦労だが、ここで焚火した営林署の木樵さんがいたかどうかを、徹底的に調査して、結果がわかり次第、函館警察へ回答して下さい。ぼくがしつこく焚火にこだわって追及する理由もわかって下さい。犬飼多吉、木島忠吉、沼田八郎の三人は、逃がしてはならない兇悪犯《きょうあくはん》だからです。質屋一家四人を殺して、その上、岩幌の町を焼いた大悪人だ」

弓坂は憎々しげにいい放った。語尾が、心なしふるえている。三日間の徒労の憤懣《ふんまん》を、いま、弓坂はどこへ投げてよいかわからないのである。

海は鏡のように凪《な》いでいる。眼がなれてくると、遠い函館の町と、汐首岬《しおくびみさき》のあたりが、うす鼠《ねずみ》の棒を倒したようにみえてくる。

〈函館から下北へ……この海峡を渡った三人の男を誰がみたろう。誰もみていないはずはあるまい。その人間を捜し出せないだけのことなのだ……〉

と、弓坂吉太郎は歯を喰いしばって海をにらんでいるのであった。すると、弓坂の頭には波の荒い夜の海がうかび、大間のはなからかすかな灯台の光がさしのべている闇《やみ》をくぐって、三人の男が和船を漕《こ》いでゆく姿がうかんだ。犬飼多吉、木島忠吉、沼田八郎。

弓坂警部補は事件の真実をつきとめる日の遠いことに思いを馳《は》せた。

「戸波君、とにかく仏ヶ浦へ出よう。舟にのって函館へ帰ろう。署長に一切を報告して、またあしたから捜査のやり直しだ」

疲れた顔を歪《ゆが》めて灰のついた棒ぎれを大きく振りまわしながら、樹間を弓坂は急ぎはじめた。

昭和二十二年十月十六日の午後のことである。平館《たいらだて》海峡に面したこの深い山の中腹で、樫鳥《かしどり》の啼《な》く声がきこえた。キキーッと生地《きじ》を切り裂くようなその啼声は、無念の思いに胸を熱くしている一人の警部補の胸をえぐり、海峡にまでつきぬけた。

第六章　岩幌《いわほろ》と函館《はこだて》の間

一

函館の高台部に陽《ひ》が落ちていた。

坂の途中に、桐畑《きりばたけ》があった。橙色《だいだいいろ》に変色した大きな枯葉が、いまし方までうす陽をうけて光っていたのが、陽が落ちかかると急に黒い色に変った。二十日前にみた下北の桐も枯れていたな、と弓坂吉太郎は思いながら自宅の方へ石ころ道を折れた。

足が重い。その重さは何とも形容しがたいほど重い。下北半島の出張から帰って、このところ署長の刈田治助から叱《しか》られてばかりいる気の暗さも拍車をかけていた。難事件の刑事活動が、毎日徒労に終るほどイヤなものはない。署長は、係長や主任の意見を聞いて出張書類にハンコを捺《お》せばそれですむ立場であるが、しかし、成果があがらずに帰参すると、頭からどなりつけるのだ。弓坂の報告をうけた刈田署長は仏《ぶっ》頂面《ちょうづら》をみせてこういう。

「ゼニをつかうだけが能じゃないんだぜ。三木から出た舟が、どこへ消えたぐらいわからんようなことで、きみ、どうなるかね。足が足りない、足が足りない。いいかね。町を焼いて、人殺しをした奴《やつ》が管下から逃げたんだ。札幌からやいのやいのいうてきて、何とも返事が出来ん。俺《おれ》の立場にもなってみてくれ」

皮肉をこめて吐き出すようにいう刈田の言葉は珍しくトゲがあった。弓坂は署長室にいるあいだ頭を下げたきりで黙っているしかなかった。

四十八歳の今日まで、弓坂は永い刑事生活をしているが、こんな難問題にぶつかったのははじめてだと思う。

家の前にさしかかると、中学三年生の長男が自転車の掃除をしていた。格子戸《こうしど》をあけて、次男が走り出てきた。毎日家をあけていると、暮色にくれなずんでいるわが家が、他人の家の気がしてくる。聞込みという仕事は、他人の家をたずね廻《まわ》る仕事であるから、つい自分の家も、いま、捜査のつづきで聞込み先に思えるような錯覚だった。弓坂は苦笑した。坂をのぼりつめて早足になった。

「おかえり」

と長男がいった。

「母さんは」

「いるよ」

と次男はいった。格子戸をあけて敷居をまたぐと、いつものことながら、どっと疲労が押しよせる。

「お帰んなさい。手紙がきてますのよ」

と妻の織江が、うたうように台所の方からいって、手をふきふき四畳半を横切ってきた。

「網走《あばしり》刑務所からです」

指先につまむようにして、織江が渡す茶色の封筒を、弓坂は首をかしげながらうけとった。網走刑務所から何だろう。裏がえしてみると、それが刑務所の官製封筒なので、ちょっとがっかりした。道内剣道選手権大会の刷物でも送ってきたのか。網走に七段の看守がいるのを思い出した。

弓坂は、函館署で剣道部の選手をして、七年になる。札幌で戦時中に優勝したこともある。ときどき、道内各署の剣道愛好会から会報に似たものをうけとることがあったのだ。

封を切った。しかし、刷物ではなかった。右上がりの下手糞《へたくそ》な楷書《かいしょ》で便箋《びんせん》にぎっしりとかかれた書簡である。巣本虎次郎と署名されている。

　貴下の御活躍のほどは札幌署の宮腰様からも聞及び、岩幌署の田島清之助様にもお話したことでありますが、その後、佐々田質店強殺犯人の三名の行方捜査につき、如何《いかが》なされおりまするや、さぞかし、御苦労のことと推察いたしおります。本日、参考までに、小生がその後得ました新事実をおしらせ申しあげ、貴下の捜査資料の一端にして頂きたいと思いましてペンをとりました。

　小生は、三名のうち木島忠吉と沼田八郎が、その後、富山県の帰住地に帰っているか否《いな》かについて問いあわせてみました。ところが、二人とも、現在行方不明のままにて、たいそう心配しているという家人からの手紙をうけております。木島忠吉の方は姉にあたる木島とりと申す者からですが、忠吉は出所する三日前、すなわち六月はじめに本籍地へ帰る旨《むね》のハガキを寄越《よこ》しているが、ばったり手紙もハガキもよこさない由《よし》です。沼田八郎の方は父親の大三郎さんからのもので、最後のハガキはやはり刑務所から送ったもので、六月中旬以降は何らの手紙も送ってこないということでありました。思うに、二人とも、刑務所にいる時は、父母あるいは姉に音信をしたためているのに、仮釈放後はいい合せたように文通を絶っています。不審でなりません。つまり、これは二人が同一行動をとっている裏付けとなるわけで、わたしはやはり、岩幌大火の容疑者は両名にちがいないと深い確信をもつに至りました。いっぽう小生は、所内の受刑者と談じ合って、いろいろと犬飼姓の前科者あるいは道内の札つきなど顔見知りの者をたよって探っておりましたが、一つだけ妙な聞込みがありました。それは、当刑務所内で懲役七年の刑をうけておる古田伊三次と申す強窃盗犯《ごうせっとうはん》の男の話ですが、犬飼という男は、北見市のハッカ工場で見かけた男ではないか、というのであります。もっとも、この男の記憶は、六年も前のことでありまして、はっきりしてはいないのですが、犬飼という姓からではなく、関西なまりの顎《あご》の張った髭面《ひげづら》の男であるということから思い出してくれたことなのです。名前は忘れてしまったが、その男は草何とかいう名だった。つまり、草壁とか草田とか、草の字がつく名であったこと。言葉尻《じり》に関西なまりがあったというこの記憶はかなり鮮明であったらしく、何でも、ハッカ工場で働いている時分に関西の方（大阪か京都に近い）の村にいる母親のところへ稼《かせ》いだ金をちゃんと送金しているような真面目《まじめ》な男であったと、古田伊三次はいいます。古田も北見市で、わずかの間ハッカ工場に働いていたと申しておりますが、髭を生やして、顎が張り、関西なまりというと、犬飼の人物と酷似しており、あるいは同一人ではないかという気もしてくるのです。犬飼多吉なる名は岩幌署の田島様もいわれるとおり偽名に相違ありません。とすると、ますますその草何とかいう名の男がうかび上がるわけで、小生、この件につき北見市に参りました節、現署長であられる戸叶警部様におききしましたところ、ハッカ工場は同市には二、三あり、他所から出稼ぎにくる者も多いとのことでありました。それで、草何とかいう名の工員がいないかしらべてみますと、「北見物産」なるハッカ工場に草壁猪太郎なる人物が約半年くらい働いていたという聞込みを得ました。しかし、この男は、半年後に歌志内《うたしない》の方へうつっていった、歌志内の炭坑夫になったというようなことでありまして、小生、そこまではつきつめてゆかないままに帰所いたしたようなわけです。

三名の消息について、小生がさぐり得たことはこのとおりであります。富山県の木島、沼田の本籍地に、犬飼なる知人はないということも、二人の本籍地からの返事で判明しました。

思うに、本事件の容疑者である木島、沼田の両名は、まったくわれわれの仮釈放後の保護観察の欠陥から大罪を犯したような結果となっており、この点は札幌署の宮腰様、岩幌署の田島様からも散々ご叱責《しっせき》をいただき、さっそく帰所いたしました節、所長にも報告したことでありますが、まことに遺憾の至りというほかありません。私たち司法保護ならびに矯正《きようせい》事業のあり方に、充分反省を感じさせる事件です。所長も連絡会議にはたえずこのことを力説しているようでありますが、未《いま》だに保護事業の予算も組まれず、釈放者の野放し状態なのは残念でなりません。

三名の行方捜査につき、参考までと思いまして、同封の文書は刑務所内における受刑者の隠語であります。あるいは逃亡過程に於《お》て、木島なり沼田なりが残した言葉の中に思いあたることでもありはせぬかと思って書出してみたものであります。

貴下のご健康と活躍を祈ります。網走はすでに寒く、大雪山頂に雪をみておりまず。道南の羊蹄《ようてい》はいかがでございましょうか。向寒の折柄《おりから》御身大切の程お祈り申しあげます。

網走看守部長　巣本虎次郎

二

弓坂警部補は封書をよみ終えると、四つにたたんでハトロン封筒に入れて、卓袱台《ちゃぶだい》の上に投げだすように置いた。

熱心な老看守部長の手紙である。巣本虎次郎も、壁につき当っている気がした。北見のハッカ工場に働いていた草壁某《なにがし》なる男が、顎がはっていて関西訛《なまり》であったという事実と、それが犬飼多吉であるという糸がどこでつながるか。かんじんの犬飼と結んでいない。それが不満であった。北見のハッカ工場でなくても、道内諸所の工場か炭坑には、顎の張った髭男はザラにいる。関西訛の男もザラにいる。巣本のような方法でいけば、道内の関西出の男を虱《しらみ》つぶしに調べねばならない。出稼人《でかせぎにん》の多い北海道で、そんなことは不可能ではないか。

しかし、弓坂は文面の裏側で、看守部長が、司法保護事業の欠陥から、このような兇悪《きょうあく》犯人を野放しにした事実を率直に認めて、責任を感じていることに打たれた。巣本はそのために、あれから木島と沼田の帰住地に何ども手紙をしたためている。筆マメな男だ。そうして、木島も沼田もいまだに本籍地に帰っていない事実を知って、やはり二人は現在も同一行動をとっていると推断している。もっともな意見であった。

卓袱台の上にはブリの照焼きと、蕗《ふき》の煮つけがのせてある。二人の男の子が汗くさいイガ栗《ぐり》頭をひっつけあうようにして大口をあけている。サイの目に切った芋のまじった麦飯をぱくついているのだ。

「お父さんも大変ですね」

織江が心配顔に封書をのぞきこんでいった。

「層雲丸事故からあしたでもう四十九日がきますよ。遺族会の会長さんが演説にこられて……、新川町に遭難碑ができるそうです」

夫をなぐさめるつもりでそんなことをいったらしいのだが、弓坂の頭にその言葉は、ゆきづまっている捜査をつきあげるようにひびいた。

箸《はし》をとって、弓坂はブリの皮をはがして口に入れた。甘味がないので辛い。たべざかりの男の子たちは茶碗《ちゃわん》に五杯も芋飯を喰《た》べる。そのすさまじい食欲をみていると、弓坂は吐息が出てきた。米は闇米《やみごめ》であった。警察官が闇米を買うということは表向きではゆるされていないけれど、たべざかりの子を二人ももっていると、そんなこともいっておれない。織江が内緒で市外の百姓と仲良しになっていて、裏口から気づかれぬように月に五升ほどの白米を工面してくる。芋まじりのその飯はいま弓坂には石のように堅かった。

「層雲丸の死体が……父ちゃん、多かったっていったでしょ。そのことでね、町で噂《うわさ》してる人がありますよ。逃げた三人組はきっと、層雲丸にのりこんでいたんだって……」

「馬鹿《ばか》ッ」

と弓坂は織江のつり上がり気味な眼《め》をにらんだ。

「誰《だれ》がそんな馬鹿なことをいったのか」

「町内のシダラさんですよ」

「シダラが何を知っているかね。小学校教師のシダラがどうしてそんなことを知ってるかね。もし、あの死体が三人組の誰かであってみろ、俺のやっている捜査はみなフイだ。岩幌の大火だってお前、別の男の仕業になってくる」

「……」

押切られたようなかたちになって、織江は言おうとしたことを急に口ごもった。不服そうな顔だった。

「岩幌は、お前、二十日の朝大火事を起したんだ。その二十日の夜に……」

と弓坂はいいはじめたとき、不意に箸にしていたブリの切身を皿《さら》に落した。眼が急に光をおびてきた。

「シダラが何ていったんだ」

三軒となりの函館小学校の教師であった。やせた細面《ほそおもて》にロイド眼鏡をかけ、いつも考えこんでいるような歩き方をする四十年輩の男である。会えば頭を下げる程度だが、その教師がどんなことを考えついたのか気になった。

「奥さんのはなしですよ。旦那《だんな》さんがね、岩幌の町から、朝早くに汽車にのったとしたら午過《ひる》ぎには函館へつくっていうんですよ。すると、岩幌の町を焼いておいて、大風の中を走ってくれば間にあうって、あの人そんなことを話すんだそうですよ」

織江はおちついた口調になった。いってしまわねばすまないものを腹にもっているらしい。

「お父ちゃんにいってみますよっていったんですよね、そしたら、あんた、華厳寺のあの死体だって、あんたが最初に主張したようなことにならないかしら」

弓坂の口は大きくふるえた。息子たちがたべ終った茶碗をそのままにして、茶をくくみながら部屋に下がるのをみていると、弓坂はいま織江の言葉が頭につきささった。

「シダラが、岩幌からくる汽車の時間をしらべたのかね」

「しらべたらしいわ。いまね、函館はあんた岩幌の大火犯人の行方で話はもち切りなのよ。あんなに新聞が騒いでるんだもの」

弓坂警部補は一つだけ落していた捜査の穴に気づいた。

岩幌と函館の間——であった。この間を、三人が何に乗ってきたかということだ。大きな穴がぽっかりあいている。弓坂は立ち上がった。

「おれ、ちょっと行ってくる」

「どこへですか」

きょとんと妻が見あげるのへ、

「函館駅だ」

警部補の咽喉仏《のどぼとけ》が大きく鳴った。飯ものどに通らない。自家に帰ってもこの男は捜査の鬼であった。外へ出ると暗闇《くらやみ》の坂を走りだした。

三

弓坂吉太郎は函館駅へ急いだ。坂を下りる道から、巴型《ともえがた》の黒い海がみえた。沖の方に点々とイカ釣《つ》り舟の漁火《いさりび》がまたたいている。夜の海は凪《な》いでいるらしかった。

弓坂の頭は、いま、岩幌町の佐々田質店を焼いた犯人が、大急ぎで南下した場合、何時ごろ函館に到《つ》くかということでいっぱいだった。高台町の隣人である小学校教師の設楽《しだら》が、どうしてそのようなことを考えついたか、わからないことでもない。層雲丸の遭難者の中で、二名だけ身元不明の死体があったことは新聞にも出た。弓坂もそのことについては、新聞記者にくわしく話したことをおぼえている。あの二つの死体と、岩幌大火の犯人を結びつけて考えた設楽に、弓坂は正直のところ頭を下げたい気がした。自分も、いちおうは疑ってみたのだ。しかし、あの時、刑事部屋で、他の連中はいったものだった。

「そんなはずはありませんよ。二十日の朝は、まだ岩幌が燃えている最中でした。十九日に、三人組は朝日温泉を出ていますが、火をつけておいて、すぐ函館にきて層雲丸にのるってことはおかしいじゃないですか」

一笑に付されたのである。つまり、死体は層雲丸から出たものとみなされて、犯人たちが二十日の午後三時ごろ、函館桟橋《さんばし》から出発する層雲丸に乗りこんでいたと推定されていたから、この判断が生じたわけであった。だが、犯人たちは、岩幌に火をつけたあとで、朝早く逃げてきたとすれば、函館にはおそらくその日の遭難事故直後に到着したことだろう。

二十日の夜から二十一日にかけての七重浜は、まだ海も荒くて沈没した層雲丸は黒い腹をみせて波間にゆれていた。遭難救助は混乱をきわめた。一夜を荒海で明かした遭難者は、半死の形相《ぎょうそう》で救命具一つをたよりに泣き叫んでいた。女や老人の声がいつまでも波の合間にきこえた。救助船も、それらの生存者をまず助けねばならない上に、浜には無数といってもいいほどの死体が打寄せられていた。阿鼻叫喚《あびきょうかん》の混乱である。

このどさくさへ岩幌を逃げてきた犯人たちが、入りこんでいたとしたら……。

恐るべき推理がいま弓坂吉太郎の頭にやどる。

〈浜は死体の群れだった。誰の死体であるかわかったものじゃない。三人組が仲間割れして一人が二人を殺した。二つの死体が新しく海に投げこまれたとしたらどうだろう……〉

まさか。そんなことがあの場合出来るものではない。弓坂は突飛なこの思いつきを打消した。浜には大勢の警官が出ていた。消防団も、青年団も。血相かえて人命救助に走りまわっていた。その最中に、おそろしい殺人が起きたとは思えない。どうしてそんな思い切った死体処理が出来るものか。

弓坂は二つの身元不明の死体と岩幌大火の犯人の行方とを結びつけたいとする自分の性急な判断を嘲《あざけ》った。が、しばらくして、また考えあぐねた。

〈あり得ないことではないぞ……〉

三人の男。犬飼多吉、木島忠吉、沼田八郎が函館にやってきて、あの遭難の現場をみたら、内地逃亡の好機だと思いついたことはまちがいのないところである。三木へ走って、消防団に化けて舟を借り出した。三人は海峡を夜に向って漕《こ》ぎはじめた。そのころは次第に海は凪いできている。七重浜は死体処理の最中だった。沖にはいく艘《そう》ものの死体捜索の舟が出ているはずだ。

三人組の舟が沖に向うのを眺めても、決してそれは不審な舟とは思わない。眼についても、死体捜索の舟だと思われたからである。

とするとやはり、三人は、岩幌から二十日か二十一日かに函館へ来たことになる。どこを通ってきたか。

弓坂は今や、追及の鬼であった。函館駅のよごれた建物に入りこむと、彼は勝手知った駅長室へ走りこんでいった。

四

「岩幌から、岩幌線で小沢《こざわ》まできて本線に乗りかえねばなりませんね」

とその若い駅員は弓坂の顔をみて、眠そうな眼をしょぼつかせていった。

「岩幌線は距離が短いですから、だいたい四十分くらいで小沢につきますよ。朝一番というと五時五十分のがあります。これに乗ると本線は倶知安《くっちゃん》止り。つぎの八時五十九分というのがありますが、これですと九時四十六分に小沢着。本線連絡から考えて、小沢を出るのは四〇八列車の岩見沢発の九時五十九分、倶知安に十時二十三分、函館終着が十六時五十二分というのがあります」

とこの若い駅員はやがて眼つきをしっかりさせてきて、すらすらと暗記しているよ

うに列車時刻を教えてくれた。弓坂はいちいちノートに記入しながら、

「もう少し前に小沢で停《とま》る汽車はありませんか」

「岩幌線から本線に連絡している列車は、四〇八列車の前にはありません」

岩幌から小沢までが四十分。小沢から函館までが、七時間。合せて七時間余で着くことが出来るのである。午前中の本線は一本しかない。

〈待てよ……〉

弓坂は考えた。岩幌の火事の記録をみてみるに、佐々田質店に火の手のあがったのは八時ごろであった。とすれば、不案内の町を逃げたとしても、岩幌の駅には八時三十分ごろには三人組は着くことが出来る。便利のいいことに八時五十九分発の小沢ゆきの出る時刻であった。岩幌警察では、この時刻の改札口を聞込んで、犯人らしい男が乗りこまなかったかどうか厳重に調査したというが、考えねばならないことは、この時刻は、岩幌の町は燃えさかる火炎の中にあったという事実である。駅員も火の手のあがる町を眺めて、もはや、改札口で人の顔をおぼえる余裕などなかったにちがいない。

ということは、虱つぶしに聞廻って万全に調査を果したということにはならないではないか。岩幌署の田島清之助巡査部長が、あとで克明に調査をした。しかし、彼の

報告では、かつぎ屋や、つとめ人の乗りこむこの早朝二番目の列車に、犬飼、木島、沼田の三人が乗った形跡はないという。駅員にきいても、時日がたったあとなのではっきりしたことは判《わか》らなかったということになる。何喰わぬ顔で、三人がかつぎ屋のなりをしてはなればなれに乗ったとしたら、わからずじまいになるではないか。

「ありがとう。岩幌線のほかに、本線に入りこむ別のコースはないでしょうかね。つまり岩幌から尻別《しりべつ》海岸にきて入りこむ道ですが……」

弓坂の質問がしつこいので駅員は眼をまるくした。

「尻別まではまだ汽車はありません。ここはバスですよ。蘭越《らんこし》で乗りかえて本線に連絡するんですが、岩幌から尻別まではだいぶありますからな。雷電海岸をこえてくるんですから、海岸はバスも通っていません。ただし、寿都《すっつ》までできますと、寿都鉄道があります。この鉄道ですと黒松内《くろまつない》で連絡がとれますが」

「寿都の始発は何時ごろになりますか」

「そうですね。ここも岩幌線と似たような単線です。やっぱり、朝一番は四時五十分で、黒松内着が、五時五十分。次の寿都発は十時三十分、黒松内着が十一時三十分。そのつぎになると午後三時五十分、黒松内着が四時五十分、寿都線はこれしかないんです」

弓坂はまさか、この寿都鉄道を利用したことはあるまいと思った。というのは、駅員もいうとおり、岩幌から南海岸沿いを、雷電峻嶮《しゅんけん》を越えて尻別に出る。寿都にまで潜入するとなると、時間がかかる。その日のうちの本線連絡は不可能であった。しかし、二十一日に到着することはできる。弓坂が読まされた岩幌署の報告によると、犯人の逃走径路は、この雷電越えにかなり固執されていた。それは前日の十九日に犯人たちが雷電の奥にある朝日温泉に投宿していたという事実によったからである。だが、犯行後に人眼をひく田舎道を三人組が歩くだろうか。

〈やっぱり、岩幌発の汽車で本線へ入りこんだんだ。岩幌は農作物も多い。魚も多い。かつぎ屋の群れが通う。三人の男がはなればなれになって乗りこめば、大火の最中の岩幌駅で、誰が気がつくものか……〉

弓坂の確信は強くなった。すると犬飼、木島、沼田は函館へ二十日の午後四時五十二分には着いている。七重浜の阿鼻叫喚の死体収容のどさくさも目撃しているはずだった。

弓坂は駅長室を出た。暗い駅前に出るとそこは闇市場のある屋台店の行列だった。風が出ていた。おでんや焼酎《しょうちゅう》を売る店の看板がはためいている。かなりの雑踏である。弓坂はまだ飯を喰っていないことに気づいた。腹がぐうぐう鳴っている。広場を横切ると、二、三人の復員服が尻をつき出しているおでんと書いた貼紙《はりがみ》のあるのれんをくぐった。

「章魚《たこ》の足をくれんか」

警部補は浅底の鍋《なべ》にぐつぐつと音をたてて煮えているおでんのタネをにらんだ。ほとびたようにふくれ上がったイボイボの大きな章魚の足が、紅をさしたようにあからんでいる。警部補は生唾《なまつば》をのんだ。周囲の男の顔をみた。どの顔もよごれている。若者が多い。汽車の待合時間を利用して、腹ごしらえしていることが一見してわかる。

「へい、ありがとうございます」

口紅のはげた三十ぐらいの肥《ふと》った女が、威勢のよい声をあげて洟《はな》をすすりながら、章魚の足を皿《さら》にのせ、弓坂の前へつき出した。ぱくついてみたが、章魚はだし汁《じる》に甘味をとられていて、何ともいえないうす味だった。

「汁をかけてくれ」

警部補は不機嫌《ふきげん》な顔で皿をさし出した。やがてたれ汁のかかった不味《まず》い章魚の足に喰いついた。

五

——何といっても、この事件は、私ども刑務所側の手落ちであり、現在の刑余者保護観察制度の欠陥を暴露するものでありまして、遺憾に耐えないところです。まったく、仮釈放するにしましても、野放しのようなかたちなのであります。禁固中に矯正《きょうせい》保護を重ねてみた努力も、シャバに出て水泡《すいほう》に帰すのだということを考えてほしいものであります。刑余者の保護観察制度がもう少し改められないかぎり、この種の再犯者の犯罪はますますふえると思うのです。私ども刑務所内の者が、いくら口をすっぱくして主張いたしましても、現在の日本の混乱状態では、早急に解決できるものではありません——。

巣本虎次郎看守部長が、岩幌の田島巡査部長にいった言葉である。そのことは、弓坂の留守中にきた手紙にも熱をこめて書かれていた。

弓坂は章魚の足を喰いちぎりながら、わずかな食事代と片道旅費だけをわたされて網走の刑務所を出てシャバに一歩を踏入れた木島と沼田の心中を察してみた。おそらく彼らは腹がへっていたろう。こうして、どこかの町の屋台店に首をつっ込んで、おでんの皿に顎《あご》をひっつけて喰いついたにちがいない。

弓坂は、犬飼と二人の刑余者が、函館のこの駅前広場をうろついた姿を空想すると背すじが冷えた。屋台店に首をつっこんでいる客は若者もあれば、子供もいる。老人もいる。腹をへらしたあらゆる階級の旅行者だった。こんな混雑の中へ復員服を着た三人が入りこめば海の中へ入りこんだ魚だ。捜しだす手だてはない。

だが、そうだといって、いまここで、捜査を投げるわけにもゆかない、と弓坂は思いかえした。

わかっていることは、三木の和船が一艘詐取《さしゅ》されたことだ。犬飼らしい男が現われて消防団の名を詐《かた》ったことである。犬飼は函館駅に着いて、二人をつれ、海岸に出た。函館に少しぐらいは地理が明るかったかもしれない。佐々田質店で盗んだ金をポケットに入れている三人は、闇市場で腹ごしらえをした。そうして、ゲップの出るほど腹を肥《ふと》らせ、二十日ならどこかに野宿したか、二十一日ならば函館についたその足で死体収容でごったがえしている七重浜へ走ったのだ――。

それから三人は舟で海峡を渡った。

弓坂はここまで考えると、また、例のテントの下に最後まで寝ていた引取人のない二つの死体を思いうかべた。

たしかに似ているのであった。弓坂は木島の顔が額のせまい寸づまりの犯罪型というべき顔であったことも思った。沼田もずんぐりしているが、肩の張ったいかにも木樵《きこり》の息子といった風貌《ふうぼう》で、魚津の町で放火殺人未遂をやりそうな陰気な顔をしていた。死体は二人の顔に似ていた。肝心なことは、二つとも上額部に撲傷《ぼくしょう》のような痕《あと》があったことである。

「海に落ちたんですからね。棒杭《ぼうくい》か、舟のどこかに頭を打ちつけたってこともありますよ。殺《や》られたときの傷じゃありませんよ」

とほかの刑事たちにいわれて、弓坂の疑問は多数決のために打消された。二人とも同じ傷があったということに弓坂はこだわるのだ。

もし、犬飼多吉が、木島と沼田をつれて七重浜から三木に出て、人眼につかないところで、佐々田質店から盗んできた金の分け前のことで喧嘩《けんか》となり、面倒くさくなって二人を撲《なぐ》り殺したとする。死体は海へ投げればいいわけだ。海にはいっぱい身元の知れぬ死体がういていた。大男であった犬飼が、いちばん力もちであったと推定されるから、二人を撲り殺す可能性は充分あると思われる。犬飼は単独で舟を詐取した。単独で舟を漕いで海を渡ったか。

空想は弓坂の頭の中で次第に芯《しん》をもちはじめてゆく。

駅前広場を出ると、旅行者で混雑する町をしばらく弓坂は歩いた。やがて自宅へ帰る坂道にさしかかった。

家の玄関に入ったとき織江がしょんぼりとした眼をして迎えた。

「どうでした。わかりましたか」

ときいた。妻に事件のことを聞かれるのはあまり好まない性質である。ついぞ、担当している事件のことを話したことはないのであるが、この夜にかぎって、弓坂は刈田治助から怒鳴られたこともあって、気が滅入《めい》っていたのかもしれない。ふと妻を相談相手にえらんでいる。心もち口をとがらせてたずねてくれる心づかいが、嬉《うれ》しいようでもあり、また己れの力なさをそれで表わしているような気もして、弓坂は敷居をまたいでから不機嫌になった。

「子供は寝たかね」

六畳にあがった。まだ卓袱台《ちゃぶだい》がそのままになっている。ブリの照焼きが汁を吸って茶色いはんぺんのようにかわいている。

「ごはんを入れましょか」

織江がわきに坐《すわ》って、なるべく機嫌をそこねないように心をつかったもの言いで、じろっと夫を盗み見た。

「おれはな」

弓坂吉太郎は芋まじりの麦飯を大きく頬張《ほおば》りながらいった。

「あした、署長に願い出てみるつもりだ」

「何をですか」

織江は心配そうな眼になった。

「俺の一世一代の、のるかそるかの事件だ。聞入れてもらえるかどうかしらんが、華厳寺の死体をもう一度掘り起してみたい」

ぽつりと弓坂はいった。

「………」

頬骨の出た蒼黒《あおぐろ》い顔を織江はびくっと動かせ、土瓶《どびん》にさしかけた湯の入った瀬戸びきヤカンを落しそうになった。

「掘るって……あんたア、葬式のすんだ仏さんをですか」

「そうだ、葬式がすんだといったって、おれが引取人になって葬式をしたんだ。あの仏は、誰も引取人がなかったんだ。おれは署長に委《まか》されて土葬したんだ。だからおれに、もう一度掘りおこしてみる権利がある。この男たちに似ている、織江」

弓坂はいつになくしんみりとして、札幌署からおくられてきた皺《しわ》くちゃの名刺判の人相写真をポケットから取りだして卓袱台の上においた。

写真の顔はたしかに似ていた。しかし、それは織江にも誰にもわからないことである。弓坂の頭の中でかすかにともった灯であった。

六

函館署の弓坂吉太郎警部補から、久根別《くねべつ》在にある華厳寺に埋葬されていた身元不明の二死体押収捜索令状が、函館地方裁判所の久留島判事へ請求されたのは、その翌日、十一月七日のことである。異例の死体発掘請求といえたかも知れない。

犯罪捜査の途上で、被害者の人相の再確認、死亡当時の傷害状況などの再調査の必要が認められた場合、いったん埋葬されてある死体を発掘する例はしばしばある。この場合、現在の規定では、捜査当局は、司法監察職員である警部、または検察官がその発掘請求者となり、裁判所に対して、最高裁から指示されている所定の様式によって押収捜索令状請求なるものをする。しかし、この物語の起きている昭和二十二年頃は、まだこの規定は今日のように変更されていない。一警部補の請求によって、裁判官はこれを受理した。つまり、弓坂吉太郎に、その請求権があったわけだ。

弓坂警部補は、函館署長刈田治助に当然、この請求についての認可を仰いでいる。

「華厳寺に埋めた死体の人相が、どうも、木島忠吉と沼田八郎に似ているのです。早急に再確認してみたいと思います。棺桶《かんおけ》に入れてもありますから、まだ死体はそんなに腐ってはいないと思います。ご許可を願います」

朝早い九時の出勤時刻を、待っていたようにしていう弓坂の顔は、昨夜、一睡もせずに考えつめてきたらしい確信にみちたものと、心もちいらいらしたものとが出ていた。とつぜんの申出に、刈田治助は、椅子《いす》に坐るなり、弓坂の顔をじっと瞠《みつ》めた。下北の徒労捜査を刈田は大声で叱《しか》りつけたことでもある。三木から詐取された舟一艘の行方調査に、二人がかりで四日も足を棒にしているのだ。刈田は捜査の生ぬるさに業《ごう》を煮やしていた。ところが、朝になって、弓坂はまた妙なことをいいだした。頭から賛成するわけにはゆかない。

「あれはきみ、処理がすんだものじゃなかったんかね。死体はきみに委したが、写真は撮ってなかったのか」

「はあ」

警部補は意地悪そうな刈田の眼をみて、膝《ひざ》がしらをしゃんとつき合せた。

「あのどさくさに、とくべつに二死体だけの拡大写真を撮るということは不可能だったんです。七重浜のテントの下に十死体ぐらいならべてあるところを、毎朝新聞のカメラマンが撮ってくれたものが一枚あります。それと死体を幼稚園の方にうつす時にとったものが一枚と、あの身元不明死体の出ているのはこの二枚しかありません。どれも、極く小さくしかうつっていません。とても確認できないのです。いいことに、秋から冬口に向う季節ですから、死体は腐敗していないだろうと鑑識の者もいいます。ぜひご許可願いたいんです」

「うむ」

署長は熱心な弓坂の態度に押切られた格好になった。じつのところ、刈田治助は、またぞろ、層雲丸の死体を発掘するなどということには反対の気持が強かった。よりによって、今日は四十九日だ。遭難碑建設予定地になっている新川の広場で、供養《くよう》が行われる。協民党に立候補するであろうと噂《うわさ》される遺族会長の黒川季子も東京からやってきている。市では何か行事をもくろんでいることも聞いていた。そんな日に、遭難者であるか、どうかもわからない、いわば謎《なぞ》の死体を、掘起すとなると、また新聞がひと騒ぎする。恐ろしい台風のなした業《わざ》とはいえ、函館市民にとっては二どと思いだしたくない阿鼻叫喚の惨劇であった。七重浜に幾体と知れない遭難者の死体がヤグラのように積まれて、重油をぶちかけて火がつけられ、幾体もの死体が天をついて焦《こ》げる匂《にお》いが、全市の空にみちていた。あの遭難の日から三日ほどの間の恐怖と哀《かな》しみとが、一警部補のカンによる捜査の必要から、掘りかえされた二つの死体によってまたぞろ市民によみがえることがイヤなのである。

「わかった。わかった」

と刈田治助はいった。

「掘るのは賛成だ。きみの疑問も一理あるんだからな。しかし、弓坂君よ、なるべく、ひっそりやってくれんかな」

と刈田治助はいった。そこへ慰霊祭の幹事側かららしい電話がかかってきた。署長はそっちの方に気を取られた。

「かしこまりました」

弓坂警部補は目礼して下がった。許可を得たのだ。すぐさま函館地裁に走った。この請求は直ちに受理された。弓坂の提出資料は、久留島判事をひどく感動させたのである。岩幌から函館に到着した三人組の中で、金の分配のことで争いが起きたかも知れぬ。動機もうなずけた。木島、沼田の二人が殺され、あのどさくさに死体を投げこんだ場合、完全犯罪が成立する。提示された写真と、二死体を見た弓坂と、もう一人の男、当時テントを張番していた市役所の若い吏員の証言がこれに力となった。

弓坂は裁判所を出ると喜びで胸が熱くなった。

刈田署長が、なるべくひそかに発掘しろという意味は弓坂にもうなずけた。都合のいいことに、市長も署長も、この日は慰霊祭の会場へ列席しなければならない。華厳寺の立会人としては市長代理に、弓坂も顔見知りの頭のはげた総務課長の殿山金次がきてくれることになったし、華厳寺の住職の宇見哲海も会場へ行ってしまう。ひっそりとした発掘といえた。

函館署設置以来、一どもなかった身元不明の死体発掘捜査は、弓坂警部補の手で行われたのである。同日午後一時のことである。ちょうど、この時刻は新川町の慰霊祭場の秋空に香煙がたなびいていた。市内各寺から集った僧侶《そうりょ》がよみあげる読経《どきょう》が、鼠《ねずみ》いろの町屋根を這《は》って海に流れていた。

あたかも、その読経は、弓坂警部補と署の鑑識課員の三名がスコップをもって掘りおこそうとする二つの死体の霊をよみがえらせる気がした。

「廻りあわせのいい仏さんたちだ。きっと、素姓が知れるかも知れませんぜ」

鑑識課の若い雇員は、そんなことをいって汗まみれになって無縁塔の下を掘りはじめた。

七

曹洞宗《そうとうしゅう》永平寺派奇雲山華厳寺の墓地から発掘された二つの死体が、網走刑務所を六月はじめに仮釈放されている前科六犯富山県生れ木島忠吉、同前科二犯富山県生れ沼田八郎の死体であると確認されたのは、それから二時間のちのことである。弓坂の推理はみごとに的中した。

棺はまだ、白木の木の目をみせ、土塊の湿気を吸いとって、重く黒ずんでいたけれど、掘りだされた死体は、腐爛《ふらん》しているとはいえ、顔、手、足などはまだ七重浜に寝かされていた当時の面影《おもかげ》をもっていた。眼窩《がんか》や、鼻腔《びこう》や口の中などは黒紫色にただれていて、液状化した部分もあり、肉が流れ落ち、鼻骨がうす皮の皮膚をたるませているとはいうものの、額の打撲傷や、つりあがった眼《め》もとや、歪《ゆが》んだ口もとは、まだおぼろげながらも生きていたころの人相をとどめていた。

弓坂警部補は、ウミのような異臭に悩まされながら、ポケットからとりだした木島忠吉、沼田八郎の写真を熱心に見比べた。その顔は次第に喜悦のいろをおびた。木島の寸づまりの顔の、せまい額と黒い眉《まゆ》を見たとき、狂喜した。彼は叫んだ。

「やっぱり木島だよ。沼田だよ。掘ってよかった。掘ってよかった」

弓坂は自分ひとりの判断では、たよりないと思えたので、わきにいた鑑識官にふるえながら写真を手渡した。

「まちがいありませんな。下顎《したあご》の張っているのも、沼田の方にはっきり符合します。それに、身長もよくあってますよ。顎のほそいところと、生《は》えぎわのせまいのは木島にそっくりじゃありませんか」

異口《いく》同音に鑑識官たちは弓坂をみて喜びの声をあげた。

この報告は直ちに刈田署長、函館地方裁判所になされた。函館署は前代未聞の兇悪《きょうあく》犯罪の事実に大きくゆれ動いた。札幌警察、岩幌警察、網走刑務所に緊急報告の電話がなされた。

「弓坂君」

刈田治助は、慰霊祭から帰ってすぐであったから、左手に、数珠《じゅず》を通していた。その数珠を千切れるほど握りしめながら、

「君の努力のおかげで、岩幌大火、佐々田質店皆殺しの犯人ははっきり浮び上がった。ありがとう。犬飼多吉だ。犬飼多吉が、佐々田質店殺しを演出し、金を盗んで木島忠吉、沼田八郎をつれて函館にきた。そして、その共犯者を殺《や》った。君の推理したとお

り、三木の舟を詐取した男は犬飼だ。犬飼が消防団員に化けたんだ」

署長の声は弓坂の根気に対する賞讃《しょうさん》と、兇悪犯犬飼多吉に向けられた憎悪《ぞうお》とで大きくふるえた。

「署長」

と弓坂警部補はいった。

「私だけの力ではありませんよ。私にヒントをあたえてくださった網走刑務所の巣本虎次郎さん、岩幌署の田島清之助さん、札幌署の宮腰さん、この方たちの応援の賜《たまもの》ですよ。しかし、考えねばならないことは、犬飼多吉は佐々田質店に押入って、一家四人皆殺し、放火後岩幌町の大半を灰燼《かいじん》に帰せしめた大罪を犯している上に、翌日、またわれわれの管下の七重浜で、二人の共犯者殺しをやってのけたんです。連続殺人の兇悪人であるということです。われわれに犬飼多吉を追及する任務は、岩幌署の田島さんと同じように、これで重くのしかかってきました。署長、捜査本部を設置して下さい。そうして、私を、もう一ど内地へ出張させて下さい」

「………」

刈田治助は鼻髭《はなひげ》をもぐもぐと動かして弓坂の方をにらんだ。

「本部は設置する、しかし君がゆきたいのは下北かね」

「いいえ」

と弓坂警部補は首をふった。

「二人とも富山です。私は気の毒な共犯者、木島忠吉と沼田八郎の親達に会ってみたいと思うんです。そうして、彼らふたりが網走刑務所時代に、どんな便りを親爺《おやじ》さんたちに送っていたか。それもこの目で見てきたいと思いますし、犬飼多吉という男のリンカクが、そこから摑《つか》めるかどうかはわからないにしても、いちおう訊《たず》ねてみたいと思うんです。それと……」

と弓坂はいって、ちょっと口ごもった。

「東京にもいってみたいと思います」

「東京へ」

「はい」

弓坂は署長の顔をちょっと上眼づかいにみた。

「下北半島の調査は、私には成果がないようにみえました。しかし、今回の死体発掘で、一つだけ私の頭にのこっている疑惑がございます」

「何かね、それは」

刈田は顔をつきだすようにして、指先でまた、数珠をまさぐった。

「大湊《おおみなと》の町から東京へいった杉戸八重という女のことです」

「杉戸八重?」

「はい。この女のことは、最初、徒労だったと判断したものですから、くわしく報告しなかったんですが、大湊の喜楽町の淫売宿《いんばいやど》『花家』の酌婦《しゃくふ》だったんです。この女のもとへ、犬飼らしい角ばった顔の無精髭を生やした六尺ちかい大男が休憩であがっています。私は、そもそも、下北へ逃げたのは三人組だと頭から推定して、捜査をすめてきました。しかし、下北へ逃亡したのは、犬飼一人だったのです。きっと犬飼は、ひとりで舟を漕いで夜の海峡を渡ったに相違ありません。すると、私たちの聞込みはもっとちがった面から押せたはずです。たとえば下北、陸奥湾《むつわん》海岸べりの漁師の家などへ、九月二十二日ごろから、不意に現われた魚買いや、闇ブローカーの中で、札束をいっぱいもっていた怪しい男、などといった面からも聞込まねばならなかったはずです」

「なるほど、きみたちがのぼった仏ヶ浦の何といったかな、山の中で焚火《たきび》をしていたというのも犬飼かもしれんぜ」

「舟を焼くということも、当然、慎重な犬飼の計画にあったかもしれません。それと……」

とまた弓坂は署長の顔をにらむようにみた。

「杉戸八重という女が、なぜ、東京へいったか。私の推理がまた飛躍するようで、署長は笑われるかもしれませんが。酌婦が急に大湊を去るということも、私にはちょっと不審な点があるんです」

と弓坂は唾《つば》をのんで語をついだ。

「借金もあったでしょう。それに、この女には畑《はた》という部落に年老いた足のわるい父親がいた。貧しい家に生れた娘だということも、湯野川の浴場の中で、私がはっきり確認したところです。父親は娘が急に東京に出ることには反対しているようでした。しかし、娘は、友だちを頼って東京へ出るんだといっていました。わたしは、この女が東京へゆくと決意した日が、六尺近い大男が休憩してまもない三日目であるということにこだわります。空想してゆくときりはありませんが、私たちや青森県警があれだけ県内を虱《しらみ》つぶしに捜索したにもかかわらず、髭男で六尺ちかい大男という目につきやすい犬飼多吉を見のがしているのは、誰かがかばったためだと思うしかありません。犬飼多吉を青森県から逃がした人物。杉戸八重はその中の一人にかぞえられます。なぜならば、彼女は、私にその大男は川内の製材工場に木材の商売をしにきた工藤という男だといったからです。十月十日ごろに、川内の製材所へ工藤という男がきたかどうかもしらべねばなりません。私には困難な捜査にみえても、一本の糸口がそこに見えているような気がします。もう、あしたにでも出張してみたくなりました」

「うむ」

署長はクルミの実でつくったような褐色《かっしょく》の数珠をゆっくり手からずらせた。

「よし、行ってくれ」

怒鳴るようにいった。捜査本部が設置されればこれまでのような任意捜査ではない。特別予算も組めるのだ。出張費に理が通るというものである。署長はいつまでも微笑していた。

函館署に「七重浜殺人事件捜査本部」の看板が掲げられたのは、十一月八日のことである。しかし、その日にはすでに、警部補弓坂吉太郎の姿は函館から消えていた。

弓坂吉太郎は、八日未明に連絡船にのって、津軽海峡をわたった。未明の海は黒鼠いろの波がうねっていた。しかし、朝陽のさす仏ヶ浦の白い岩壁のみえる平館《たいらだて》海峡に入ったころは、深い紺青色《こんじょういろ》にかわった。弓坂は甲板に立ってうしろに広がってゆく海峡をみていて、真犯人を摑《つか》むまではこの海峡を二どと渡らないぞ、と自分に言いきかせた。

第七章　黒い家

一

東京都千代田区神田《かんだ》末広町九九八番地。——このあたりは、繁華な上野広小路《ひろこうじ》と神田須田町《すだちょう》を結ぶ都電通りに面していた。戦災をうけるまでは中小企業の商店や会社などの建物がぎっしりつまっていたものだが、西側の高台にある湯島聖堂や、神田明神の一角を残しただけで、町の大半は焼野と化した。

無惨《むざん》な空襲の爪痕《つめあと》である。

都電通りの両側には、瓦礫《がれき》や焼けビルの残骸《ざんがい》がほったらかしである。草茫々《ぼうぼう》の野っ原だ。赤錆《あかさ》びた金庫。飴《あめ》のように折れ曲った鉄骨。むかしの面影《おもかげ》はどこにもない。地下鉄末広町の駅入口があるというのに、人通りも少なかった。ここだけが荒廃の極をとどめているかにみえたわけは、近くの上野や神田がひと足早くめざましい復興をみせていたせいかもしれない。

高台町の明神の朱塗りの柱と屋根瓦《がわら》がみどりの中に映えてみえるのと対照的に、荒れたままにしてある焼野に、小さな、といっても六畳と四畳半の間取りのあるスレートぶきのバラックが建ったのは二十二年の夏の末だ。周囲はまだどこにも人家がなかった。バラックは省線の通る高架線からも望見できるほどきわだってみえたが、この家に住んでいるのは女一人であった。葛城時子《かつらぎときこ》という表札がかかっている。女主人は年のころは二十七、八。瓜実顔《うりざねがお》の心もち平べったい顔つきだった。家が建ってから、まなしにここへたずねてくるようになった六尺近い大男の黒人兵の姿をみとめると、町の人びとは、この女は、黒人兵のオンリーにちがいないと噂《うわさ》しあった。

事実、葛城時子は、派手な赤や青の洋服を着ていた。束髪をネッカチーフで結えて、チューインガムをかみながら黒門町の闇《やみ》市場のあたりまで買出しに出かけた。化粧の濃いのも、外人好みだったし、背がひくいわりに、くびれたように胴がほそくしまっているのも、肉感的だった。

黒人兵は、瓦礫のつみ重ねてあるバラックの前にジープをとめ、鶯色《うぐいすいろ》の袋を車の中からひきずり出すと、家の中に入った。そうして、うす桃色のカーテンをたらした窓を女が閉めて、一時間か二時間ほど、ひっそりした時間をすごして帰った。帰る時には袋はもっていなかった。兵隊が運んでくるものは、女のための食糧にちがいなかった。この兵隊のこない時間は、女は所在なげに一日じゅうぶらぶらしている。窓をあけて、椅子《いす》に坐《すわ》り、ぼんやり空をみたりしている。

この一軒家へ、はじめて日本の男が訪問してきたのは、十一月の半ばのことである。風のひどい日だった。葛城時子は窓をしめて、六畳の方に腹這《はらば》いになっていた。

「ごめん下さい」

と男の声がした。時子はターバンにまきつけたグリーンのネッカチーフをはずすと、玄関になっている四畳半の襖境《ふすまざかい》からタタキの方をみた。袖《そで》の長い紺の上着に灰色のズボンをはいた三十三、四のずんぐりした丸顔の男が、家の中を覗《のぞ》きこむように立っている。

「下北の大湊《おおみなと》にいらした時子さんの家でしょうか」

と男は関西なまりのあるひびきを語尾にひきながら、ジロッと葛城時子をみてたずねた。魚の眼のようなとろんとした光のない眼つきの男である。

「あたしですけど……あたし、時子ですけど」

葛城時子は男の顔に見おぼえがないので、首をかしげた。警戒する色が出ている。

「そうですか、それはよかった。やっぱり来てよかった……」

と男は早口にひとりごとのようにいって、

「杉戸八重さんの消息をご存じじゃないでしょうか」

ときいた。

「八重ちゃん、八重ちゃんがきてんの……」

と葛城時子は口をつき出すようにしていった。

「あんた、下北の方？」

「はあ、遠縁の者になるんですが、畑《はた》の村へたずねたら、あなたの住所を教えてくれました。あなたのところへいってきけばわかるといってくれたもんですから」

「へーえ」

と葛城時子は眼を丸くして、

「あたし、ちっとも知らなかった、八重ちゃんが東京に出ているなんて……今、はじめて聞いてよ」

男はちょっと猜疑《さいぎ》走った眼を投げ、

「ご存じありませんか」

と残念そうにいうのだった。

葛城時子は、大湊の「花家」にいた同僚の杉戸八重のことは知っていた。しかし、彼女が東京へ出ていることなど知らなかったのである。どうして、自分にだまって東京へきたのだろう。「花家」にいたころは仲良しだったせいもあって、いつかは東京にいくことがあるから、その時には一番先に訪ねていくと約束もしていた八重のことである。葛城時子はびっくりしたと同時に、心もち不満な思いもして、

「本当ですか、ちっとも知らなかった。畑の家にはね、あたし、時々ハガキ出したのよ。ここへ引越した時も、八重ちゃんの家にだけは一ばんはじめに通知をだしたわ」

と人の好さそうな眼をむけていった。同じ下北の方からきた遠縁の男だと思うと、気が許せたのかもしれない。しかし、時子は、その男が、よれよれのズボンをはき、泥《どろ》だらけの靴《くつ》をはいているのをみると、次第に警戒するものが走った。

「八重ちゃんが東京へきているんなら、きっとここへきますよ。きたら教えたげますよ。あなたのお名前を教えて下さい」

「は」

と男は口ごもった。

「それじゃ、ま、また、よせてもらいます。ぼくは東京にいるんですから、またたずねにこれます。八重さんがきたら、住所をぜひきいといてくれませんか」

「よくってよ」

と時子はいった。すると、この男は、ペコリとていねいなお辞儀を一つして、そそくさと敷居を跨《また》いで表に出ていく。

葛城時子は玄関のすきまからその男のうしろ姿を見送っていたが、男が急に足をとめて、家の方をふりかえったのをみると、気味のわるいような気もした。人相があまりよくなかったからである。

不思議なことがあるものだ。この紺の上着を着た男が杉戸八重のことを訊《たず》ねにきて三日たった日である。その日も朝から風のつよい日で、バラックの周囲の焼野からは、砂塵《さじん》が一日じゅう舞いあがっていた。曇った寒い日であった。もう一人の日本の男が杉戸八重をたずねてきたのだ。しかし、二人目の男の方は名前をはっきりいった。

「わたしは、函館警察署の警部補で弓坂吉太郎といいます。大湊の『花家』におられた杉戸八重さんを捜しています。ご存じでしたら教えて下さい」

丁重な警察官の来訪に、葛城時子は顔色がかわった。

「八重ちゃんが……わるいことでもしたんですか」

時子は黒人兵の好んで敷く赤い銘仙《めいせん》の座蒲団《ざぶとん》を六畳の方から出してきて、上がりはなに敷いた。

「心配だわ。どんなことをしたのか、刑事さん、教えて下さいよ」

二

弓坂警部補のしゃくれ顎《あご》のあたりに、かすかな微笑がただよったが、ひっこんだ眼や口もとは、疲れが出ていた。

「くわしくおはなしすることはまだできません。心配なさるようなことじゃないんですよ。しかし、八重さんの消息がわからないことには、私としてはちょっと困るんです。……今日で、私は東京へきて六日になります。どこを捜しても摑《つか》めません。思いなやんだ末に、青森警察へ照会して、畑の村へききにいってもらうと、あなたのハガキがきていたといって、しらせてくれたんです。それで、たずねてきたわけなんですが」

「はあ」

と葛城時子は低い鼻の平べったい顔を警部補にむけた。

「あたしんところへはまだ何ともいってこないんですよ。くれば、一ばん先に寄るっていったんですけど、まさか、もう大湊にいないなんて、……あたし、びっくりしてたところです」

時子はすっかり東京弁になった話しぶりで、中老の警部補が遠慮げに坐っている上がりはなへお茶を入れてさし出した。

「刑事さん、どんなことをしたんですか。あの娘、わるいようなことをする娘じゃありませんよ」

「それは知っています」

と弓坂吉太郎は、時子の部屋を見廻しながらいった。

「いいひとです。お父さん思いの働き者で、しっかりしたところのあるひとだってことは私は充分知っております。しかし……」

と弓坂はちょっと言葉をついだ。

「あの人のお客さんでね、どうしても会ってみたい人がいるんですよ。その人のことをききたくて、八重さんを捜しているんです。ご本人が悪いことをされたってことじゃありませんから、安心して下さい」

葛城時子はほっとしたように低い小鼻をうごかせてにんまりした。

「ああ、よかった。……そんならいいんだけど……」

そういってちょっと考える顔つきをしている。この女も長いこと「花家」で働いてきたらしい。一どか二どは上がり客のことで、警察官に訊問《じんもん》された経験はもっているのであった。

「どんなお客さんか知りませんけど、それじゃ、あたし、八重ちゃんがここへきたら、刑事さんのところへすぐ知らせるようにっていいますよ。そのお客さんの名はわかっているんでしょうね」

「犬飼多《いぬがいた》吉《きち》という人です。紙切れにでも書いておいてくれませんか」

弓坂警部補は時子が短いスカートから赤いスリップのレースをのぞかせて、六畳の方に走ってゆくのを見ていた。まもなく、紙切れをもってくると、時子は警部補に渡した。

「ここへ書いといて下さい」

弓坂はエンピツ書きで、犬飼多吉――この人の消息を教えて下さい、と楷書《かいしょ》ではっきりよめるように一字一字力をこめて書いた。

「八重さんがおいでになったらわたしして下さい。函館署の弓坂だといえば、あの人はご存じのはずですよ」

警部補がそういって時子の方を微笑してふりかえると、葛城時子は、とつぜん、高い声をだした。

「ひょっとしたら、あの人じゃないかしら」

警部補は目角をたてて時子をみた。

「あんたに心あたりでもあるんですか」

三

「その人かどうかは知りませんけど。三日前に、やっぱり八重ちゃんのことをききにきた男の方があるんですよ」

と時子はいった。

「ここへ」

警部補の目が光った。

「はあ」

「どんな男。大男でしたか、その男」

床についた手がふるえた。

「大男って……そんなに大男じゃありませんよ。でもね、ずんぐりした丸顔の三十三、四でしょうかねえ、眼玉のとび出た、蒼《あお》い顔をした人でした」

弓坂はその人相なら犬飼ではないぞ、と思った。しかし、八重をたずねてきた男ときけば興味はある。

「名前は」

「いわないんです。遠縁の者だっていっただけで……東京にいるから、またたずねにこれるといって帰っていきましたが、人相があまりよくないので、あたし気持がわるかったですわ」

誰《だれ》がたずねてきたんだろう。警部補は、遠縁の者だといえば、八重には畑の在所があるだけだと思った。しかし、在所には年老いた祖父と父と、弟が二人いるきりである。三十三、四の親戚《しんせき》筋の男がいるなどということは、これまでの調査書にはなかった。

「東京にいる人だといったんかね」

「はあ、そういいました。帰りしなに、家の周りをじろじろ見るんですよ。気持わるいったらありゃしない」

時子はまたひくい小鼻をうごかした。

弓坂警部補はその男の人相を手帳に記入した。

「やっぱり『花家』にいたころのお客じゃないでしょうかねえ」

と警部補はいった。すると、葛城時子は外国タバコを一本ぬいて赤い爪《つめ》の指先で

弄《もてあそ》びながら、

「お客さんの中で、こんなところまでなつかしがって訪ねてきてくれる人なんかありゃしませんよ。みんな、薄情なお客さんばっかりなんだから。そんなやさしい人なんかありませんよ、刑事さん。八重ちゃんの働きをあてにして、お金でも借りにきたのじゃないですか。よれよれのズボンをはいていたし、上着だって袖《そで》が長くて、とっても、みすぼらしいんです。その人」

時子は思いだす風に眼をほそめた。

「八重ちゃんてね、人のいいとこがあるから、悪い人にひっかかるんだわ、きっと」

とそんなことをいった。弓坂は何げなくこぼれ出てくる昔の娼婦《しょうふ》の口から、杉戸八重のわからなかった一面がはっきり映しだされるように思えて、微笑がわくのだった。

「そんなに人の好いところがありましたか」

「ええ、お友だちでね、八戸《はちのへ》へ逃げちゃった菊乃《きくの》さんなんかに、お金を借りられっぱなしでしたよ。働いて、働いて、ためたお金を人さんにつかわれちゃうようなところがあるのね。あんたは馬鹿だっていうと、あたしって死ぬまでなおらない、人のためになることをしておれば、気がすむのよって……あの人暢気《のんき》なことといって、八戸へ手紙一本だってかかなかったですよ。結局、お金は戻《もど》らずじまいでしょう……あたしなんか、みていて、とってもはがゆい思いのすることがありましたよ」

「ふむ」

弓坂はうなずいて立ち上がった。

「時子さん。あんたはいい人だ。きっと、あんたのところへだけは、八重ちゃんはたずねてきそうな気がする。そうしたら、ぜひ、函館署の弓坂がここへきたといって下さい」

警部補は赤い座蒲団を奥の方へずらせておくと、しゃくれた顎に微笑をうかべてこの家を出た。

〈一人の娼婦が、どこで金をためたものか、こんな一軒家のバラックを建ててくらしている。杉戸八重も、ひょっとしたら、この女のように、誰かの妾《めかけ》をしているのではあるまいか……〉

外へ出ると砂塵《ひしょう》のまう都会の空は灰いろに広がっていた。飛行機が一機、鳥のような嘴《くちばし》を光らせて飛翔していった。

四

弓坂警部補は、世田谷の宿へ帰ってきた。井の頭線の池の上の駅から、商店街を五分間ばかり歩いて、閑静な住宅街へそれたあたりにその家は在った。めずらしく戦災をまぬがれたこのあたりは、ブロック塀《べい》や杉垣《すぎがき》にかこまれた古い家が残っていた。大きな欅《けやき》の木のある神社裏の空地と地つづきになった小泉七郎の家である。この家は、庭も広かったので、泊ってみると、毎日、瓦礫のつんである焼野原ばかりを歩いてくる弓坂は、ほっとするほど疲れが消えた。弓坂は、何かと親切にしてくれる小泉の家に泊めてもらえたことに感激していた。

小泉は弓坂吉太郎にとっては恩師であった。弓坂がまだ札幌署の教習所に入ったばかりの頃《ころ》に、剣道教師として入所してきた武道家である。小泉は当時剣道六段であった。弓坂は小泉の風貌《ふうぼう》に接して好感をもった。小泉は恰幅《かっぷく》のいい怒り肩の、いかにも武道家といったかんじのする男で、稽古《けいこ》も熱心な弓坂のことはとくべつ力を入れて面倒をみた。弓坂がかつて巡査時代に北海道警察官武道大会に優勝したのも、全国警察官剣道大会に選手として道南を代表して東京の武徳会にこられたのも、みなこの恩師小泉七郎の指南の賜《たまもの》といえた。

小泉七郎は六十五歳だった。頭の白髪《しらが》さえなければ、まだ五十そこそこにみえるほど、若くみえる。やせてはいたけれどかくしゃくたる軀《からだ》はまだ昔の面影《おもかげ》をとどめていた。昭和十九年に札幌の指南をやめて、警視庁の指南に栄転してきていた。家はその時からのもので、長男の龍男《たつお》も警視庁に入って巡査部長を拝命している。今では、この龍男夫婦に家をゆずって、自分は二階で、悠々《ゆうゆう》自適の恩給生活をしている。東京へきたら、ぜひとも宿舎がわりに寄ってくれと、小泉はたえずハガキをくれていたので、弓坂はその好意にあまえて、今回の出張の宿にさせてもらったのだった。

一つには、東京の地図に明るくないということもあった。巡査部長をしている小泉の長男に、いろいろと相談にのってもらえるという恩典も弓坂は考えていたのだが、しかし、それも、今日になって六日の日数が空《むな》しく過ぎてみると、気づまりになってくる。食事情は函館とちがってきびしいようであるし、配給米も十日ほど遅配していた。小泉の家では、ウドン粉のスイトンばかりの日もある。弓坂は、旅行者外食券を携行していたので、捜査の途中に町の通りの外食券食堂を見つけては食事しているからいいようなものの、小泉の長男の嫁が蒼白《あおじろ》い顔をして、一升瓶《びん》に入れた米にはたきの竿《さお》をつっこんで、米つきをしている有様など、台所横の便所へゆきしなに覗《のぞ》き見したりすると、弓坂は長らくこの家に滞在しているのも、考えねばならないぞと思うようになった。

「湯島にある神田明神をご存じですか。あすこの焼野まで行ってきましたよ」

と、弓坂はその日の成果を小泉と長男の龍男を前にして話した。

「葛城時子っていう例の大湊にいた酌婦なんですがねェ……一年前に東京へ出てきて、どこでそんな金をためたものか、ずいぶん小綺麗《こぎれい》なバラックを建てて、ひとりで住んでいました」

警部補は、時子の家を覗いた時の模様を詳しくはなしたあとで、杉戸八重のことをたずねにきたという男についても二人に説明した。

「東京はいま、転入許可制になっていますからな。移動証明がないことには、入れませんよ。杉戸って女は、大湊の居住証明をもって出たんでしょうか」

と小泉龍男は、ひょろりとした蒼白い、いかにも栄養失調といったかんじのするひっこんだ眼を光らせてきいた。

「『花家』にいたころの主食配給通帳は、ちゃんと営団に返還していました。私のように旅行者外食券に切りかえて出ていることも判明しているんです」

東京へくる前に、青森県警に立ち寄って、杉戸八重が大湊を出奔《しゅっぽん》した当時のことをくわしく聞いてきていたのである。

「おかしいな。とすると、どこにも移動証明をうつしていないんですか」

と小泉も茫漠《ぼうばく》とした八重の行方に関して、あきれ顔になった。

「つくづくいやになりましたよ。今日、湯島のかえりに、上野の駅の地下道をのぞいてみました。追払っても、追払っても、浮浪者が集まってくるようですね。いや、あの復員服を着た大勢の行列をみていると、東京という所は、魔都のような気がしましたよ。いったん、人間を吸いこんでしまったら、二度と、会うことの出来ないほど、広い。大勢の人が住んでいるんだから……」

弓坂は感慨めいたことをいって吐息をついたあとで、

「わたしも、いつまでも、ここにお世話になっているわけにもゆきません。もう一日、葛城時子の家を見張ってみて、成果がなければ帰ることにします」

すると、小泉七郎が白髪頭をふるわせた。

「馬鹿な。何の成果もなくて、きみは帰るつもりかね」

怒ったようにいうのだ。

五

「わしの考えでは、その時子といったかな、末広町の家へきっと八重が寄ると思うね。あんたは東京は魔都だというけれど、いまほど、東京は親類縁者、知己の者が寄り集まって暮している時はないんだ。この北沢あたりだって、構えの立派な、大きな家があるけど、散歩した時など、表札を見てみると、たいがい、一軒の家に二つや三つ掲《かか》っていないところはない。疎開《そかい》していた人たちが自分の家へ戻ったにしても、留守番をさせていた人たちを追いだすわけにゆかない。どの家も、似たりよったりの同居者を抱えて生きている。杉戸八重だって、そんなに大金をもって出たわけでもあるまいに。旅行者としてどこに泊るといったって、長つづきはしまい。きっと、昔の同僚のところへやってくるはずだ」

小泉は励ますようなひびきをこめて、弓坂のしゃくれ顔を眺めながら、

「遠慮はいらん。ゆっくり泊って、糸口を摑むまで捜査にはげんで下さい」

わきから長男も口をだした。

「親爺のいうとおりですよ。わたしも、本庁できいてみたりしているんですが、大湊

あたりから上京した場合、おそらく、昔の商売からいって、女は、玉の井か、洲崎《すさき》か、吉原《よしわら》あたりに身を沈めているんじゃないか、と同僚はいうんです。都内の遊廓《ゆうかく》にある娼妓《しょうぎ》組合をたずねて、名簿を繰ってもらうという方法も残っていますね。まだ捜査は、弓坂さん、序の口じゃないですか」

　弓坂はそのようなことも考えないではなかった。しかし、息子のいうように、娼妓組合に訊《たず》ねてみても、望みはうすかった。弓坂は、新宿の二丁目にある遊廓だけは検番によって聞き込んでいた。それによると、近ごろの娼妓の出入りは殊《こと》に激しくて、名簿はあるにしても、果してそれが本人の実名であるかどうかも疑わしいようなものが多いということだった。抱え主を転々と取りかえてゆく妓《おんな》もいるかと思うと、二、三日だけ妓楼《ぎろう》にいて、すぐ飛び出し、有楽町や、上野あたりの暗闇《くらやみ》に立って、個人営業のいわゆるパンパンに落ちてゆく女も多いのである。夕方になると、パンパンたちはどの省線の駅の暗がりからも出没していた。弓坂自身も、渋谷駅にくる途中の暗がりで、そんな女によびとめられたことが再々ある。

　弓坂はこれも捜査の必要の上からだと思いながら、そんな女の一人とはなしてみたのだった。お客になるようなふりをして闇市のおでん屋に誘った。

「きみは、田舎はどこか」

十八、九としか思えないやせたその少女は、寒空の中を、トックリセーター一枚だけで歩いていた。黒紺のスカートのお尻《しり》もよごれていたし、ひょっとすると、焼け跡の地べたに寝ころんで軀《からだ》を売っているのかもしれぬとも思えるほど、うす汚ないのだった。弓坂は眉《まゆ》をひそめた。汗くさい、埃《ほこり》だらけの首すじにまといつく髪の毛をかきあげ、少女は、そこだけ紅《あか》くふき出ものみたいにぬりたくっている唇《くちびる》をつきだすようにしていった。

「あたい、栃木県」

「栃木のどこか」

「オオタワラ」

「大田原？……」

くわしく訊《き》こうとすると、少女は急に軽蔑《けいべつ》するような斜視をなげて、

「しつこいことをきくわねェ、おじさん、あんた、誰？　刑事さん」

だまりこくって、弓坂のさしだしたおでんの皿《さら》に手をつけなかった。弓坂は栃木県の大田原という所は知らない。おそらく、この少女も、杉戸八重のように、貧しい村の家に生れて、そこにいるのがイヤになって飛び出してきたのではあるまいか。そうだとしたら、行きずりの人にどこからきたと訊かれて、本当の生れ在所を告げる女も

たまにはいるかもしれないが、いいかげんなことをいう場合もあり得ると思う。パンパンというような放浪者同然の生活をしておれば尚更《なおさら》のことであった。どこにいたのか、と訊ねることは、女のいちばん痛いところを衝《つ》くことにもなりかねない。

「ありがとう。おじさんは、きみのいうとおり刑事さんだ。きみのような女のひとを一人捜しているんだ。北海道からはるばる捜しにきたんだ」

そういって、弓坂は少女にわずかな小銭《こぜに》を握らせて、井の頭線の駅へ急いだのであった。

東京という魔都は杉戸八重を呑《の》みこんでしまっていた。どこを捜しても、八重のかくれているところはわからぬ気がした。

「娼妓組合の名簿も杜撰《ずさん》なものだということも聞いていますしね。八重が娼妓になっているとはきまっていないんですよ。湯野川の鉱泉宿で、親爺さんにはなしているのを聞いた時には、お時というその女が、外人向けの喫茶店か何かで働いているのをたよってゆくんだといってましたし、そのお時自身がもう喫茶店をやめてしまって妾のような暮しをしているんですからね」

弓坂吉太郎は溜息《ためいき》をつきながら小泉父子の顔を眺めた。

六

拝啓　貴殿より御依頼の大湊市にある「花家」に休憩した「工藤」なる人物の調査に関し、判明した事実をおしらせ申しあげます。

十月十日午後二時ごろに「花家」に休憩した大男が「工藤」という男であったという事実は、いまのところ、相手をした杉戸八重さんの証言だけでありまして、主人来間佐吉《くるまさきち》も同僚のどの妓たちも、はっきり憶《おぼ》えていません。そこで、さっそく川内《かわうち》巡査部長派出所に、同町内の製材工場へ、十日前後に建築材の仕入れに立寄った工藤なる男がいたかどうかを調べさしましたところ、次のような回答を得ました。

川内町内に工藤という大男は現われていません。川内町内には、大小合せて製材工場は十七あり、同町は、下北半島でも、木材の町として有名でもありますから、製材関係の業者の出入りは激しいのでありまして、調査はなかなか手間取ったようでありわます。しかし、十日ごろから十五日ごろまでのあいだに、「工藤」と名のる人物が木を買いにきたという工場は一軒もなかったと報告してきているのです。不思議でなりません。貴殿の人相書によりますと、六尺ちかい体軀《たいく》で、顎《あご》が張り、無精《ぶしょう》髭《ひげ》を生やしていたということでありましたが、そのような目立つような男ならば、十七軒の木材店のどこかでおぼえていなければならないと思われますのに、何らの届出もないところをみると、ひょっとしたら、その男は、「花家」に休憩した折、「工藤」という偽名をつかったのではないかと判断されるのです。主人来間佐吉の証言で、大男は杉戸八重の部屋に上がると、まず風呂《ふろ》に入り、髭を剃《そ》ったという事実もありましたので、川内派出所は、その男が大湊に現われたのは、木を買ったあとで立寄ったか、あるいは木を買う前に立ち寄ったかで無精髭の有無も変ってくるため、慎重に調査をすすめてくれた由《よし》です。製材業者以外に、外食券食堂、旅館なども虱《しらみ》つぶしに調べましたが、該当者に似た男をみたという者はありませんでした。とすると、杉戸八重がいいかげんなことを貴殿に答えたか、あるいは、その客が、いいかげんなことをいって八重に素姓を明かさなかったかのどちらかとみられます。ますます、この大男が指名手配の犬飼多吉と推定される理由が濃くなったといえます。

また、これは、川内派出所の報告ではありませんが、貴殿が依頼された牛滝派出所の寺田巡査の報告ですが、仏ヶ浦の山中で火を焚《た》いたという営林署員はおりません。村人や木樵《きこり》の中にも該当者はありません。ご存じのように国有林内で火を焚くということは厳重に禁じられていることですし、タバコの火一つつけるにも注意をするということを営林署は報告してきているそうです。とすると、貴殿が推理されたように、やはりこの怪火の主は、あるいは犬飼多吉ではないかと思われる根拠ともなるわけで、寺田巡査は、従来の三人逃亡説を犬飼一人説にきりかえて聞き込んでおりましたところ、十月六日の昼すぎに、牛滝の村の掲示板の下にある休み場の石に、復員服を着た髭むじゃらの大男が一人ぽつんと坐《すわ》っているのをみたという行商人の届出がありました。この行商人は湯野川と牛滝の間で魚を売り歩く男でありましたが、福浦から牛滝へくる途中の道が崖《がけ》くずれに出合ったということをきいていたので、北の方から歩いてきたこの大男に、崖くずれの状況をたずねたところ、「知らん」といったきりで、海の方をみつめ、皆の話にのってこなかった。この男は皆と少しはなれて、野平《のだい》の開墾地へ出る道を歩いて、森林軌道にのって川内へ下ったという事実が判明しました。やはり、犬飼多吉は、川内か大湊かに出没していたことが、寺田巡査の聞込みによって、ほぼ確実とみられます。「花家」に休憩した大男が、犬飼多吉であるという確定的な証拠はありませんが、可能性は十二分に在るとみて、われわれは、さらに聞込みをつづけております。

貴殿が一日も早く、東京都内に潜伏している杉戸八重に会われ、真偽を追及されることを待っています。

青森県警察本部
警部補　根岸又一郎

弓坂吉太郎にあてたこの書信が、世田谷の小泉の家に届いたのは、十一月十八日のことである。明日にでも東京をひきあげようかと思案していた弓坂は、封を切ってみてびっくりした。

〈やっぱり、八重が嘘《うそ》をついたんだ……〉

思ったことはそれであった。

七

〈きっと八重が、あの時嘘をついた……〉

弓坂は湯野川の共同浴場の坂道で、八重を追いつめて話した時のことを思いだした。八重は風呂あがりでもあったので、白い肌《はだ》を紅くしていたが、警察手帳をみせた時に、どきりとして堅くなった。ふくよかな丸顔が瞬間、動いた。弓坂は、手帳を見せた時、誰もがするあの警察官に対する軽蔑と畏敬《いけい》とが半々に混った妙な眼つきには馴《な》れてはいるが、長い経験で、相手にうしろ暗いところがあるかないかは、その眼つきの変化でたいがい読みとれた。しかし、八重の眼は澄んでいた。そんな男は知らない、大男はたしかに上がっていったことはあるけれど、それは、川内へ木を買いにきたお客で、「工藤」といったと、すらすらこたえたのである。

〈嘘を咄嗟《とっさ》についたんだ〉

弓坂は思いだして舌打ちした。娼婦という商売をしていると、嘘も咄嗟にあのような眼つきをしながらいえるものなのであろうか。

弓坂はあの時、ひどく疲れていた。川内から大湊に出て、足を棒にしていた。「花家」の聞込みから、また、川内にもどって、森林軌道にのり、畑にきて、そこで、湯野川ゆきを決心した。追いつめて、ようやく訊問《じんもん》してみた時には、軀《からだ》がくたくただった。湯に入ったことが禍《わざわい》していたのだ。

〈まさか、おれは、あの女の湯気の中の美しい姿態にまどわされたのではあるまいな……〉

弓坂は苦笑してみた。それほど、八重の白い軀が鮮明にのこっていたからだった。

二十四だというが、あんなに白い肌をみたことはない。餅肌《もちはだ》というのだろうか。ぴちぴちとはり切った胴や臀部《でんぶ》のあたりがうす桃色に湯の中で透けてみえたのを弓坂は頭に焼きつけている。

娼婦にしてはずいぶん綺麗《きれい》な女だ。

弓坂はいま、杉戸八重の行方を探す一匹の鬼であった。

〈どうしても、もう一ど会わないではおれない。あのあつい唇をわらせて、犬飼多吉を逃がした理由をきかねばならない……〉

警部補は、翌朝、小泉の家を出ると、すでに道なれた池の上の駅の方へ歩いていった。

東京は住宅街にはまだ昔の面影はあったけれど、電車が都心に近づくにつれて、田舎へゆくような風景となった。

住宅街では、きれいな和服を着た女や、豪華なオーバーを羽織った男など見かけるけれども、渋谷に降りてみると、そこは、オーバーも羽織も着ない、復員服や、着くずれた着物にもんぺをはいた女たちの右往左往する闇市場になっていた。焼けただれた鉄骨のみえるビル。塀《へい》だけを岩乗《がんじょう》に残して、屋敷を草っ原のままに放置した区画地など、電車の窓からそんな風景をみると、弓坂は大きく溜息《ためいき》をついた。

〈戦争は、この大東京を、無茶苦茶にしてしまった。家も人も、すっかり変った。そうして、瓦礫《がれき》と荒地のような土地を復興するすべもなく放ったらかしにしている。こんな廃墟《はいきょ》の町へ、五百万の人間が、いっきに押しよせてきた。焼けのこった家や、瓦礫の中のバラックに、ひしめきあいながら生きている……〉

〈魔都だ……〉

弓坂は杉戸八重がどこか、そこいらの闇市場のおでん屋あたりから、ひょっこり顔を出しそうな気もするし、また、迷路のように入り組んだ闇市場の遠くにもぐりこんでしまって、埋没して消えてゆく姿も想像できた。

〈気を落してはならないぞ、どうしても、八重に会わねばならんのだ——〉

弓坂は、神田須田町で下りると、都電通りを、北の方へ歩いた。

秋葉原のガード下は、すっかりバラックが建ちならんで、ここは昔からそのような商人の町でもあったのだろうか。軒なみ、電気ヒューズや、電気ヒーターをならべる店ばかりである。雑嚢《ざつのう》を下げた復員服の男たちが、破れた長靴《ちょうか》を音たてて、それらのバラックの店に出入りしているが、いずれは、これらの店からヒューズだの、ヒーターだのを卸してもらって、瓦礫の通りに腰かけて小売する若者にちがいない。すれ違う若者たちはどの顔も蒼黒《あおぐろ》く、三日も四日も風呂に入らないような埃《ほこり》じみた者が多かった。髭を生やした髪茫々《ぼうぼう》の男に会うと弓坂は足をとめて、じろっと瞠《みつ》めた。

〈犬飼もきっと、こういう暮しをしているか、それとも、岩幌《いわほろ》で盗んだ大金を資本にして、何かたくらんでいるにちがいない。地盤のない若者が、東京にきて根を張って生きようと思えば闇屋しかないはずだ……〉

秋葉原の電気部品を売る町が途切れると、通りは貧寒とした焼野となった。ところどころに大工の入っているカナヅチの音がしているが、広大な野原は、松坂屋の城壁のような建物がすぐそこにみえるほど家がない。建っていても、マッチ箱のような小さな家だとか、焼けトタンの上に大石を置いた粗末な家ばかりである。

弓坂は葛城時子の家を望見した。そこだけが木目《もくめ》の新しい板をつかったバラックであった。屋根はスレートぶきだけれど、ちゃんと板が額ぶちに打ちとめてある。シタミもこまかくならべてある。

〈時子は一年前までは大湊で娼婦をしていた。あの女が、どうして、あのような家に住んでいるか。東京は不思議なところだな……〉

そう思いながら、弓坂は時子の家の方角に曲ろうとした時、ふいにうしろからクラクションを鳴らして驀進《ばくしん》してくる一台のジープに軀をちぢめた。

猛スピードでカーブしてくると、キーッとタイヤをきしませて、弓坂の軀すれすれに小路《こうじ》を折れた。時子の家の方へ急行していく。と、そのジープは砂埃をふきあげて急停車した。

中から、占領軍の服をきた大男が出てきた。大きなメリケン粉の袋のようなものを肩にして、のっそり歩き出した。黒い顔の兵隊だ。

〈黒んぼか……〉

弓坂が歩をゆるめて見ていると、その黒人兵は葛城時子の家の格子戸をあけて、さっと中にかくれた。戸がぴしゃりと閉った。

八

「ちょっとおたずねします」

弓坂は時子の家から、五十メートルばかりはなれた地点にある、心もち時子の家よりは小さいバラックの家の戸口に立って屋内へ声をかけた。

「はい」

と女の声がして、中から三十五、六の田舎びた顔をした女がのぞいた。

「わたくし、北海道の方から来た警察の者なんですが、ご近所の葛城時子さんの家をご存じでしょうね」

女は三角眼を斜視のようにむけて、じろっと警部補をみている。胡散《うさん》くさい眼つきである。

「葛城さんですか……」

「あすこに見える家です。バラックの」

弓坂が指さすと、女は、ひくい腰窓から半身をだして、時子の家の方を覗《のぞ》いたが、ちょっと警戒するような眼尻《めじり》を弓坂に投げた。

「オンリーの家ですね。オンリーでしょう、きっと。黒んぼの兵隊が入れかわり、立ちかわりきますすよ」

弓坂は咽喉《のど》をごくりと音たてた。

「つまり、オンリーって、外国の兵隊の妾《めかけ》をしているってわけですか」

「そうです。はなしをしたことがありませんからわかりませんけど、つい半年ほど前からあすこへ入ってきたんですよ。夜なかに大きなジープの音をさせたりします。通りで会うとこわいみたいな黒んぼですよ。みんなイヤがってます」

と女はいくらか興にのってきた表情になって、

「ときどきね、黒門町の市場で会いますけど、チューインガムを嚙《か》んで、きらきらした洋服をきてましてね。まるで、熱帯の島の土人さんみたいなかっこうです……もう年も二十七、八になってるんでしょうが、どこからきたんでしょう。内山さんのはなしだと、ズウズウ弁が入るっていってました。北海道のひとでしょうか」

「いや」

と、弓坂は訊《き》かれて微笑した。

「北海道じゃないんですよ。青森の方にいたことのある女でしてね。私は、あの女のことを直接、捜査にきているわけではないのです。あの女のところに、昔、出入りしていた女をさがしています。どうでしょうか。黒んぼの兵隊ばかりじゃなくて日本の女は出入りしませんか」

「しますよ」

と女はまた三角眼を心もちつりあげるようにしていった。

「ときどきね、同じような年ごろの、同じような背丈の女の人がきて泊っていきますよ」

弓坂はどきりとした。時子の浅黒い荒れた肌を思いだした。大柄《おおがら》な顔に似合わず、糸をひいたように眼のほそい顔だちだ。いかにも、娼婦をしてきたといったかんじの脂肪のとれない堅肥《かたぶと》りした顎《あご》と首のあたりが、動物的な強健なかんじがした。なるほど、黒人兵を相手にしても耐えられるにちがいないと、うなずかれもする軀つきである。八重はどちらかというと、時子をひとまわり小さくした軀だし、素人《しろうと》っぽい色気のようなものを保っている。

「その泊っていた女というのは色の白い、時子よりは、いくらか背のひくい女じゃありませんかね」

「さあ、あたしは近くへよってみたことはないんですよ、刑事さん」

女は、窓の戸を広くあけ、ちょっと失礼といって、地べたに置いてあるつっかけに両足をつっこむと、弓坂の方へよってきた。葛城時子の家を、瘦《や》せた八つ手の葉越しにみた。

「ごらんなさいよ。ここからね、時どき、あの窓が明け放してあります。と、すっかり中が見えます」

女は神妙な顔つきになった。弓坂はうなずいた。地形的にみて、時子の家がよくみえるこの家に、弓坂は白羽の矢をたてて聞込みにきている。

「いまはね、うす桃色のカーテンがかかっていますね。あのカーテンも、時どき、グリーンにかわったりします。夏ごろはいつもあけっぱなしで、内側のタンスだとか、鏡台だとかが、すっかりみえるんです。もう一人の女が泊っていたのをみたのは夏でしたね。シュミーズ一枚の姿で、窓に腰かけてタバコをふかしてましたよ」

今年の夏ならば、それは杉戸八重ではないと弓坂は思った。

「おかみさん」

弓坂はきいた。

「そうすると、やっぱり、葛城時子は、どこか、進駐軍関係のバーででも働いていて、オンリーさんになったんでしょうね」

「そうでしょうね。銀座や、赤坂あたりにいくと、進駐軍専門のバーやキャバレーができてるそうですから、働いているうちに、出来たんじゃないでしょうかね」

おかみは弓坂が手帳をだして、いろいろメモをとっているので、気持わるがる眼つきである。

「あたしたちは、戦争前からここにいるんですよ。うちは封筒屋でしてね。ここに製《せい》袋機《たいき》を置いた工場があったんです。けど、みんな焼けちまいまして……工場の跡にこんな住宅をたてて、主人は、坂下の方に小っぽけな工場をたてて出ているんですが、三十年からここに住んでいますよ。葛城さんの家は、酒屋さんのあと屋敷です。灘屋《なだや》っていう、大きな酒屋さんだったんですが、年寄夫婦は、新潟の方に疎開《そかい》してらして、息子さん夫婦が、焼ける間際《まぎわ》までいらしたんですが、空襲をうけるとどこかへ行っちまいなすったんです。バラックがたった時、灘屋さんが戻《もど》ってきなすったのかな、とうちの人ともはなしていたんですがね、息子さん夫婦でなくて、男の人が当座ひとり留守番をしていましたけれど、すぐにあのひとが越してきたんですよ」

おかみは時々時子の家の方をみた。

「内山さんのはなしだと、あれは貸家じゃないかとおっしゃるんです。灘屋さんがまさか土地を売ったりなさるはずはありませんからね」

はなしているうちに、時子の家の窓があいた。うす桃色のカーテンが少し動いたと思うと、白い手がチラとみえて外の草っ原へむけて、何か捨てたらしい。また、ガラス戸がぴしゃりと閉った。こんどはカーテンがふかく閉ざされた。

「刑事さん、ジープが来てるじゃありませんか」

おかみはキロッと妙な眼つきをした。

「黒んぼがきています。きっと」

「……………」

「何をもってくるんだかしんないけど、いつだって、大きな袋をさげてきます。おかしいことにね、一時間ほど、ああして、カーテンをしめていて、すぐ出て行ってしまうんです。決して長くいたり泊ったりしていくのをみたことはありませんね。うちの人はね、アメリカ軍は時間がきびしいんだっていってますけど、一人が帰ると、またすぐ、交代に別の黒んぼの兵隊が口笛をふいてやってくるんですよ」

　おかみはイヤらしいといった顔になった。

　弓坂は荒廃した時子の肌を思いだすと同時に、小綺麗《こぎれい》に取りかたづけられていた四畳半の部屋の中を思いだしている。紅柄の座蒲団《ざぶとん》も、窓べりにあった卓袱台《ちゃぶだい》も、茶ダンスも。それらはどこで工面されたものだろうか。瓦礫《がれき》の町を見なれた眼には、うらやましいような新しい製品ばかりにみえたし、いかにも女の部屋といった艶《つや》っぽい匂《にお》いがただよっていたように思う。

「おかみさん」

　弓坂はいった。

「わたしは、函館から参りました。どうしても、あの女の友だちで、昔、大湊にいたという女をさがさねばなりません。私のさがしている女は、東京にきたということは確実にわかっているんですけれど、行方がわからなくて困っているんです。ひょっとしたら、昔の友だちの時子のところへくるのじゃないかと思ってたずねてきたんですが、一度もきたことがないと時子はいうんですよ。正直、うたがわしいようなところもたしかにみえます。もし、かわったことがありましたら、末広町の交番か警視庁の小泉という男のところへハガキ一枚でも下さいませんでしょうか」

「……」

「私の知人です。私は、あす函館に帰らねばなりません」

おかみは気の毒そうに弓坂の顔をみた。

「いいですよ。変ったことって……わたしらでできることでしたら……、黒んぼのくる家だから近所じゃ、鼻つまみなんですよ。主人にもいって、ようく気をつけて、あんたの捜してらっしゃるような女のひとをみたら交番へ届けることにしますよ」

とおかみはいった。

「ありがとう」

弓坂警部補は何ども礼をのべて、この正木宗市という表札のかかったバラックの家を辞去した。今は、一本の藁《わら》にでもすがりたい気持であった。弓坂は、おかみの口から出た、内山というもう一軒の隣家をたずねてゆこうと思った。

風が出ていた。砂塵《さじん》が舞上がる前方の時子の家は、カーテンが閉められたままである。黄褐色《おうかっしょく》の箱のようなジープが、玄関前に静止していた。

第八章　下北の女達

一

弓坂警部補は、内山の家に着いた。その家は葛城時子《かつらぎときこ》の家の正面にあたる方角にあった。瓦礫《がれき》の積んである敷地を二つばかり距《へだ》てている。塀《へい》がこわれたまま半分ほど残っているので、時子の家からは、気をつけていないと、こちらは塀にかくれて全体が見えない角度になる。この家も、交番で調べたところによると、末広町界隈《かいわい》では古い方だということだった。昔は印刷屋をしていたが、焼けてしまってからは、主人はどこかへつとめに出ているらしく、家には、おかみさんと二十七、八の娘がいるという。

弓坂は、大谷石《おおやいし》の破片をきれいに積みあげ、家の上がり口に女手でつくったらしい石段をもっている内山家の戸口に立った。ごめん下さい、と疲れた声を出した。出てきたのは、丸顔の眼のほそいおかみだった。しばらくしてから娘がうしろにきて、弓坂の方をじろじろみている。

「おむかいの葛城さんのことで伺ったんです」

警部補は、何べんもいいつづけてきた前置き言葉を、ここでも、なるべく端折《はしょ》らないように丁重に説明して訊《たず》ねた。

「その友だちの女を捜しているんですか」

おかみは正木の家のおかみとちがって、愛想がよかった。弓坂が函館からきたというので、感動をおぼえたようである。

「ご苦労さんでございますな」

そういって、玄関の上がりはなに弓坂を坐《すわ》らせた。娘がお茶をはこんできた。

「女のお友だちはいろいろと立ちかわって見えていますよ」

とおかみはいった。

「オンリーさんだとみなさんもおっしゃいますけどねェ」

といってから、おかみは眼顔でうしろに坐っている娘を奥の方へ去らせた。娘が去ると、

「あたしには葛城さんはオンリーだとは思えませんね。男の方も入れかわり立ちかわり見えるんですからね。旦那《だんな》さん、オンリーってのは一人の男をもっててこそオンリ

ーさんでしょう」

弓坂は苦笑した。なるほど、おかみのいうとおりかもしれないとも思う。

「それほど男がかわるんですか」

「黒んぼの兵隊さんは、どの人をみたって、あたしらにはみんな同じにみえますけどね。でも、だんだん見なれてきますと、くる人が時々かわってるってことが判《わか》りだしたんですよ。何ですか、どこで知りあいになられたのか知りませんけどね、大勢の黒んぼさんをよびこんで……きっと、あすこで売春をなさってるんですよ」

おかみは軽蔑《けいべつ》する眼を弓坂になげて、形のいい口を歪《ゆが》めた。

「はじめは、あたしたち、神田駅の近くでアメさんに腕をとられて歩いている日本の娘さんをみた時は、ぞっとして、何てことをするんだろうって怒った眼になったもんですがね。今じゃもうすっかり見なれてしまいましたから、何とも思いません。はじめは皆さんたいへんでしたよ。非国民だといいましてね。でもね、生きるためなら仕方はありませんものね、刑事さん。きっと、葛城さんもどこか、遠いところから稼《かせ》ぎにきておられるにちがいありませんよ。そう思ってみていると、どこやら、かわいそうな気もしまして……近ごろは主人も、同情しているようです」

とおかみはしんみりした口調でいった。

「入れかわり立ちかわりくる女友だちもいるんですか」

「はい」

「やっぱり、あの家で商売を……」

「いいえ、まさか……でもね。わかりませんけれど、時子さんのお友だちだってことは確実ですね」

「色の白い、丸顔で、ちょっと素人《しろうと》っぽい顔をした女をさがしているんです」

弓坂は杉戸八重の風貌《ふうぼう》をあらためて説明した。

「大勢いらっしゃるもんだから、そういわれたってわかりませんけれど、みんな似たりよったりの田舎っぽい顔をした人ばかりです。美人はいませんね。主人はいつもいってますすんですけど、黒んぼさんや、外人さん好みの女の人ってものは日本人にはあまりぱっとした美しい感じのする人はいませんね。おかしいもんですねえ」

弓坂はおかみの眼をほそめて笑う顔をみた。

時子は一年間に、それほど、東京で友だちをつくったのだろうか。いや、そうではあるまい。時子も下北半島の大間《おおま》に生れた女である。「花家」で娼婦《しょうふ》をながらくつとめた。「花家」だけでなくて、まだほかの娼家も転々したかも知れない。とすると、末広町にこんな家をもって、昔の友だちをよびよせ、不景気な廃港の町で働くよりも、景気のよい外国兵を相手に商売をした方がいいと考え、みんなが集まる家をつくったということも考えられる。

どの女も田舎っぽくて、不美人だといったおかみの言葉が気になった。

しかし、それにしても、それほど、時子のところへ女たちが集まるのなら、どうして杉戸八重だけがこないのだろう。

〈待てよ――〉

弓坂は澄んだ八重の眼にだまされた瞬間を思いだした。

あの時、時子も自分をだましたのではなかろうか。すでに八重がここへきていて、刑事がたずねてくるかもしれないから、だまっていてくれ、と八重がたのんだ場合は、時子はあのような物言いをする。

弓坂は首をかしげた。と、この時、内山のおかみがこんなことをいった。

「田舎はどこか知りませんけれど、きっと、あの時子さんは、裕福な家の育ちじゃありませんね。妙なはなしですがね、主人がみたというんですよ。新聞紙を一枚一枚、ていねいに折りたたんで、それを小包にしてどこかへ送っているっていうんです」

二

「新聞紙を？」

「はい、新聞紙だけにかぎりません。黒んぼさんのもってくる缶詰《かんづめ》の空缶もですよ。雑誌なんかも決して粗末にしません。みんなどこかへ送っています」

弓坂はおかみのいいだしたことに眼を光らせた。そんな屑物《くずもの》をどこへ送るのか。しかし、また、そのことと彼女の育ちがよくないということと、どうして関係があるのだろう。

「おかしなはなしですけどね。あたし、一度屑屋さんがきた時にそんなことをきいてみたんですよ。すると、やっぱり主人のいったとおりでしてね。あの家からは、紙屑は一枚だって出たことはない。ボロ布《ぎれ》一つ出たってことはないって屑屋さんがあきれているんです」

「へーえ」

と、弓坂は話にひき入れられた。

「主人のいうには、きっとあれは自分の里へ送ってるんだっていうんですよ」

まさか、と警部補は思った。そんな馬鹿《ばか》げたことはあるまい。外国兵の妾《めかけ》か娼婦にまで軀《からだ》を堕《おと》しているのである。荒銭を稼《かせ》いでいるにちがいない。国元へ送るのだったら、現金を送るにきまっている。古新聞や空缶を送って何になるか。

しかし、そう思ったあとで、弓坂は、あの畑《はた》の部落から、開拓地の野平《のだい》へ出て、牛滝漁村までいった途中の、下北の山道にへばりついた埃《ほこり》だらけのまさぶき屋根の家々を思い起した。

みんな貧しそうだった。捜査の途中で訊《き》いたはなしだが、下北半島の山の部落や、辺鄙《へんぴ》な海岸村は、まったく貧しい家ばかりということであった。長男は家をもつければ、次男や娘たちで家にのこって働く口は一つもない。小学校を出ると、丁稚《でっち》小僧に出るのが当然のことのようになっていて、家に残った長男も、妻をもらって、年寄夫婦を抱えてくらしてゆくためには、大変な労働をしないと喰《く》ってゆけない。漁業はイカ釣《つ》りか、昆布穫《こんぶと》りか、わかめ拾いと相場がきまっている。そのわかめも、昔は、大量に穫れたからといって、貨車に頼んで南へ送ったとしても、ああ下北のわかめがきたか、と関西筋では、足もとをみて値をたたいて、送り返したそうだ。仕方なく言い値の半分ほどで、買ってもらうといった例があるほどで、舟や、漁場をもたない零細《れいさい》漁民の日当は推して知るべきだ、と弓坂に説明した男がいた。

「まったく、内地の最北端といいますけれどね、生活的にも最極北でめぐまれない気の毒な家が多いですね」

げんに、弓坂自身も畑の部落で、杉戸八重の家をみている。八重の家は、六畳と四畳半と、それに三畳くらいの板の間がある杉皮ぶきのひしゃげたような家だった。日《ひ》蔭地《かげち》の山裾《やますそ》に建っていたので、杉皮の上には蒼《あお》いこけが生えていて、枯草がいっぱい頭を下げていた光景も思いだす。まるで木小舎《きごや》のような家だった。その家に、年老いた祖父と足のわるい父とが二人の男の子と暮している。親子二代もかかって山に入り、木樵《きこり》をして暮しても、あのような粗末な家にしか住むことが出来ない、と弓坂は考えさせられたものだった。

大湊《おおみなと》へ出稼ぎに出た八重が、十六か七ぐらいで娼婦になった径路も呑《の》みこめるのだ。母が災禍に会ったためではない。それ以前に、八重は身を売っていた。そうして、生家へ送金だけは欠かしたことがなかったと来間佐吉はいったではないか。

きっと、葛城時子も、八重と同じように、あのような下北の貧しい家に育ったのかも知れない。

とすると、新聞紙も空缶も、下北の家へ送り届けるという内山の主人の判断もわかりはするけれど、まさか空缶まで、田舎へ送って何になるのか。

「おかみさん」

弓坂は丸顔のおかみの顔をじっとみつめた。

「在所が貧しいからああして働いているといわれることはあたっているかもしれませんね。じっさい、日本には、貧しい家がありすぎますよ。わたしは昨日、上野駅へいきました。暗いガード下に、大勢の若い復員軍人がごろごろ浮浪者のように、寝ているのをみました。ふっと、この人たちは帰る家がないんだな、と思いました。焼けてしまったか、空襲で父や母を失ったか、それとも、父や母の家があっても、寝かせてもらえる空いた部分がないのだな、とふと思ったもんです。おかみさん、時子さんの家もきっと貧乏なのにちがいありません。そうじゃないと、あんな商売はできませんよ。戦争に負けたからといって、すぐ占領兵に軀を売るなんて……恥も外聞も考えておれないところまで堕《お》ちてしまった人たちなんですよ。誰《だれ》も助けてくれる人のない娘たちが、生きるために考えてやっている商売なんですよ」

「主人もそういいます。ほんとにかわいそうですね、刑事さん」

おかみはうなずいてきいていたが、

「すると、あの友だちの娘さんたちも、みんな、葛城さんの村の人でしょうかねえ」

ときいた。

「同じ村ってことはいえないかもしれません。しかし、似たような境遇の人たちは集まるっていいますから。きっと、私の捜している娘も、この家に寄ってくると思いますね」

「その方も、こんな商売で……」

と、おかみは眼を光らせた。

「ま、似たような気の毒な娘さんです」

と警部補はいった。

「おかみさん、その女の名は杉戸っていう名なのです。どうぞ、頭の中に入れておいて下さい。ひょっとした時にでも、そういう娘があの家に出入りしてるってことがわかりましたら、函館署の私あてにハガキ一枚でもいただけませんか」

弓坂は切羽《せっぱ》つまった感情をみせておかみにたのんだ。

「よろしいですよ。わたしで出来ることなら何なりといたしますよ。刑事さん、ずいぶんご苦労なことですね。遠いところから、そうしてたずねにいらっしゃらないといけないんですかね」

とおかみは気の毒そうにいった。

「東京の警視庁にたのみましてもね、ごらんのように、いま、東京は、浮浪者や、住所不明の人間の巣になっていますので、なかなか、一人の人間をたずねてくれといっても、手が廻《まわ》らないんです」

弓坂は警察官が不足しているという事情をおかみに説明してからいった。

「私あてでなくても、末広町の交番か、警視庁にいる小泉という者にあてても結構です。よろしくお願いします」

丁重に礼をのべて、この内山の家を辞去してきたが、弓坂は直接、杉戸八重についての収穫はなかったけれども、内山のおかみとはなしたことで、時子や八重の東京での輪郭がおぼろげながらわかった気もした。

〈そうだ、時子にしても、八重にしても、やっぱり、生れ在所に送金するために働いている。東京でいくら、迷路にはぐれてしまっていても、故郷にだけは、本当の居場所を教えているかもしれない……〉

時子が古新聞や空缶までも、田舎へ送っているかも知れぬということからの連想であった。

弓坂は瓦礫の空地をひと廻りすると、ゆっくり時子の家の前を歩いて、中をうかがってみた。帰るまでに、もう一ど、時子と会ってみたい気がした。あのきれいに取片付けられた美しい調度品をならべた部屋もみてみたかった。

しかし、時子の家は玄関のガラス戸はぴっしり閉っていて、カーテンがひいてある。窓の方にも廻った。そこにはうす桃色のカーテンが落ちていた。

都電通りへ出た弓坂は、そこに一軒のタバコ屋のあるのを発見した。やはり、ここも焼けトタンの屋根をつぎ合せたような家である。店というには程遠い感じがした。タバコも配給なので、空っぽのガラス瓶《びん》がならべてあるだけだ。

「ごめん下さい」

弓坂は中をのぞいた。ひくい軒下から五十五、六の主人らしい男が生気のないはげ頭をだした。手帳をみせて時子の家を指さした。

「あの家のオンリーさんですがね、ここへタバコを買いにくることはありますか」

「タバコは配給ですからね、毎月曜日にみなさん行列してもらいますが、あの方は外国タバコをすっているとみえて一どだって買いにきたことがありませんよ……」

と、男は軽蔑したようにいった。

「でもね、札を小銭にかえてくれっていってきますよ。百円札を一円札にしてくれっていってくるんです。おかしいですな。何をなさるのか、こまかい紙幣がいるとみえましてね、そんなことがたえずあります」

主人は無愛想にいった。

「たえずって……」

「はい、月に二、三度はかならず、両替してくれってくるんです」

妙なはなしだなと、弓坂は思わず主人の先のとがったはげ頭をにらんだ。

三

「月に二、三ど、小銭をかえにくるって、それは百円札をですか」

弓坂は、タバコ屋の主人の顔をじろりとみた。

「百円札の時が多いようです。うちじゃ、便利なもんだから取替えてあげることにしているんですが、あの方はついぞ日本のタバコを買ったことはありません。オンリーさんですからな。袋をかついだ黒人さんがくるんだから、タバコに不自由するってことはありませんよ」

主人は黄色い歯をだして笑った。弓坂は訊《き》いてみた。

「あの家に、女友だちが大勢くるそうですね」

「時々、みえてるようですな。どれもこれも似たりよったりの人たちで……」

内山のおかみとおなじことをこの主人もいうのであった。

弓坂は、葛城時子が、わざわざ百円札をくずしにくるのは、何か商売でもしているのではないかという気がした。釣銭が必要な場合は、よくタバコ屋などで代えてもらうものだ。

しかし、商売はしているようにはみえなかった。おかしなはなしだな。黒人兵が下げてくる袋の中に、商品でも入っているのか。正木のおかみは、食糧だといったし、内山のおかみは缶詰などをもってくるといった。黒人兵がくれたものを時子が転売するのか。

それも妙なはなしだ。彼女は毎日、家にぶらぶらしているといった。家の中を覗《のぞ》いた時にも、そんな売物の品がならんでいる形跡はなかった。

それと、もう一つ不思議なことは、古新聞や古雑誌や空缶などまで小包にして送るという。いったい、時子はそんなものをどこへ送るのか。

一年前に東京へ出てきた葛城時子という女のやっていることが、何だか謎《なぞ》につつまれてきた。警部補はこのはなしを一応、末広町の交番にまでしておかねばならないと思った。

交番は地下鉄昇降口から、百メートルほど黒門町よりに歩いた地点にあった。交番へ入ってゆくと、まだ足にしっくりこない進駐軍払下げの編上靴《へんじょうか》をはいた小柄《こがら》な巡査がいた。

弓坂は、近所の正木、内山、タバコ屋と、三軒の家を訪ねてきたいきさつをはなしたあとでこういった。

「わたしは、今晩夜行で、東京をたちます。すでに出張期限も切れてしまいました。心のこりではありますが、……ひとつ、葛城時子の家に充分気をつけていてくれませんか。もし、杉戸八重がきているようだったら、警視庁の小泉という渉外課の巡査部長のところまで報告して下さい。小泉さんが、私のところへすぐ報《しら》せてくれると思います」

「承知しました」

小柄な巡査は敬礼して首をかしげた。

「それにしても、おかしい女ですな。古新聞みたいなものをどこへ送るんでしょうかね。気をつけてにらんでいて、どこへ送るか探ってみますよ。空缶なんてものを小包で送ったたって仕様がないでしょうに」

あきれたような顔をしていうのである。弓坂はくれぐれもこの巡査に末広町の時子宅の見張りをたのんで、ふたたび、須田町のほうへ歩いた。

と、この時、弓坂の頭にうかんだある男の顔があった。それは時子の家にきたもう一人の男である。

〈何だか変な眼つきの男でしたよ。よれよれの服を着てましてね……八重ちゃんと同郷のようなことをいうんです。どうしても会いたいっていってきませんでしたが、東京に住んでいるから、またたずねてくるといって帰ってゆきました。帰りしなに、あたしんちをじろじろみるんですよ。気持わるいったらありゃしない……〉

葛城時子が教えてくれた訪問者の横顔である。

いったいこの男は何者だろう。八重とは顔見知りだというけれど、大湊の「花家」では見たこともない男だったと時子はいった。時子が大湊を去ってから、八重はまだ「花家」に一年もいたのだから、「花家」に上がった客であれば時子は知らないのも当然だ。しかしわざわざ、友だちの時子のところまで訊《たず》ねにくる執心さが気にかかる。

〈おれのほかに、もう一人の男が杉戸八重を探している……〉

弓坂警部補は次第に人通りのはげしくなりはじめた須田町の交叉点《こうさてん》近くまでくると、そこに簡易闇市《やみいち》がずらりとならんでいるのをみた。舗道の街路樹の下に筵《むしろ》を敷いて、店をひらいている。どれもこれも、煙管《きせる》や煙草《タバコ》巻器、ライターなどを売る店だった。

売っているのは若者ばかりである。

〈タバコ屋に配給タバコしかなくて、いつも、ガラス瓶が空っぽになっているのに、

どうして、こんなに煙管ばかり売る店があるのだろう……〉

不思議といえた。人びとは、いちいち煙管屋の前に立ち止ると、いろいろ趣向のかわった真鍮《しんちゅう》製の煙管を手にとってみている。ぴかりと光る真鍮製の煙管は、弓坂が函館から携行している雁首《がんくび》と吸口の間を竹でつないだ旧式のものではなかった。それぞれ新しいタイプのものだ。弓坂は所在ないままに、一軒の店にしゃがんだ。筵の上にならべてある煙管をつまんだ。二十七、八の浅黒い顔をした男がじろっと弓坂をみている。

弓坂はねじこみ式になって、二つに解体できるようになった煙管を掌《てのひら》にのせた。なるほど、このような煙管ははじめてみる。いずれは軍需品か、兵器工場で精密機械をつくるためにストックされてあった細いパイプに、わずかな細工をほどこして煙管にしたものだとわかる。

自由販売――。いま、金属製の煙管一つが弓坂には輝かしいぜいたく品のように思われると同時に手がふるえる。

「きみ、これはどこで出来るもんかね」

弓坂は若者のよごれた顔をみてたずねた。

「さあ、知りませんな。あっしたちは卸元でもらってくるんですから」

男はぶっきら棒にいった。どんなルートで、このような細いパイプが東京の町の中へ煙管に化けて出廻るのだろう。弓坂は腰をあげてまた歩きだした。ずらりとならんだ煙管屋の店を眺《なが》めてゆくと、平和がそこにきたという実感はなくて、弓坂の頭にうかぶのは、北の果ての錆《さ》びた海をかかえた廃港、大湊軍港の景色だった。

〈そうだ、あの死んだような廃港の町から、運び出された真鍮のパイプがこうした生活必需品に化けているにちがいない……〉

大湊へ帰ってみよう。杉戸八重の行方も、ちょうど、こんな軍需工場のパイプのようなものなんだ。親元ではっきり摑《つか》まないかぎり判《わか》らないんだ。

弓坂は意を決すると、神田駅のおびただしい闇市場の混雑の中にまきこまれた。

四

弓坂吉太郎警部補が世田谷区北沢二丁目の小泉の家を辞して北へ帰ったのはその夜のことである。弓坂は奥羽《おうう》本線十時発で上野を発《た》った。

皮肉なことといわねばならない。杉戸八重が、大湊にいたころにくらべると、すっかり、言葉つきも洗練されて、まるで、東京に一年も二年も前から来ているような顔つきで、末広町の葛城時子の家に顔をみせたのは二日目の夕刻である。

八重は濃紫地に紅《あか》い井桁《いげた》の大柄な銘仙《めいせん》の上に、とも生地《きじ》でつくった羽織を着ていた。着物の堅いかんじが八重の白い肌《はだ》を素朴《そぼく》にみせた。

「あんた、どこにいたのよお」

葛城時子はちょうど、ひとりで六畳の部屋に横になっていた時だ。桃いろの厚い別《べっ》珍《ちん》地のガウンのベルトをはめた時子は、玄関に立っている八重をみて、大声をあげた。

「たいへんよ、あんたをたずねてきた人がいたわよ」

時子はなつかしそうに八重の丸顔をみた。八重の薄化粧した顔が、急にぴくっと動いた。

「だあれ、ここまで、あたしをたずねてきたって……」

「一人は刑事さん」

そういってから、

「まあ、上がんなさいよ、こっちへいらっしゃい」

八重は四畳半に上がると、玄関の方をおびえたようにみた。

「東京にきてて、あたしに何にもいってこないなんて、イヤあね。俊ちゃんだって、すえちゃんだって、みんな、うちへあそびにくるのにさあ。みんな、あんたのことが気にかかっていたのよお、どこにいるの、あんた」

八重の顔いろは玄関に立った時にくらべるといくらか蒼《あお》ざめてきている。

「どうかしたの、刑事さんがきて、これ、わたしてくれっていったわよ。何かあったの、あんた」

時子はターバンをまきつけた頭を、ちょっと鏡台の前でにらんでから、小引出しにしまいこんである弓坂警部補の置いていった紙きれをさがしだして渡した。

杉戸八重はその紙きれをうけとるとすぐひらいて読みはじめた。

犬飼多吉――この人の消息を教えて下さい。

「函館署の弓坂だっていえばわかるっていってたわよ。その刑事さん」

「ふん」

杉戸八重は紙きれをたたむと、いそいで帯のあいだにさしこんで、ぷくんと鼻をふくらました。

「しつこい人ね、この人。あたしんところに上がったお客の行方をさがしてんのよ。あたしは何にも知らないのに……犬飼多吉なんて人、知らない」

時子は急にうわずったような物言いをする八重の横顔をみた。アイシャドウのはげ落ちたひっこんだ眼をキロリと光らせ、

「ほんとよお。あたしね、湯野川までいちどたずねにこられて困ったことがあったわ。その時にちゃんといっておいたのに」

八重は、それだけいうと、無理に安心したような顔つきになって、ゆっくり時子の部屋を見まわした。紅い鏡台掛けのまくれた鏡は等身大ほど大きくて、まだニスの匂《にお》いのする新しさである。小机の上には一ダース入りの外国タバコの箱が光ったセロファンに包まれて十本ばかりつまれている。食卓もうるしをぬった真赤な光沢が眼を射る。何もかも新しい。壁の方に洋服ダンスがあって、ハンガーにはグリーンのウールのワンピースが無造作にかけられている。

「あんた、ちゃんとしてんのねえ」

八重は切れ長な眼をほそめ、うらやましそうにそこらじゅうを見廻した。

「五反田の方で働いていたっていうじゃない？　そこよかったの」

「五反田から、立川。いろいろと転々したわ。銀座にもちょっといたけど、あたしね、いま、どこにも出ていないのよ」

時子はちょっと口角に無意味な微笑をつくった。

「でも、何とかやってんの」

「ルンペンてことないけど……あとで説明するわ」

八重はうなずいてにっこりした。

「いい人がいるのね」

「まあ、そう。でもね、向うの人なの。それでね、お金にはなるけど……いろいろと他人目《よそめ》に困ることがあってさ……」

「へーえ」

と八重はあきれたような顔をした。小机の上の高級タバコも、どことなく原色に片よったカーテンや、調度品の好みも、「花家」にいたころの時子と数段ちがっていた。

「いいわね、一人のひとをきめた方がいいわよ。あたしなんかね」

八重はつい出ようとした言葉を押えた。

「どうにもなりゃしない」

「あんた、どこにいる。働いてんでしょ」

「働いてる、だけど、そこはね、つい最近変ったばかりなのよ」

「そこってどこよ」

「刑事さんにいわなけりゃ、いうわ」

と杉戸八重は顔をひきしめて、冗談ではないという眼になった。

「あたしがいうもんですか、あたしはあんたの味方よ」

「そう」

「それからね、刑事さんばかしじゃないのよ。もう一人、人相のわるい人がたずねてきたわ。三十二、三かしら。二十八、九かな。とにかく年のわからない、変な人なの。眼つきわるくてさ、あんたの行方をさがしてんだって」

「刑事さんだわ、きっと」

「ちがうわ。警察の人だったら、手帳か何か見せるはずでしょう。あんたの遠縁にあたるっていったわ」

「うそよ、そんなこと」

八重はまたいくらか元にもどった顔を蒼ざめさせた。

「いいかげんなこといって、刑事さんが化けてきたのよ。時ちゃん、お願いだから、いわないでよ。あたしがここへきたってこともいわないでほしいのよ」

杉戸八重は膝《ひざ》を時子の方へにじりよせた。

「あたしね、悪いことなんか何もしていない。でもね、いま働いているところは、もぐりみたいなとこなの。そこへ刑事さんにこられたら、ひどい目にあうわ。いわないでね」

「いわねえだよ」

と、時子は大湊の言葉になった。

「もぐりって、あんた変なとこにいるのけ」

「そうよ。あんたの行先だってわからなかったでしょ。ゆくあてないじゃないの。新宿にいるのよ、いま」

「二丁目？」

「その近く」

「へーえ」

と、隈《くま》の出来た眼を時子は大きくひらいた。

「そんなとこにいるの、どうして、あたしんちがわからなかったの、畑の家へハガキ出したのに」

「畑のお父さんとこにはまだあたしは何も知らせていない……」

葛城時子はますます、ひっこんだ眼を光らせた。珍しいことといわねばならない。親思いで有名だった八重が、東京へ出て先《ま》ず落ちついた住所もしらせていないというのはどういうわけか。何かあったにきまっている。函館の刑事がはるばる東京までたずねにきているのだ。

「あんた、何かしたのとちがうでしょうね」

時子は腹這《はらば》いになって小机の上の外国タバコを一つとると、無造作に封を切って、一本ぬきとり、自分が一本をくわえてから、次の一本を八重にさしだした。

「すわない?」

「あたし、すわない」

八重の顔は急に渋面になると、黒眼の大きな瞳《ひとみ》がうるみをおびはじめた。ふっくらした両頰《りょうほお》に涙がぽとりと落ちてくる。

「変ねえ、あんた泣いてんの」

時子はガウンの裾を股間《こかん》へひっかくようによせると浅黒い膝坊主《ひざぼうず》を露出させて、ぷーと煙を吐きだした。

五

「二丁目の近くでなにしてんのよ、あんた」

葛城時子は杉戸八重の急に渋面になった白い顔をみた。

「あたしね」

いくらか顔つきをもとに戻して八重はいった。

「池袋の西口で働いてんの。はじめ新宿で働いてたんだけどね、おもしろくなくなって、池袋へうつったのよ」

「呑《の》み屋さん？」

「そう。池袋駅の西口からマーケットを一町ばかし歩いていくと広場があんのよ。そのわきを入ったところにね、富貴屋ってバラックの店があるわ。とってもいいおばさんでね。むかし、その人、日本橋の方で、お菓子の老舗《しにせ》をしてたんだけど、旦那《だんな》もお子さんもみんな死んじゃって、遺産が少しのこっていたのを、空襲で焼けだされたっていったわ。……もともと呑み屋をひらくようなおばさんじゃないのよ。いい奥さま。五十二だっていうけど、ほっそりしていてとてもきれいなひとでね、そのひとの店にあたしつとめてんの」

「へーえ」

「焼酎《しょうちゅう》と、カストリよ」

八重はすっぱにいった。

「でもね、お客さんはいろんな人がくるわ。おつとめ人が多いわね。あたしのほかに、照ちゃんという徳島県からきた二十一のひとがいるのよ。その子とふたりきり……」

「お給料はいくら」

と、時子はぷーっと煙を吐いて、八重の顔を、まだ刺すような眼で見た。

「日給月給だけどね。一日五十円よ。それに、お客をキャッチしてくると、売上高の二割をくれるのよ」

「……」

「それで、ひと月だいたい千四、五百円にはなる……」

「新宿は寝てるだけなの？」

「そうよ。花園町って、学校のあるとこだけど、その校庭の横の草っ原にバラックが建っててね、そこの家の三畳を借りてるの。だけど、こんど、池袋へ越すわ」

「池袋にいいところが見つかったの？」

「徳島の子がもうじき辞めるの。徳島の子、おばさんの二階の三畳にいるの。そこあいたら、おばさんが、あたしにきてもいいっていうから」

八重はいま、時子の羽ぶりのいい暮しぶりに気押されるような表情になった。時子は一年早くきたというだけで、こんなにちゃんとした一軒家を借りているのだった。時子はきまった外国人をもったというから、おそらく、相当の金をもらっているにちがいない。ずいぶんぜいたくな暮しをしている。八重は、いま、タンスとか鏡台、卓袱台《ちゃぶだい》のケバケバした色が目につくと、かすかな軽蔑に似たものと、外国兵の囲い者になっている時子への、かるい反撥《はんぱつ》を感じた。

「あたしね。時ちゃん。大湊にいた時にくらべると、東京の方がずうーっといいわよ。うちにだって月六、七百円は送っているしね。食事だって……新宿はなんでもあんのよ。お米のごはんだって……うどんだって、なんだってある。勿体《もったい》ないみたい」

「そうね、上野も何でもあるわ」

と時子はいった。八重が湯呑《ゆのみ》をとって口につけるのを横眼で見ながら、

「刑事さんがふたりもくるなんて変じゃない？」

とさきほどの話題にもどった。

「じつはね、あたし、びっくりしたのよ。あたしだって、ほら、ジョーのもってくる外国タバコやら、缶詰やら、わけてあげることがあるでしょ。禁制品を売ってるんだから、刑事さんがきた時はぞっとしたわよ。あんた、ちゃんと落ちついたら、函館の弓坂さんにだけはハガキでもいいから出したほうがいいわ」

「いやよ」

と杉戸八重はキリッとした眼をむけた。

「あたし、何もわるいことなんかしてないんだもの、刑事さんにわざわざ手紙を出す必要ないわ」

「何もしてないからこそ出すんじゃない？　あの人犬飼って人をさがしてるんだから、そんな人知らないって、もう一どはっきりいってやるのよ。そうしなけりゃ、あたしんちへ、また、あの変な東京の刑事さんがくるわよ」

それはどうしても困るといった顔になって、時子は、口紅のついたタバコを指先で弄《もてあそ》びながらいった。

「あたしが困るわ」

八重は渋面になった。

「お願い。あたしのいるところは知らさないで。あたし、あの弓坂って人相のわるい刑事大きらいなんだから」

時子はじろっとまた八重をみた。

「函館の方はいいけどさ、東京の刑事さんはどうするのよ」

「そうね……」

と八重も困った表情になった。時子が協力してくれなければ、早晩、自分はあの刑事に見つかるにきまっていた。弓坂がくるまえに、時子の家を訪ねてきた人相のわるい汚れた服を着た男はきっと、弓坂にたのまれた東京の刑事にちがいない。警察は、すでに東京にまで連絡していて、犬飼多吉の行方を追及しているらしい。当然、犬飼が捕まらなければ、自分は追われるだろう。

八重はそう思うと、いま眼前にいる葛城時子にも、自分の住所はもらしてならなかったのだと思った。

〈しまった！　うっかり池袋の富貴屋の名を出してしまった……〉

八重は時子の横顔をみながら、つい今し方、教えた池袋のつとめ先を、おぼえてしまっただろうか、とさぐる眼になった。時子は厚化粧を落したザラザラの蒼白《あおじろ》い頰をぷくっとふくらませ、鼻の穴から、うまそうに煙草のけむりを出している。

「お願いね、刑事さんがきても、新宿にいるってことといわないで……もうじき、あたし、おちついたら、しらせるから。あんたにもあそびにきてもらうからね……」

と、八重は、わざと池袋の名は出さず、時子の意識を新宿の方にうつそうとつとめながらつづけた。

「あんたんところ、大間の兄さんも、お父さんも達者？」

時子はにんまり微笑した。

「達者よ。お父さんがね、こんど、福浦の方でね、白い砂と青い砂をみつけたっていうの」

ちょっと得意そうになって時子はいうのだった。

「青い砂って？」

「ほら、あたしたち『花家』にいたとき仏ヶ浦へあそびにいったことあるでしょ」

「うん」

「あの時、海べりに青い色と白い色の砂が段々になってたのおぼえてる？」

「おぼえてる」

と八重はいった。仏ヶ浦でなくても、下北の浜にはそれはたしかにあった。崖下《がけした》の裾《すそ》の方が、青い色と白い色とに、線をひいたように美しく区切られているのがみえたものだ。

「あの砂」

「そんな砂を見つけて……何にするの」

八重は眼をまるくした。

「うちのお父さんね、わかめやっても、イカやっても、失敗ばかりしているでしょ。こんどは、青い砂を東京へ送って売るんだっていうのよ」

「砂が売れるの？」

「売れるわ、あんた、金魚鉢《きんぎょばち》知ってるでしょ？　あの下にある砂、青いのがあるでしょ。下北じゃ、海べりであそんでる砂だけど、こっちへもってくれば、お金になるだろうって……お父さん、いま、毎日毎日福浦へいって、青砂のうつくしいところを洗って運んでるわ」

「へーえ」

と、八重はますます眼をまるくした。時子の父親には「花家」で何ども会っている。畑の父のように足は悪くはないが、どことなく、気のよわそうなところがあった。やせた小柄《こがら》な軀《からだ》をしていた。六十二になるときいていたが、その父親が、イカ釣りをやめて、青い砂を大間まではこんでいるときいてびっくりしたのである。

「バスでゆくの？」

八重はきいてみた。

「まだバスなんかに乗ってゆくほど、砂が売れたってわけじゃないわ。お父さんは毎日歩いていってるらしい……」

おそらく、気弱い時子の父は、家にいるわけにゆかないのだろう、と八重は思った。大間の家は兄と兄嫁がいて、そこはやはり、海べりの貧しい家であると八重はきいていた。兄夫婦は毎日海へ出ている。舟主にやとわれて、わかめとりにでている。そんな家にいて、時子の父はあそんでいるわけにゆかないので、ふと、イカ釣りにいった時に見つけた福浦の磯《いそ》の青い砂を東京に売りだす計画をたてたにきまっているのである。

「いい思いつきね。でも、それ、たくさん売れるかしら」

「わからないわ。わたし、いくらかお金はお父さんに送っているけどね。嫂《ねえ》さんがきらいだから、ふっとお金送るのもいやんなっちゃう時があるのよ。東京へ、いっそのこと、お父さんよんでやろうかなって思うことだってあるわ。でもね、黒んぼさんのお二号さんじゃ、あんた、お父さん一日だって辛抱できないでしょ」

「そうね」

と、八重も溜息《ためいき》をついた。

「それでね、あたし、いま、お父さんの青い砂を東京へ送る計画応援してんのよ。缶詰の空缶やら、新聞紙やら、何でも送るのよ。うちに、砂を包むものって何もないでしょ」

「へーえ」

と、八重はあきれたように時子をみた。

「あんた、ずいぶんお父さん思いね」

八重はこのとき畑の村にいる、自分の父の痩《や》せた顔がうかんだ。
〈あたしも、早く安心させてあげねばならないんだ……〉

六

八重は大湊を出た日の翌朝、上野に着いていたが、新宿にきたのは、ほかでもなかった。上野がひどく混雑していたためと、浮浪者や、復員者のむれでごったがえしていて、何かこわいような気がしたためであった。八重はまだ、懐中に二万五千円の残金をもっていたし、浮浪者や宿なしの女の仲間入りなどする必要はなかった。気の向くままに新宿へゆこうと思った。新聞や雑誌でおぼえた街の名だった。
八重は新宿駅におりると、ここも、ごったがえした闇市場なのをみた。ハモニカの穴のように、ならんだ呑み屋の行列だった。不思議な気がした。どれもこれも、大湊の「花家」よりも、わびしい呑み屋だった。それは大風が吹けばとびそうな代物《しろもの》だった。フシのある板でつくったカウンターがあって、その前に同じ木で造った椅子《いす》がおいてある。スレートでふいた屋根は、すぐめくれてしまいそうなものだ。石炭箱や、リンゴ箱が屋根の上にのせてある。どの店も七輪が二つあるだけで、一升瓶《びん》に入れたカストリ焼酎《しょうちゅう》を二、三本ならべている。店には女がいた。みんなブラウスにもんぺをはいたり、よごれたスカートをはいたりしている。

八重は交番のあるところから、ぶらぶら呑み屋の列を見ながら歩いた。その中の一軒、「さいたまや」とのれんのかかった店が「女店員募集」と貼紙《はりがみ》しているのをみつけた。

八重はその店へはいった。人の好さそうな赭《あか》ら顔の主人に、傭《やと》ってくれと頼んだ。主人はしょぼついた眼をして、八重の顔をみると、はじめは警戒する風だった。だが次第に好感をもったらしく、そこへ坐《すわ》れといった。八重がそこへ坐ったことが傭い入れる返答になった。二、三分すると、どやどやと四人づれの若いサラリーマン風の客が入ってきた。

「姉さん、カストリだ」

八重はぴょこんと立ち上がっていた。

「いらっしゃい」

「花家」のタタキで客をよんだ大声をだして、招じ入れた。主人は苦笑しながら、客が帰るまで、八重を手伝わせた。この客は二時間もねばっていて、カストリを一升分あけた。

「八重さんちったたねェ、あんた縁起がいい娘だ。あしたからつとめておくれよ」

平木というその主人はよごれたズボンのポケットから十円札五枚を出して、

「これ、今日の日当だよ、とっときな」

八重は平木の顔を見あげて、ありがとう、といい、はじめて東京に住みつく手がかりをみつけた喜びを顔に出した。

その夜は八重はガードに近い旭町《あさひちょう》の安宿に泊った。夜の女たちが、客をくわえこんでくるつれ込み宿だった。うす板境の四畳半に通されたが、廊下を歩く女たちの下卑《げび》たはなし声をききながら寝た。東京へきたのだから、もうそのような商売には決して逆戻りするまい、と決心した。

翌日から八重は「さいたまや」へつとめた。そこへくる常連客の世話で、いまの花園町の増井の家の三畳を世話してもらっている。しかし、八重は十日目に、この「さいたまや」を辞めたのだった。八重を目当てにくる客の中に、眼つきのするどい、テキヤらしい若者が出入りしはじめたからだった。八重が下北から出てきて、まだ東京の地理にくわしくないので親切に教えてくれたが、しつこく追いまわすようになった。深夜花園町の家まで送るといってついてくる。八重はおそろしくなった。大湊にいるときは、どんな荒くれ者でも、八重はこわがりなどしなかった。東京へ出た心ぼそさが、男に対する警戒の度をふかめていたのだ。

八重は平木に相談してみたが、甚三は首をふった。その客たちが、店のいいお客になっていたからである。八重は翌日から「さいたまや」へゆかなくなった。テキヤの眼をのがれて、池袋へつとめることにしたのは十五日目である。やはり、八重は、自分で「女店員募集」の貼紙をみて歩いた。主人にあって、感じのよさそうな店をえらんで入ったのである。富貴屋へ入って、二十日になる。

八重はまだ、花園町の増井の家を畑の父にしらせていない。

ひとつにはすぐに池袋へ引越すのだということもあったが、何よりも、函館署の刑事、弓坂吉太郎の眼がこわかったためである。畑にしらせれば、あの刑事は必ずやってくる。

〈あのいやらしい眼つきの弓坂にだけは一生会ってはいけない……〉

八重は心に堅く決めている。

第九章　富貴屋にて

一

池袋駅西口——詳述しておくと、豊島区池袋二丁目というのがこの界隈《かいわい》の名称だった。西口改札口から、西に向う広大な焼野に迷路のように建てられたバラックや屋台店の町は、通称、池袋ジャングルといわれた。スイトンやカストリを売る店が、数百軒も道路の両側にならんで客をよんでいた。

富貴屋という一杯呑《の》み屋は、ジャングルの中央部にあった。せまい小路《こうじ》の角である、共同便所のわきである。ハモニカの穴のようにならんだ小さな呑み屋の中では、この店は、かなり店らしい体裁をととのえていたといえたかもしれない。わずかに四坪くらいの広さしかないけれども、角になっていたから東南両方の出入口があって、南の半分はカウンターと椅子《いす》のならんだ酒場になっていて、一方は、店主の鴨居《かもい》うたの発案で、甘味屋になっている。

甘味屋といっても、芋羊羹《いもようかん》や豆キントンを皿《さら》にならべているほかに、ズルチン入りのぜんざい、しるこなどを椀《わん》に入れて出すだけである。鴨居うたは日本橋にあった菓子舗富貴屋の伝統を、辛《かろ》うじてこのバラックの甘味屋で保っていたといえたかもしれない。

永年、老舗《しにせ》で働いていた菓子職人の利七が、千葉や茨城までうずら豆や薩摩芋《さつまいも》を買出しにいって、三日に一度ずつリュックにつめこんで帰ってくると、缶《かん》に貯《たくわ》えておき、これにズルチンと闇《やみ》の砂糖を混入して、バラックの奥のうす暗い隅《すみ》に七輪をおき、小《こ》鍋《なべ》で煮つめたものを客に出すのであった。甘味部と酒場部は、フシのある二分板で仕切られていたが、どちらのはなし声もつつ抜けにきこえてきた。酒場はどの店とも同じように、カストリや焼酎《しょうちゅう》を出しているけれど、甘味部の方はかなり女客が多い。大半はジャングルにつとめる女達である。

午《ひる》すぎになると、白粉《おしろい》をおとした寝ぼけた顔の女たちが、進駐軍配給の大きな空缶を湯桶《ゆおけ》がわりにして手拭《てぬぐい》をつっこみ、日本橋時代の「ふきや」としたのれんをかきわけて入ってくる。小柄《こがら》な軀《からだ》だったが、受唇《うけくち》の美しい顔だちのうたはいつもこの客たちの話に興じた。冬はぜんざいを売った。夏は利七に氷をかかせてあずきを甘味部で売っている。

徳島からきている鮫島《さめじま》照子と、杉戸八重は、交代で、この甘味部と酒場部を給仕して歩いたが、八重は、主として酒場の方へ廻《まわ》った。

酒場の客はサラリーマンである。池袋は東上線、西武線の起点でもあったから、おそくまで呑み歩く男たちはたいがい終電近くなるとひきあげる。八重はお客に愛想もよかったし、むっちりした軀つきで、色白でもあったから、呑み屋街ではかなり人眼をひいた。

店主のうたは八重をかわいがった。いってみれば、売っているものはどの店もかわりのないカストリと焼酎だから、客足をとめようとすれば、店にいい女をおく以外にはないわけだった。女店員募集の貼紙《はりがみ》をみて、飄然《ひょうぜん》と迷いこんできたこの東北出の女に、おかみは、手を合せたいほど嬉《うれ》しい顔をして八重の出勤を有難《ありがた》がっている。

「照ちゃんがね、お父さんが病気になったから帰るっていいだしたんだよ。二階の三畳があいたら、あんたいらっしゃい。お留守番をしてもらうんだから、お家賃はいらないし、お給料も同じように払うわよ」

おかみは五十二だというのに、変に若々しい声を出した。

「せまいけどね。行李《こうり》は押入れの上におけばいいしさ、おふとんはみんな貸したげる」

八重は願ってもないことだと思った。八重は花園町の増井の家に五百円の家賃を入れている。ひっこしてくれれば、その五百円が浮く。これは大きく助かる。畑の家へも、それだけ多く送金が出来るといえた。

「ありがと。でもね、照ちゃんがやめたら、新しいひとを傭《やと》うんでしょ」

「もちろん、来てもらうわ。あんたひとりじゃ大変だから……。でもね。あんたのような いい人はなかなか来てくれない」

とおかみはいった。おかみは早番で午すぎにつとめに出た八重を、広場を突っ切った住宅街にある銭湯にまでつれていくことがあった。芯《しん》から八重が好きとみえて、しなびた乳房をだらりとたらして、女湯の中で、カン高い声をはりあげて、八重の背中を流してくれたりする。

「あんた、ずいぶん、色が白いわねえ」

おかみはどことなくぬめったように脂肪のふき出ている八重の軀を、男のような眼つきで見ながら、混《こ》んだ洗い場でびっくりしたようにみつめていうのだった。

「若いってことはいいわ。ぴちぴちしてる」

清湯を何ども何ども念入りにかけてくれるおかみの息づかいをききながら、八重はいいところへつとめたと思った。

どうか、このつとめ先が長くつづいてくれればいい。願うことはそれだけである。

〈あの弓坂警部補に見つかってはいけないのだ！〉

二

その男が、富貴屋ののれんをわけて入ってきたのは、年があけて、間のない土曜日の夜であったろう。東京はめずらしく雪が降っていた。

八重は、客足の少ない路地から、表通りへキャッチに出ていた。キャッチというのは、通行人の男をよびとめて、店へ誘うのをいうのだが、本来は警察によってこの行為は禁止されていた。しかし、櫛《くし》の目のようにならんでいるジャングル地帯の店は、どの店も女たちを三、四人は抱えていて、暗くなると、遠く東口の方にまでキャッチにゆかせている。鴨居うたはそんなにまでして、お客をよびこまなくても、常連客だけで、たくさんだと八重にもいった。しかし、働き者の八重は、つれこんだ客の売上金の二割がもらえるということに欲が出て、ヒマがあると表へ出るのだった。警察に見つからないように、客をつれこんでくれれば、それだけ店の売上げもふえるのだから、おかみは強《し》いて反対はしない。

八重は大通りの銀行横に、ぼんやり立っていた。粉雪が大粒のぼたん雪にかわって、ななめにぬれた舗道にふりかかっている。八重は足袋をはいた爪先《つまさき》が、凍《こご》えるように冷えるのをおぼえた。

雪が降っても、表通りは混雑している。オーバーの襟《えり》をたてて、傘《かさ》もたないで歩いている若者が多い。車道にはよごれた幌《ほろ》をずぶぬれにしたリンタクがぎっしりならんでいる。ところどころで、火を焚《た》いてあたっている復員服のむれ。

八重は二十七、八の男をよびとめた。

「ちょっと、あんた」

その声は、もし、下北半島の廃港の町、大湊の喜楽町を歩いた男だったら、ふっと、立ち止って思いだした声かもしれない。いや、それほど、八重のキャッチのよびこみは堂に入っていたといえる。

その男は肩を張って、うつむきかげんに、ひょいひょいとぬかるみを飛ぶようにしてやってきたが、不意に足をとめると八重をみた。鼻のたかい、小造りな顔だった。眼つきがするどい。あつい下くちびるを嚙《か》むような表情をつくって、八重をみた。

「どう、あたしん店《とこ》で呑んで行ってよ」

「うん」

男はぬれた右肩をちょっとうごかした。はにかんだ眼をしている。

「いいでしょ。ね、ね、あんた、どこで呑んだって同じじゃない？　すぐそこだからいらっしゃいよ」

男は張っていた肩の力をぬいた。

「どこだ」

ときいた。その眼は八重の横顔をチラとみ、瞬間、釘《くぎ》づけにされたように静止した。けれど、すぐなごやかな眼つきにかわった。

「富貴屋っていうのよ。あったかいぜんざいもあるしさ」

「なーんだ」

と男は片手をポケットに入れて小銭の音をさせながらいった。

「喫茶店かい」

「ちがうわ、呑み屋よ。焼酎だってあるわ。ぜんざいもあるし。おもしろい店よ。ちょいと来てごらんよ」

杉戸八重は精一杯に眼をほそめた。上半身をくねらせるようにした。

「一杯だけ呑んでってよ」

「ああ」

と男はこっくりうなずいた。合オーバーというものでもなかった。紺のレーンコートのようなものである。古いバーバリの生地だった。襟をふかくたてて、銀行前から、ぬかるんだ雪どけ道をぴょいぴょいととぶようにして渡った。そのうしろを八重は逃がさないように走ったが、ぬれた下駄《げた》が重くて地面に取られそうになった。足の早い男であった。

富貴屋に入ると、この男は、酒場部のカウンターに肘《ひじ》をついて、半畳敷きのうすべりの敷いてある床台に坐《すわ》った。瀬戸物の安火鉢《やすひばち》に入った煉炭《れんたん》の火を両手で抱えるようにして、

「カストリだ」

といった。

八重はカウンターの下においてある一升瓶《びん》をとりあげて、六勺《しゃく》ぐらいしか入らないあげ底の分厚いコップにそそぎ入れると、塩まめをつき出し皿に入れてさしだした。

「寒かったでしょ。あんた。肩がぬれてるじゃない。ぬいで、かわかしなさいよ」

「うん」

男は素直にコートをぬいだ。八重はカウンターの下のひらき戸をあけて、しゃがみ

出てくると、コートをうけとって、壁の釘にかけた。大湊の習慣で、チラッと上ポケットのネームを読んでみる。

小川――。

と金糸の刺繡縫《ししゅうぬ》いがされている。

「あんた、小川さんていうの」

「うん、そうだ」

小川という若者はコートの下にかなりぱりっとした背広を着ていた。

「おつとめ？」

「うん」

にがい顔をして、コップのカストリをひと息に呑みほすと、

「もういっぱいだ」

とお代りを無造作に注文した。店の板壁をじろじろとみている。おかみの趣味ともいえたのだが、酒場部の板にも、短冊《たんざく》がはりつけてある。

おしるこ　八円
ぜんざい　八円
カストリ　十円

焼酎極上　十二円
つき出し　時価

奥の口から、梯子段《はしごだん》がのぞいているのを、若者はみて、

「二階があるのかい」

ときいた。

「あるわ……」

「何畳？」

「三畳」

と杉戸八重はいった。

「そこでも呑めるかい」

「ううん、あたしの部屋だから、お客さんはあがれないわよ」

「……」

若者は赧《あか》らんだ眼のふちをちょっとうごかした。気づいたことであるが、左眉《ひだりまゆ》のはじに二ミリぐらいの古傷がある。眉が太いので、よく気をつけないとわからないのだが、男らしい顔つきが、それでいっそう凄味《すごみ》をましている。しかし、身装《みなり》といい、言葉つきといい、どことなく堅気なかんじもした。

八重は、新宿の「さいたまや」でつけねらわれた若者たちとはどこか違う男だという気がした。眼がにごっていない。するどいけれど、どことなく子供っぽいところがみえる。興味がわいて、八重はたずねてみる気になった。

「おつとめ先は近くでしょ？」

男はにやりとした。

「まあ、そうだ」

「会社でしょ？」

「まあ、そうだ」

「あたしね、あんたの年もあててみせるわ」

杉戸八重は陽気になっていった。

「二十六、七でしょ？」

「うむ」

あつい下唇《したくちびる》を上唇の上へつき出すようにして、若者は微笑した。

「それで、まだ独身？」

「まあ、そうだ」

若者はいったが、この時、人の好さそうな反《そ》っ歯《ぱ》をみせて笑いだした。

この客は九時ごろまで呑んでいたが、路地の中へしぶきこんでいた粉雪が止《や》むと、無口な浅黒い顔を八重に投げて勘定をすませた。

「あんた、東北かね」

釣銭《つりせん》をうけとりながら、男はギロッと眼をひからせて訊《き》いたのだ。八重は思わず口ごもった。

「東北だろ、しかも、うんと北だ」

八重は男がポケットに小銭をじゃらつかせるのを聞きながら、先程のはなしの手前、それについて返答しなければならないのでちょっとうろたえた。

「青森だ」

と男はつづけざまにいった。

八重は心の中で、蒼《あお》ざめたが、

「どうして、そんなことがわかったの？」

と訊いた。

「言葉つきだ。おれはな、青森にくわしい」

若者は、そういうと、呑みのこりのコップを温めるようにして、ゆっくり、骨ばった手で廻しはじめている。

勘定をすませても、なかなか帰らないのであった。

妙な客だと思ったのは、その時である。八重はつき出し皿を片づけ、板の上をふきんで拭《ふ》きはじめたが、男の射るような眼をうけると、カウンターにかくれている膝《ひざ》から下が急に冷えはじめた。

三

杉戸八重が蒼ざめたのはほかでもなかった。眼前の若者が、言葉つきだけで、青森だといったことにおびえたのである。八重は東京へきてから、なるべく青森弁の出ないように気をつけている。些細《ささい》な時にでも、なるべく東京弁をつかおうと努力している。しかし、いくら意識して東京言葉を練習してみても、訛《なまり》というものは抜けない。たとえば、青森に生れたものなら、誰《だれ》でもが特徴としている訛に、「す」と「し」の混同がある。寿司《すし》のことが「しし」という風にきこえる。「花家」にいた時は、このような訛を平気でつかっていたものだが、八重は東京にきてからは、そういう言葉につきあたると、ひと息入れてから、ゆっくり「すし」という風につとめている。自分では標準語をつかっているつもりでも、たどたどしいそのひびきが、生れたお里を出していのかもしれないと思うと、八重はいま、その男に見抜かれた恐ろしさに暗い気持になったのだ。

「どうして、あたしが青森だってことがわかったの」

八重は心で観察しながら訊《たず》ねた。

「言葉つきさ」

小川というその男は得意気な表情になって、口角にまた人の好さそうな笑《えみ》をたたえた。

「言葉つきいったって、そんなに変っていないでしょ。どうして、あたしが下北の方だってことがわかったのよ。いってよ」

「そうだと思ったんだ」

八重はむきになった。

「そうだと思ったからって……どうして下北だってわかったのよ」

「おれは知らない。下北の方はじつはいったことがないんだ」

と、男はちょっとはすっぱにいった。

「おれはな、弘前《ひろさき》だよ。弘前から少しはなれたところだが、下北の方の友だちもいたから、ふっと、あんたの言葉つきで山をかけてみたんだ」

「へーえ」

と、八重はあきれて、眼だけはじろっと男の顔にそそいでいた。嘘《うそ》をいっているようには見えない。

「いやあねえ」

八重は男の眼をみた。眼つきが鋭いだけで、決して不良のようには思われない。ジャングル界隈《かいわい》の不良は、きまったように軍靴《ぐんか》を履いている。古ジャンパーを着て肩を振っている。だが、この小川という男はちゃんと背広を着ている。その背広も新しい。生地のいいものを着ている。

弘前といえば、青森県でも南の方である。八重は行ったことはないけれど、「花家」へきていた妓《こ》の中に、弘前生れだといった妓がひとりいたことを思いだした。瓜実顔《うりざねがお》の色の白い妓で、ちょっとだらしがないところがあったが、男好きがしたのでよく売れた。

「へーえ、あんた弘前なの。どう、同県のよしみで、もう一杯上がっていったら」

八重はにんまりして、足もとの一升瓶をもち上げようとした。すると、

「いいよ、おれは帰る」

男はそういって外をみた。雪は小降りになっている。

「そう、そいじゃ、あたし、銀行の前まで送ったげるよ」

八重はしゃがんでカウンターの扉《とびら》からぬけ出ると、壁にかけた男のレーンコートをとって袖《そで》を通すのを待った。

「不思議だなァ」

と、小川という男はちょっと感慨をこめたようにいった。

「遠い青森に生れてさ、こうして雪の夜に、しかも、東京でさ、男と女が会ってる」

「………」

八重はまだしめっている男の肩のあたりに眼を落して、

「そうねえ」

といったが、ふと、この男が昔から知りあっているような気がした。東京へきて、八重は青森ということをなるべく口にのぼさないように努めている。末広町の時子が素姓を知っているぐらいなのだ。しかし、この小川という男は、はじめて、東京へきてから、自分の身近に接近した男のような気がした。

「ほんとね、世の中はせまいものね。あんたいつ、青森からこっちへきたの」

路地へ出て、ぬれたタタキに、ところどころ水たまりが出来ているのをとびこえながら、

「あたしはつい最近だけど、あんたはもう東京に馴《な》れていそうね」

「終戦の年さ。家には兄貴がいるしさ、弘前で運転やってたんだけど、思い切って東京へ出てみたんだ」

「へーえ、運転手さんなの」

「いまは運転手じゃない。会社のな、事務をしてんだけど、来た当座はトラックに乗ってたよ」

「免許証をもってんのね」

「うん、軍隊時分の恩典だ。おれ、自動車隊にいたんだ」

「へーえ」

路地から出しなに、八重は男の子供子供した物言いに気がついた。人通りはまだかなり多い。八重と同じようにキャッチに歩く女たちが、オーバーに袖を通さないで、肩に羽織ったままで、タバコを吸ってぶらぶら歩いている。そんな人ごみを八重は男とふたりで肩をならべて歩いた。

「また来てくれる？」

八重は別れしなに、「花家」の時代から媚《こ》びた時に出てくる上半身をくねらせるポーズをつくった。

「うむ」

と男はいって、ちょっと情熱のこもったような光った眼をした。

「おれの会社はな、ブクロだよ。東口だ。またくる。きみの名前は」

と、男はせっかちにきいた。

「あたしの名はおすまよ」

「すま」

「そうよ、須磨のスマよ」

「へーえ、いい名だな」

男は手をふって、リンタク屋で混んでいる西口通りを大股《おおまた》に消えていった。八重はいつまでも見送っていたが、感じのいい男だとふと思った。

〈きっとまた富貴屋へくるかも知れない〉

四

杉戸八重と小川真次の結びつきは、このようなありふれた縁からはじまっているのである。八重が小川に魅《ひ》かれたのは、彼が独身で、ちゃんとした勤人であったということが作用しているけれども、用心ぶかい八重が富貴屋へきて二た月目に、この男に軀《からだ》をゆるしたのは、八重にも意識されない心理的な傾斜があった。

八重は小川が、青森生れだということにまず気をとられた。これは、大湊の喜楽町を知っている男であったりしたら尚更《なおさら》のことだが、前身をひたかくしにしている女にとって、同じ青森だといわれれば、警戒心が起きたことはいうまでもない。しかし、その警戒心が不要であるとわかった時に、八重の心に、逆にその男があるなつかしさをもって部位を占めはじめたのだった。いや、警戒心は残っていたかもしれない。しかし、八重の気もちは男に対していつも疑心暗鬼なものがあったのだが、小川に対してだけは、八重はどういうわけか、許す気が湧《わ》いた。

小川真次の顔がだいいち八重の好みにあっていた。それから、どことなく、ぶっきら棒な物言いの中に、素直なかんじと、男らしいかんじがして、いっていることが、すべて正直な物言いにきこえた。事実、この男は、他の客のように、八重をみて、不必要なお世辞をいったり、よけいな見得を張ったりしなかった。たとえば零細な釣銭でも、ちゃんとポケットに入れてもって帰る。

「毎日、毎日、朝から働いた給料で呑んでるんだ。そんな豪勢なチップは払えないからな」

そんなことをいって、一円の小銭もポケットに入れて、小川は人なつこい眼で八重をみる。

八重が、この小川と一しょに映画をみたのは、雪晴れの一日だったが、池袋東口から、その映画館の方へ歩いていると、

「おれの会社だ。小っちゃいとこだろ」

と、いって小川は指さした。

通りの向う側にコーヒー店と質屋の土蔵がみえている。その間にはさまった二階建のモルタル造りの建物を指さして、

「社長はね、なかなかやり手なんだよ。東洋冷凍の下請を一手にやってるし、ゆくゆくは倉庫会社をやるんだって意気込んでる」

と、会社の内容を正直に説明したが、八重は、焼け跡だったにちがいないその通りに、小ぢんまりした建物をいち早く建築したその社長は、たぶんやり手にちがいないと思うのだった。

「いいとこじゃない？　あんた、一階にいるの、二階にいるの」

「おれは一階の受付だ。引越し荷物だって、何だって、おれのハンがなけりゃ、トラックだって三輪車だって動かないぜ」

と、小川は自慢顔にいった。

「へーえ、あんたえらいのね」

「えらくはないけど、仕事の分担がそうなってってから、仕方がないんだ」

映画館は路地を入ったところにある二流館で洋画の一本立をみた。暗い館内はガラ空《あ》きだった。八重は小川とならんで、真夏の湖畔のホテルで海水着姿の女が投身自殺するシーンをみていて涙ぐんでいたが、ふと、画面の興奮からわれに返ると、小川とそうして坐っていることが楽しかった。八重はその日、休みだという小川に誘われて、踏切の近くに出来た温泉マークの一軒に入った。小川がはにかみながら、そのことを強要したせいもあったが、八重は何のこだわりももたなかった。自然とそうすることが自分でもいいと思えたのである。

八重は正直なところ、「花家」で接した名もしらない最後の客から、ずうーっと男を絶っている。新宿へきて、不良たちに囲まれて危ない目にあったことはあるけれど、、軀をゆるせば、図にのって、ヒモになってくる男の恐ろしさを知っていたから、歯を喰《く》いしばって抵抗していたのだった。しかし、八重は男ぎらいではなかった。一日に二、三人は客をとっていた「花家」での習慣から、つい日数がたってくると渇《かわ》いたような淋《さび》しさはどうすることもできない。

「小川さん」

と、八重は息づいた小川の小柄《こがら》なわりに肩から胸にかけて肉のもりあがっているあたりを、ゆっくり撫《な》でながら、うわずったようにこの若者の名をよんだ。堰《せき》を切ったように涙が出てきて、頬《ほお》べたをぬらしながら、しがみついていた。

「あんたは、あたしを好き？」

「好きじゃなけりゃ、こんなことするもんか」

と、小川は気はずかしそうな眼をむけて、ヤケにタバコを吸っていたが、八重が、過去をもつ女であることを察知した眼でこんなことをいった。

「青森のな。市だけどさ、そこにおれの——妓《おんな》がいたんだ。三どばかししか上がってないけど、おれ、トラックで青森の便があるたびにいったよ。いい妓《こ》だった」

八重は瞬間、軀をちぢめた。カーテンをわけて入ってくる午後の陽《ひ》ざしがこの四畳半の俄《にわか》建築のベニヤ板を橙色《だいだいいろ》に染めている。八重はいま絶えてなかった充《み》ちたりた幸福感にひたっていたのだった。それが急に奈落《ならく》につき落されるように暗く沈んでゆく気がした。

「いわないで、青森のこと。何にもいわないで……」

と、八重は哀願するようにいって、裸の手をさしのべて、小川の浅黒い肩にからませた。

「後生だから、いわないで……青森のこと。あたし、田舎のことをいわれると嫌《きら》いなの」

小川は急に真顔になってからみついてきた八重の、むっちりした乳房の隆起と、白い腕と胸とのはざまから、うすい腋毛《わきげ》がのぞいているのをみつめて、息をつめた。

「よし、金輪際《こんりんざい》言いやしねえ」

〈この女は、おれに惚《ほ》れてんのか。青森の妓《こ》のことをはなしたので怒ったのか――〉

即座にそのように判断したとしても間違ってはいなかった。熱っぽい八重の息ぶきに、小川は青森の妓の顔を頭からかき消した。

「いわないよ。絶対にいわないよ」

と、また上ずったようにいうのである。すると、八重は、

「ありがと。あんた、いったじゃない？　おんなじ青森に生れて、東京でこうして雪の夜に会うなんて……あたしたち妙な縁だっていったじゃない？」

「うむ」

ごくりと小川はつばを呑んだ。八重の軀はほてっている。ただ冷たいものといえば、それは丸顔の形のいい頰べたをつたって、乾きはじめようとする後から、新しくにじ

み出てくる一本の水滴の線だった。

「須磨《すま》ちゃん」

と、小川はいった。

「おれは、あんたが好きだ。正直、おれだってな、そんなに真面目《まじめ》な人間じゃないよ。いろんなところで、女あそびもしてきた。だけどね、あんたが好きだ。あんたのような軀ははじめてだ……」

小川はまたごくりとつばを呑みこんで、白い餅肌《もちはだ》の八重の胸の乳房をかきわけるようにして顔をすりよせてきた。

八重は眼をつぶった。

お腹《なか》の中の遠い方で、白い泡粒《あわつぶ》が一つかすかな音をたててつぶれていく。それは、この男に抱《いだ》いていた警戒心の小さな最後の風船がしぼむ音である。

「小川さん、あたしも、あんたが好き。あたしの味方になってくれる?」

泣き声で八重はいった。

「なるさ、おれだって好きなんだ」

と、小川真次は子供のようにいって、八重の軀をいつまでもまさぐった。

杉戸八重は、五時になって、この宿を出た。小川の主張で、時間を置いて宿の玄関を出ようということになり、勤め時間を気にした八重の方が先にこの宿を出たのである。八重は「金水館」と安っぽい看板のかかったこの宿の女中に心づけを廊下で握らせ、ぬれた下駄《げた》をはいて表に出た。繁華街の夜がまたはじまろうとしている時間だった。

八重は小川と過ごした時間を思い出しながら、東京にきて、はじめて、一人の男が出来たことを知った。

〈あの人はいい人だ。運送屋でまじめに働いてんだもの。身持のいい人だ。あの人だったら、時ちゃんの黒んぼさんよりいいわ。あたしはやっぱり、日本の人を探さなけりゃ。当分はあの人をあたしの男にしよう……〉

杉戸八重は次第に早足になりながら、自分の心にいいきかせた。

〈あの人は地味な人だ。お金づかいだって荒くないしさ、まじめな、いい人だよ……〉

五

杉戸八重が、池袋東口から程遠いロータリーのある通りに面した「田毎《たごと》城北運送店」の事務員小川真次に抱いた感情は、真面目なものである。八重自身にも、絶えてなかった真剣な愛情のようなものといえた。八重は雪の降りやんだあの休日に、映画を観《み》、小川と過ごしたつれ込み宿の二時間ばかりの抱擁の時間をいつまでも抱きしめていた。小川のかすかに汗くさかった体臭が忘れられなかった。小川真次は週に一どぐらいしか富貴屋へは呑《の》みにこない。

「毎晩呑みにこれるような金もないしな。おれにはヒマもない。ヒマのある身分になりてえな」

と店にきて小川自身がいうとおり、経済事情が大きい理由になっている。それに、小川の会社は設立されて間もない上に、夜なかでも荷物を運搬しなければならない仕事もあった。官庁や大会社ではない。朝九時から午後五時までの出勤時間がきめられていても、たいがいの日は残業があった。時には配車の段取りがうまくゆかないと、事務係も徹夜で電話口にかじりついていなければならない。小川は池袋三丁目から左に入った日出町の、人家の建て混《こ》んだバラックの一軒に間借りしていたが、月に六、七日は会社の一階の奥にある宿直室の鉄製のベッドで寝ていた。労働も激しかった。ガードをくぐって西口のジャングルまで歩いてくるには、さほど時間はかからなかったけれど、毎晩呑まないといけないほどの酒好きでもなかった。彼は、疲れた日はごろんと横になっていたいといった。

　そんな小川の暮しぶりを富貴屋にいる杉戸八重は、手に取るように想像できた。ふたりの交渉は冬が寒さを増すにつれて深まった。小川は月に三回の公休をとった。前日はきまったように富貴屋へくる。そうして、翌日のあいびきの時間を告げると早々に店を出た。この男は金の費《つか》い方も、時間の使い方も無駄《むだ》がなかった。三十一というが、酔いどれ客よりも、しっかりした真面目な男にみえた。八重はたのもしい男だと思った。

　店主の鴨居うたは、これまで、傭入《やといい》れた女の子が、店にくる客と恋愛沙汰《ざた》になり悶着《もんちゃく》を起した幾多の経験もあったから、八重の挙動は知らぬふりして観察していた。八重の方は小川とのことはおかみにわからぬように秘密にしている。しかし、いくら八重がおかみを騙《だま》そうとしても、おかみは騙されている顔をして観察していた。

　冬が深まって、ジャングル地帯のスレートぶきの屋根が、凍《い》てはじめた。鼠《ねずみ》いろの紙を重ねたような布の塗料のはげた部分が湿ったので、八重の寝ている三角部屋は殊《こと》更寒《さら》かった。鴨居うたは、女店員募集の貼紙《はりがみ》を見て入りこんできた宇見菊代という、新潟からきた、背のひくい肥《ふと》った女を傭入れた。脂《あぶら》ぎったウチワのような丸顔の女である。人の好さそうな細い眼をしている。眉尻《まゆじり》の下がった好色な感じがこの女の特徴といえたが、菊代は入店早々から、せまい酒場部のカウンターに軀を入れ、身動きのとれないほど肥った軀に汗をかいた。

八重は、昼間は甘味部におり、夜になると酒場部へ出たが、冬があけるころには、すっかり店の事情に通じて、おかみのいない留守をきりまわした。

三月になった。雲が割れて、春の陽《ひ》ざしがスレート屋根の湯気をたてはじめるころの一日である。甘味部のタタキに珍しく客のこない時間があった。風呂《ふろ》へいったおかみの留守を、八重は寝不足の眼をしょぼつかせて、木椅子《きいす》に腰を落し、新聞をよんでいた。

と、酒場部の方のドアが急に音高くあいて、誰か入ってきた。菊代かと思って、新聞から眼をはなさないでいると、

「スマちゃん」

小川真次の声であった。八重はどきんとした。時計をみると、まだ一時すぎたばかり。こんな時間に、小川がくるのはめずらしい。酒場部のカウンターには、ビールの空瓶《あきびん》やら洗い物が昨夜のまま放ったらかしてある。八重はのれんをわけてのぞいた。

小川は蒼《あお》ざめた顔をむけて、

「よお」

と、はすっぱな物言いでいった。

「ちょっと、スマちゃん、こっちへ来てくれ」

その声が少しふるえているので、八重は胸がさわいだ。

「どうしたのさ、こんな時間に……お休みじゃないんでしょ」

「休みじゃないんだ……」

そういってから小川は声を落した。

「おれな、ちょっと頼みたいことがある」

小川の眼は木鼠《りす》のようにす早く八重の視線をずらせて、壁に向けられた。ジャンパーのポケットに入れていた手をぬくと、

「スマちゃん、これな、ちょいと、あんたあずかってくれ」

新聞紙にくるんだ四角い物だった。八重の眼は急にひろがった。足もとがタタキにひっついたまま動かなくなった。

〈紙幣ではないか……〉

八重は瞬間そう思ったのだ。

忘れもしない。あの犬飼多吉《いぬがいたきち》も、こんな眼もとをした。そうして、新聞紙にくるんだ紙包みを投げるようにして、自分にくれた。

「真ちゃん」

八重は、このごろになってそんなよび方をしている小川の名をようやくにして口にのぼらせた。

「なあに、これ、お金？」

「金だ」

と、小川はまたはすっぱなひびきをこめた。

「おれな、今夜、ゆっくりはなしにくらあ。店じゃ何だから……どうせ、お前、キャッチに町へ出るんだろ。銀行横のな、寄席《よせ》の向う側で待ってらあ。八時から三十分間待ってるよ。いいか。その時、はなすから、このカネ大事にあずかっといてくれ、いいだろ」

「………」

八重は力を入れた足をずらせた。小川は両手で分厚い新聞紙にくるんだ紙幣の束をつき出すようにしたものだ。

「あんた、これ、変な金じゃないでしょうね」

八重は声をひくめた。ベニヤ境の台所にいる利七の鼻をすする音に気をとられた。

と、小川は八重の片手に包みをす早く握らせると、もう一方の八重の手をそれに重ねるようにした。息づかいが荒く、ただごとでない心中が察せられるのである。八重はあずけられたままの両手を、宙ぶらりんに力なくのばしたまま小川をにらんだ。

「わるいお金じゃないでしょうね」

と、また八重は小さくいった。

「馬鹿だなあ、おれが働いた金だ。おれがわるいことなんかするもんか。今夜の八時に待ってるぜ」

小川真次はからみつく八重の視線から逃げるように、格子《こうし》の音をたてて表に出ていった。

八重は呆然《ぼうぜん》として見送った。急に思いついたように我にかえった。手渡された紙包みを、八重は改めもしないで、カウンターの上によじのぼると、梯子《はしご》のはずされている三角部屋のはみ出ている蒲団《ふとん》の下へ力強くつっこんだ。

八重はそ知らぬ顔で、カウンターから降りた。つっかけをはいて甘味部の方へきた。誰もいなかった。利七が台所で何かしていたが、六十すぎたこの男は耳が遠いので、わからなかったろうと八重は思った。はげしい動悸《どうき》が打っている。

〈きっと悪いお金だ。それにきまっている……〉

杉戸八重にはそんな予感がした。

六

八時になるまでのその日はずいぶん長かった。三、四人の酔客がきて、八重と菊代は、忙しい目をしたが、働いていながら八重はそわそわしていた。頭の上の三角部屋の紙包みが気にかかる。

時間がたってくるにつれて、小川真次がわるいことをして、その金を入手したにちがいないという判断は薄くなりつつあった。それは、小川自身が帰りがけにいった言葉でもあったからであるが、実際、八重は小川を信じていた。あの人は地味で、真面目な人だと信じていた。勤めぶりも知っている。金の使いっぷりもみんな知っている。真面目に働いて、貯金もしていることも知っている。中古車でもいいから、オート三輪を買って個人で運送屋をひらきたいというのが小川の望みだった。トラックを買って、大がかりな仕事をはじめたいのだというような、夢みたいなことは決して小川はいわない。オート三輪を買って、どこか、池袋にちかい空地に、六畳とまでいかなくてもいいからバラックを建て、「小川運送店」をひらいて、こつこつと金をためてゆきたいのだと小川はいっている。そんな小川が悪銭を握るとしたら、どういう機会を摑《つか》んだのだろう。

〈いや、悪いおカネじゃないわ。きっと働いて儲《もう》けたお金だわ……〉

急にたくさん手に入ったので、小川は下宿に置いてるのも不安になったので、ひと先《ま》ず、八重にあずけにきたものと思われる。会社の机にしまっておけばいいではないかと思われもするが、同僚に見つかってはいけない金でもあったか。

八重はそのような判断をしながら、客たちの相手をして、八時になった。ちょうどいいことに、その客たちが八時になると他所《よそ》の店へハシゴに出かけた。

「菊ちゃん、あたいね」

八重は肥った菊代の耳に口をつけて、

「ちょっと出てくっからね、おかみさんにうまく言っといて……」

菊代が脂《あぶら》ぎった顔をひからせて、こっくりうなずくのをみながら、八重は出た。走って路地をぬけ、大通りへ出ると、リンタクの行列をくぐりぬけて、西口通りの向う側へ走り渡った。銀行横から入りこむと、古い寄席のある横通りに出たが、そこは、喫茶店のならんだ暗い通りである。八重は二、三組の男女が通りすぎる道に、小川の姿がないかと探した。まだ、小川は来ていなかった。

八重は舌打ちした。ひとりでたたずんでいると、不安なものがふたたびおそいかかってくる。

〈いくらぐらいあったろう。あの束の感触では、二、三万円もあったのではなかろうか……〉

八重の胸はなりはじめた。

〈きっと、二、三万だわ。犬飼さんの置いていった束は、ちょうど、あの束の三倍ぐらいあった。……三分の一としたら二万円だ。それにしても、自分という女は、どうして、こうも、男から金をもらったりあずけられたりするように出来ているのだろう……〉

八重はそう思うと、大湊の「花家」に飄然《ひょうぜん》と現われたあの髭《ひげ》むじゃらの大男犬飼多吉の四角い顔を思いだしたのである。やがて、その顔は、弓坂吉太郎の陰気なひっこんだ眼と重なった。しゃくれ顎《あご》を心もちつき出すようにしてあの警部補はいった。

〈犬飼という男に会いたいのです。あんたの部屋に上がった男にちがいありません。名前をいって下さい……〉

八重の軀《からだ》はいま、同じような冷え方で硬直した。

と、八重が、なるべくうす暗い軒下をよってたたずんでいると、前方のうす明りを走ってくる小川らしい姿が眼に入った。八重は手をふった。

〈ここよ、ここよ!〉

鼠いろのジャンパーを着て、ネクタイをしめた小川は昼間の姿とかわっていなかった。

「だいぶ待ったかい」

と、小川真次は落ちついたゆっくりした足取りになっていった。

八重は小川の足取りにかすかな安堵《あんど》をおぼえた。昼間のように、そわそわしていない。歩きながら、小川はいった。

「おれな、スマちゃん、大働きをしたんだ。会社には悪かったけどな、ちょいと、車を巧《うま》くつかってアルバイトをやってみたんだよ。それで儲けた金だ。会社に置いとくとまずいからね、大急ぎで、きみんとこにあずけたんだ。二万七千円ある」

早口だが、通行人にきこえぬように小川は声をひくめてつづける。

「おれな、金にあせったのは、目的があんのさ。いつかいったようにな、おれ、オートを買うんだ。出物があったら、すぐにでも買って、個人で店をやりたいんだ。会社につとめていると、いくら残業しても、みんな田毎のポッポに入っちゃって、われわれの儲けは頭打ちだろ。見ていて馬鹿《ばか》らしくて仕様がないんだ。それにねスマちゃん、今ほど、運送屋が儲かるチャンスはないんだぜ。世の中はお前、ブローカーが全盛だな、金をもってる奴《やつ》は、事務所も何もないブローカーさ。その人たちは金で品物の売り買いはするけどもさ、品物を相手から相手に届けるのに、みんな、俺《おれ》たちを使うんだ。急ぐ時は、お前、こっちのいい値だ。ボロ儲けの出来るのも今のうちだあな。おれは、早く、オート三輪を買いたい」

八重は小川が真剣にはなす言葉をうなずきながら聞いていたが、この運送屋がボロイというはなしは何ども聞いた気がした。それは、あの金水館の四畳半の寝床の中でも、富貴屋の店でも、時に調子づいて話す小川の口から聞いたはずである。八重は正直のところ、そんな話よりも、昼間手渡された金が安心して使える金かどうかということであった。

「真ちゃん」

杉戸八重は小川の横顔をにらんでたずねた。

「ちゃんとしたまじめなお金でしょうね。アルバイトって……どんなことして儲けたの」

「………」

小川真次は闇《やみ》に走らせていた眼をこのときキラリと光らせた。

「アルバイトだよ。運転手の崎山と相談してさ、一昨日《おととい》の夜、車庫に入れて置かねばならん大型をフルに動かしたんさ。公団に運ぶ東洋冷凍のウドン粉を十往復やった……」

八重は小川の横顔をにらんだ。

〈十往復――トラックを動かしただけで、二万七千円の分け前がもらえたのだろうか……少しボロすぎはしないか……〉

当然の疑問だった。と、小川真次は八重のその疑惑を打消すようにいった。

「おれたち、東洋の出庫係長とうまく契約したんだぜ。係長はこれからも、ちょいちょいやらせてくれるっていうんだ……」

悪いことをしてきたんだ、という眼を小川はいつまでも闇の方へ投げていた。杉戸八重は不安になった。

「そいで、あたし、あのお金、いつまであずかっておればいいのよ」

「そうだな、一週間かな」

小川真次は首をかしげていった。

「そのうちにおれがうけとりにゆかあ」

第十章　破《は》綻《たん》

一

一週間たったら、受取りにくるといったその金を、小川真次は、なかなか取りに来なかった。八重は、富貴屋の屋根裏部屋の蒲団《ふとん》の下に匿《かく》していたのを、行李《こうり》に移しかえた。その行李の底には、八重の夏着が入っていたが、底の方には別の二万五千円の金が入っていた。それは八重のものである。犬飼多吉が「花家」の二階に置いていった六万八千円の中から、来間《くるま》佐吉《さきち》に借金を返し、畑《はた》の部落の父親の許《もと》に幾ばくかを置いて、残った分をそのまま、新聞紙にくるんで蔵《しま》っているものだ。八重はこの金を、郵便局にあずけようかと思ったが、考えがあって手許《てもと》に置いている。この金は九分どおり犬飼多吉が悪いことをして儲《もう》けた金にちがいなかった。そんな金だから、八重の足もとに投げつけるようにして置いてゆけたのであった。どんなことをして儲けた金であるか八重は知らない。

しかし、函館警察の弓坂警部補が、東京にまで八重を追いかけてきて、行方をたずねている男であるから、おそらく、たいへんな犯罪を犯しているかもしれない。しかし、そんな金だからといって、捨ててしまうわけにはゆかない。すでに八重は、大きな重荷になっていた来間の借金もそれで返済して身軽になれたし、「花家」から東京に出てこられたのも、みな、その金のためだった。残額の二万五千円は、いざという時には、八重は何かのおもわくに費《つか》うつもりではいるけれど、それは、もう少し時間がたたなければ疑われる性質のものであった。郵便局にあずけても同じことだ。警察が郵便局に手を廻《まわ》し、杉戸八重が二万五千円もの金をあずけていることを知ったら、呑《の》み屋の女中にしては貯金が多すぎると判断して、直ちに、八重の過去を疑うだろう。

その二万五千円の紙包みの上に、小川真次からあずかった二万七千円の新聞包みを、いま、八重はかさねるようにして置くと、夏物のワンピースをその上に何枚もかさねて、行李のフタをしめ、知らん顔をしている。だが、八重はそれが気になってしかたがなかった。あの日以来小川が来なかったからだ。

〈おかしい人ね。一週間もしたら、受取りにくるといったのに……〉

八重はうすい木綿蒲団を敷いて寝ている屋根裏部屋の天井をみてると不安がつのっ

た。天井はシタミ板が倹約されているので、間隔が広くあいている。スレートのしめった肌《はだ》が鼠《ねずみ》いろにしめっている。

八重はいつまでも寝つかれなかった。小川の軀《からだ》が恋しいと同時に、大金をあずけたまま、呑みに来ないのが不安であった。八重は八日目の朝、寝不足の眼をしばたたきながら、かわいたジャングルの路地をぬけて、省線下のガードをくぐって、東口へ出た。足は自《おの》ずからロータリーに向いた。田毎城北運送店の看板のかかった店の前へきた。八重は人通りの中にまぎれて、ガラス戸越しに一階の受付カウンターを見て通り過ぎた。

小川の姿はなかった。二、三人の菜っ葉服を着た若者が机に向っていたが、いずれも小川ではない。

〈おかしい。休んでいるのか……〉

八重は足をのばして、日出町の建て混んだ町に入っていった。

八重はまだ一ども小川真次の間借りしている家をたずねたことはない。ただ、小川と寝ている時に、何げなく小川がはなした下宿のある町を想《おも》い描いていただけである。電車通りのタバコ屋から、はすかいを左に入る。大きな材木屋があった。貯木場のわきに、ぎっしりバラックが詰まっている。小川の借りている部屋は、そんなバラックにいる年寄夫婦の離れの三畳だということである。

八重は、そんな三畳の間をコブのようにつけている新しいバラックがないものか、探し廻った。なかなか見当らなかった。

日出町は迷路のような町である。探しているうちに、また、もとの道に戻《もど》ってしまう。ぐるぐると、同じような家ばかりみつめて歩いた。一時間も歩くと、八重は疲れてしまった。ますます不安になった。見つからないということが、すでに、この町から小川真次が消えていったような気がした。

〈そんなはずはないわ。あたしに、ちゃんと約束したんだもの……きっとお金だけは取りにくるにちがいない……〉

そう思うと八重は、勝手知らない町なかに迷いこんでいるうちに、ひょっこり、小川が富貴屋の店に顔を出しているかもしれぬと思った。無駄《むだ》な足をここまでのばしていることが、逆に不安になった。急いで、西口に帰ってゆくのである。帰りがけに、八重はもう一ど、田毎の店をのぞいたが、小川の姿はなかった。

富貴屋に帰った八重は、おかみに内緒で外出したことでもあり、息をはずませていた。甘味部の方は菊代が店番をしていてくれたから助かったが、そんな日にかぎって、おかみは早く出てきて、タタキに打水をしている。

「スマちゃん、どこへ行ってたの。あんたがいないかって、男の人がたずねてきてたわよ」

と、鴨居うたは小造りの皺《しわ》のよった顔を向けていった。

「お客さんのようじゃなかったわ。あんたの知りあいのような人だったけど」

八重は小川かもしれぬと思ったが、すぐそれは頭の中ではじけた。

「いくつぐらいの人？」

「そうね、三十七、八かしらね。細面《ほそおもて》の髭面《ひげづら》をした人……。あんたがいないっていうと、また来るって帰っていったわよ」

「誰《だれ》かしら、変ねえ」

といったが、頭にうかんだ二人の男の影があった。

一人は弓坂吉太郎であり、もう一人は末広町の時子の家に現われた八重も知らない男だ。

「どんな顔してた、ママさん、いってよ」

八重はなるべく何げないふりを装ってたずねた。

「無精髭《ぶしょうひげ》を生やしてさ。愛想のわるい人だったわ。須磨ちゃんいるかってきいたのよ」

「あたしの名をスマっていったのね」

八重はかすかな安堵《あんど》をおぼえた。須磨という名は池袋へきてつけた名である。その名をいってくる男は富貴屋で知りあった客以外にはない。

「お客さんよ、きっと。おかしいわ」

八重はそういって、小川真次の知人かもしれぬ、と思った。小川が自分で金を受取りにこないで、誰かに頼んだのだろう。

〈やっぱり悪いことをした金にちがいない〉

不安がまた八重をかすめた。

その不安はあたったのであった。それから一時間ほどして、酒場部のカウンターを拭《ふ》いている時に、その男が入ってきた。八重は、男の顔と風采《ふうさい》をみた時、外出中に来た男だということは直感的にわかった。

八重には、イヤな感じの光を投げる眼をしていた。男は警官だった。

二

「須磨子さんですね」

入ってくるなり男はいった。

「池袋署の勝見っていいます」

髭面の顎《あご》のほそい刑事は、すり切れた黒オーバーの内ポケットから手帳を取りだしてみせた。

八重の足はちぢこまった。

「あたし、須磨子です」

かろうじて言葉が出た。落ちつけ、落ちつけと心の中で八重は思いながら、警官の顔をみた。

「小川っていう客をご存じでしょうね」

「はあ」

八重はどきりとした。

「真ちゃんのことでしょ」

「小川真次、そう、真ちゃんというんですね、ここの常連ですね」

「はあ」

八重はつきあげてくる恐怖に口もとがかすかにふるえた。動揺してはならなかった。のれんの下がった板壁の向うで、おかみと菊代が耳をすましている。八重は、刑事が客のことをたずねにくるのに、おかみに訊《き》かないで、わざわざ自分を名ざして来たことに不安をおぼえる。

〈真ちゃんがしゃべったのか！〉

だが、八重は刑事の顔を見返すようにみた。

「常連ってことはありませんけどね……。時々、お店へみえます」

「いつごろ来ましたかね、二、三日前にきたでしょう」

刑事はきいた。

「いいえ」

と、八重はいった。

「ここんとこ来ません。あの人ね、そんなにお酒呑みでもないんです」

勝見という刑事は心もち顎をひいた。ゆっくりした口調で、

「最後にきたのはいつ頃《ごろ》でしたか」

猜疑《さいぎ》走った眼をむけて八重の眼を射るように見ている。

「そうだわね」

と、八重は刑事の視線をそらせた。

「この前来た時は、いつだったたっけ。十日も前になるかしら」

八重はいいかげんのことをいった。

「十日前」

刑事の声に力が入った。

「十日前だと、三月四日だね、はっきりした日でしょうね」

八重は心の中で、八日前に小川が酒を呑まないで、昼に顔をみせた日のことを思いだしている。それははっきりいえば六日である。八重は嘘《うそ》をついた。

「十日ほど前だったわ。そうね、四日ごろだったかしら」

「呑みにきたのかね」

「ええそうよ」

たしかに、四日ごろには、小川が呑みに来ていたような気もした。

「何時頃だったかね」

「九時ごろだったかしら。あの人、三十分ほど呑んでいて、混《こ》んでくると、すぐ帰りますよ。そうね、焼酎《しょうちゅう》を二杯か三杯呑むとすぐ帰って行きます」

「その夜も三杯ぐらい呑んだんかね」

「ええ」

「誰かつれがいなかったかね」

「おつれさんですか」

八重の顔は次第にくもった。つれを調べているということは、もう、小川が何か悪事をしたことが、瞭然《りょうぜん》としている。

「お一人でした。あの方、いつも一人で呑みにきます」

じっさい、小川は一人で呑みにくるのだった。

「刑事さん」

八重はいった。

「あの方のおつとめ先を知ってるでしょう」

「うむ」

と、勝見刑事は八重の顔をまともにみた。

「田毎っていう運送屋さんですよ。東口の方のロータリーの前だっていってました」

刑事は何げないふりしていう八重の口もとをみている。くちびるのうすい口角に皺《しわ》がよった。

「あんた、運送屋へいったことがあるのかね……」

と、刑事はきいた。

「いいえ、いったことなんかありませんよ。小川さんがそうだといったもんだから、あたしおぼえていたんですよ」

「ふむ」

と、刑事は小鼻のあたりをふくらました。八重はだまって、手にしていた雑巾《ぞうきん》をうごかしはじめた。と、刑事は帰り仕度をはじめるどころか、そこの丸椅子《まるいす》をよせてどっかり坐《すわ》ったのだ。

「須磨子さん、それだけかね、あの男のことで、もっと知ってることがあったら教えてくれないかね」

八重はカウンターの下の方で、ちぢこまった足を合せた。

〈やっぱり、小川が、自分のことをいったのか……〉

気になるのは、頭の上の行李の中である。二万七千円の金をみつけられたらどうするのか。

八重の軀は水をあびたように冷えた。

「べつに、あたし、あの人のことをくわしくは知らないんです。お客さんだという間《あいだ》柄《がら》だけですものね」

「そうかね」

と、刑事は冷笑するようにいうと、ポケットからタバコをとりだした。手巻機械でまいたのぞみである。先の方にボロボロの葉がとび出ている。落ちついた態度でマッチをすった。燃えるように火がついた。

「それだけの間柄か」

刑事は横柄《おうへい》にいった。

「運送屋の田毎できいたんだがね、小川はあんたのことをたえず口にしていたというじゃないか。何かあんたに、奴《やつ》は自分のことをいってたんじゃないかね。須磨子さん、あんた、あの男といっしょの青森だってね」

「………」

八重は大きくふるえた。

小川真次が運送屋で、同じ青森出の女が西口に働いていると喋《しゃべ》ったにきまっている。瞬間、八重は恐怖におびえた。だが、それを否定するとかえって疑われる。

「あたし、青森ですよ。でもね、あの人の田舎なんか知らなくてよ。あたしの所とはずいぶんはなれてんだもの。お店にきて何かの拍子に、あの人青森のことをいったので、それで、お互いに、田舎のことなんかはなしたんだけど、べつに、あたし、あの人のことくわしくなんか知らなくてよ。いやなこといわないでちょうだいよ、刑事さん」

杉戸八重は刑事のとび出たような眼をみると、精一杯の努力をして微笑した。

「誰が、そんなこといったの。ただのお客ですよ。いいがかりも程があるわ。あたしと何かあったって、だれがいったのよ」

「何かあったっていったわけじゃない」

と、勝見刑事は苦笑をまじえて、八重の顔をみた。それは、しかしからみつくような眼であった。その眼の奥に、会ってはいけない弓坂吉太郎と同じ光が宿っている。

八重は下くちびるを噛《か》んだ。

「知らない、知らないったら知らない。警察官だいったって、あんまりじゃない、あたしたちを馬鹿にしないでよ」

八重は金輪際《こんりんざい》喋ってやらないという風に口つむった。

「何の証拠でそんなことをいうのよお」

涙ぐんできている。

三

杉戸八重は、勝見刑事のとび出たような眼をにらみつけた。この刑事に、自分と小川のつながりを嗅《か》ぎつかれていると思うと腹が立った。と同時に、まさか刑事が深い事情を知るはずはないと思われた。

案の定、勝見刑事は、八重の剣幕にたじろぎをみせはじめた。

「いや、これは、ちょっと言いすぎたかも知れません。怒らないで、まあ、きいて下さい」

下手に出た勝見刑事はいった。

「じつはね、須磨子さん。小川はいま、池袋署から指名手配されているんです。ある会社のウドン粉を、詐取《さしゅ》した主謀者とみられているのです。この月の四日から、田毎運送にも出ていません。下宿にも帰っていない。ぼくらは、それで、小川の知合いを虱《しらみ》つぶしにたずねています。ウドン粉は、東京都民の配給パンになる公団のものでしてね、それでなくても遅配欠配でみんながいきり立っている時に、困った犯罪が起きたもんだと、署ではどうしても小川の行先をつきとめて、どこへウドン粉を匿《かく》したか、とっちめないと、都民の皆さんに申しわけないんですよ。あんたのところへたずねにきたのも、そういう理由からです。須磨子さん、わかってくれますか。小川という男は、青森県の弘前にうまれて、終戦早々に東京へきた。東京には友だちがなくて、たずねようがないんです。あんた、もし、同県のよしみで、参考になることでも小川から聞いてはいないかと思いましてね。知ってることがあったら、かくさずに教えて下さい。都民の大事な食糧を、トラック一杯持ち去ってドロンしたんです。人道的に見ても憎むべき犯罪です。これが、セメントや砂利だったら、こんなに署をあげてぼくたちが血眼《ちまなこ》になる必要はない。須磨子さんわかってくれますか」

刑事の眼に真剣な光が出ていた。哀願するような口調だった。八重は心配していた通りのことを小川がしでかしたことを知って愕然《がくぜん》とした。遅配欠配で腹をへらして泣いている都民の配給食のウドン粉を、小川はトラックにいっぱいどこへ持ち去ったのか。あの夜、東洋冷凍の倉庫から、どこかへウドン粉を運んだとたしかにいっていたが、それが、そのウドン粉だったのだろう。二万七千円の大金の入手も、わかる気がした。

〈馬鹿な真ちゃん……〉

八重は泣きだしたいような衝動にかられた。一台のオート三輪車を買って、独立して運送屋をひらきたいために、金にあせった小川真次は犯罪人になった。

〈馬鹿な、真ちゃん。あんたは、もっと真面目《まじめ》で、地味に働く人だと思ったのに……どうして、こんな恐ろしいことをしてくれたのよ……〉

八重は心のなかで叫びたい気がした。

「小川があんたに友だちの名をいわなかったか、思いだしてほしいんですよ。須磨子さん」

勝見刑事はごくりとつばをのんで、杉戸八重の表情の裏を読みとろうとした。

「さあ、あたし、そんなこといわれたって、ふつうのお客さんとしておつきあいしていただけなんだから、何にも知らないのよ。あの人、お金づかいもそんなに荒くないしさ、呑みっぷりも真面目な方だったしするし、信用もしていたわよ。でも、あたしとどうってことはなかったんですよ。女のひとだったら、もっとほかにいたかもしれなくてよ。刑事さん。呑み屋はあたしんところ一軒じゃないものね。もっとほかのお店もきいてみて下さいよ」

「もっと、ほかの店って……小川が行きつけにしていた店をご存じですか」

「ジャングルの中をよく歩いてましたからね。特別にどこっていわなかったけれど、行ってたようですわ」

八重は早く刑事に帰ってほしかった。頭の上の部屋にかくしてある二万七千円の金が、東京都民のウドン粉を詐取した金だと思うと、早くどこかへ捨ててしまいたい気がした。刑事が、店に坐っている間に、ひょっこり小川真次が、今にも顔をだしそうな気もする。小川が眼の前で、手錠をはめられる姿は見たくなかった。八重は必死になった。

「刑事さん、あたしは何も知らない。ただ青森の人だっていうことを聞いただけなんだから……もし、小川さんが呑みにきたら、あたし、裏から出て、警察へすぐ、しらせてあげますよ」

早く帰ってくれといわぬばかりに八重は手にしていた雑巾《ぞうきん》を大きくうごかした。

勝見刑事は猜疑深い眼をようやくにしてやわらげて立ち上がっていた。

「じゃ、協力して下さいますか。小川がきたら、すぐ知らせて下さいね。たのみましたよ」

刑事は何ども頭を下げると店を出た。おかみと菊代が甘味部の方から顔を出した。

「あんた、真ちゃん、たいへんなことしたのねえ」

おかみは、刑事よりも猜疑走った眼で八重をみている。菊代がそのうしろから、チラリと横眼で八重を見た。あの夜、小川に会ったことを察知している眼であった。

「おかみさん、あたし、ほんとに、何も知らないのよ。馬鹿にしてるわ」

八重は渋面をつくった。瞼《まぶた》が熱くなって涙がにじみ出た。刑事をとりなし終えたという安堵と、小川真次が犯した罪の恐ろしさに、口惜《くや》しい思いが頭をつきぬけてくるのである。

「ね、菊ちゃん、あたし、何にも知らないわね」

上ずったように杉戸八重は無意味な言葉を吐きつづけた。

「あたし、あの人と何にもなかったんだから。イヤだったら、ありゃしない……ね……あの刑事さん」

四

その小川真次から、たのまれたといって、二十七、八の運転手らしい皮ジャンパーを着た男がきたのは、翌日のことであった。夕方、六時すぎ、そろそろジャングル地帯に活気がみなぎろうとする時刻で、酒場部に三人の客がきた。いずれも常連客で年輩の者ばかりだったが、若い男はのれんをかきわけて、入ってくると、カウンターに入っている八重の方を瞬間たしかめるようにみて隅《すみ》の方に腰をすえた。

「カストリをくれ」

と、横柄な物言いでいって、八重が受皿《うけざら》に酒をこぼすようにして入れると、コップをにらんでたてつづけに三杯呑んだ。三人の客たちの相手をしなければならないので、フリの客に八重は気を取られながらも、相手をする時間がなかった。しかし、べつに不服そうな顔もしないで、男は、だまって嘗《な》めるようにカストリを呑んでいた。つき出しをふた皿もたべてしまうと、湯豆腐を注文した。八重は大皿に豆腐をのせ、かつおぶしをふりかけて、男の前にさしだした。視線があうと、男は顔だちに似あわぬ小さい眼を、からみつくように光らせた。八重はどきりとした。男は、八重の反応を見てとると、うなずくように、眼をうごかした。とがった顎をしゃくるようにして何か合図をした。八重の軀は硬《こわ》ばった。三人の客たちは、酔いがまわりはじめている。大声で何かはなし合っていたから、瞬間のこの八重とフリの客との視線を気にとめた者はなかったようであった。

八重は男がすするようにしてたべる豆腐皿をみつめていた。と、この時、男はカウンターに置いていた片手を豆腐皿に近づけ、掌《てのひら》の中にかくしていた紙切れをす早く皿の下にかくした。

「もうひと皿くれないかね。おれ、腹がへったんだ」

はすっぱな物言いだったが、語尾の方に、男は意味をもたせたひびきをこめた。それは八重だけにわかった。

八重は、男のたべ終えた豆腐皿を、カウンターの板にずらせながら、す早く紙切れを足もとに落した。ぬれたタタキにその紙切れが白く鮮明にみえるのを息をのんでつまみあげた。ガス鍋《なべ》の湯豆腐を温めながら読んだ。

――今晩十二時、西口広場碁会所の横で待っている。あれを持ってきてくれ。真。

――と読める。八重の手は小きざみにふるえた。湯豆腐を皿にもるのもようやくだった。八重は心を落ちつけて、男の前に皿をさしだしながら、承諾したという合図を眼で送った。男はうなずいた。男の食べ方は早かった。二、三分で二杯目の豆腐を平らげると、

「いくらだ」

ジャンパーのポケットから皺くちゃの紙幣を摑《つか》んで、八重にわたした。八重はつり銭をわたす時、男の手にさわった。温《ぬく》もりがあった。

小川真次が、ジャングルの暗がりで、じっと佇《たたず》んでいるかと思うと、八重は心配で軀が冷えた。

〈馬鹿な真ちゃん〉

ひと時も早く会ってみたかった。刑事がここまで来ていることを教えてやらねばならない。八重は、十二時までの時間が、ずいぶん長い気がした。

終電で王子まで帰る菊代が、十一時半になると、甘味部の戸を閉めて、酒場部の方

にきた。大きな軀をカウンターにさし入れると、心なし、八重の眼からそれるように
して帰り仕度にかかった。酒場部の方に客はいない。おかみが、利七とあすの仕込み
の相談が終ったとみえ、ソロバンを手にして奥の方から顔をだすと、
「須磨ちゃん」
と、八重をよんだ。
「今ね、菊ちゃんともはなしたんだけどさ。真ちゃんも、えらいことをしたもんね。
新聞に出るよ、あんた」
小造りな顔をひきしめておかみはいった。
「あんた、ほんとに、真ちゃんと何にもなかったんでしょうね」
八重はしまいかけたコップをうしろの棚《たな》に音たてて置いた。
「おかみさん、何にもないわ」
八重は狼狽《ろうばい》を殺して歯をだしてわらった。
「映画は一どぐらい見たことがあってよ。でもね、その時だって、お店にきている時
だって、あの人、悪いことするみたいにみえなかったものね。東口のね、田毎ってい
う運送屋にいるんだけど、まじめないい人だとあたし思ってたのよ。びっくりしちゃ
った。おかみさん、きっとあの人、だれかにそそのかされて、そんな悪いことをした

にきまってるよ。自分から、大胆なことのできるような人じゃなかったもん」

「そうだわね、きっと」

菊代が丸椅子に乗っかって、ハンドバッグを屋根裏の隅の方からひきだしながらいった。

「あたしもそう思うわ。あの人いい人だったもん……」

八重はその三角部屋が気になった。菊代がいった。

「そうよね、気の小さい人だったわ。運送屋にいたもんだから、品物を運ぶ時に、ふっと、悪気がおきたのよ。でも、あたしたちの配給のウドン粉を持ってっちゃうなんて、ずいぶん、度胸がいいわね。このあいだだってさ、アメリカから来たメリケン粉が、貨車の中で、水びたしになったって新聞に出ていたけどさ、あるところにはあるのね。配給所へゆくとさ、割当てが来てないから辛抱してくれっていうけど、配給所へくるまでの途中で、いっぱい、そんなことが起きてんのよ。管理する人たちが間がぬけてんのよ。おなかすかして待っているあたしたちが一ばん馬鹿をみるのよ。おかみさん」

小川に対する同情のようなひびきもその言葉にひそめているような物言いなのを、八重は耳にしながら、店じまいをはじめた。やがて、菊代とつれだって、おかみも大山の自宅へ帰ってゆくと、八重は甘味部の電気を消し、台所の奥の三畳で寝仕度にかかろうとしている利七にいった。

「おじさん、あたしね、お風呂へいってくるわ」

そういうと、八重はいそいで酒場部にきて丸椅子に乗っかり、屋根裏の部屋の梯子《はしご》を下ろした。梯子をす早く立てかけ、部屋に上がった。行李《こうり》をひきよせフタをあけた。夏着の下に手をつっこみ、新聞紙にくるんだ紙幣の包みをとりだすと、タオルにくるんだ。洗面器の中へ無造作に入れ、大急ぎで富貴屋を出ていった。

いくつもの路地をぬけると、衣料品の中古を売る店が、戸を閉めきっている。板廊下のようなせまい道を歩くと、八重はやがて西口広場に入った。広場の隅には、四、五人の男女のかたまりが暗がりにたたずんでいた。明るい駅前の方ではまだ店が開いているとみえて、通行人もかなりあった。八重は銭湯のある暗い方へ歩いていった。と、左の方の隅から、にょっきり、男が出てきた。先程、店にきた男だった。二、三歩前にくると、男は立ち止って、

「須磨さんか」

といった。あたりに気を配っている。

「そうよ。真ちゃんは」

八重は男のうしろをすかしみるように見た。小川真次の心もちやせた姿がにょっきり現われた。

「ここだ」

と、小川はいった。

「すまなかったな」

小さくいって、小川はよってくるなり手をのばした。八重はタオルにくるまった金包みを取出すと急いで渡した。大きな荷物が軀から抜けてゆくような気がした。小川はす早く包みを受けとり、肩につるした雑嚢《ざつのう》にいれた。

「須磨ちゃん、おれ、池袋から当分いなくなるけどさ、すぐ、居所をしらせるからな」

ぼそりというと、小川はわきに立っている男に眼くばせして、

「おれ、急いでるんだ。この男が来るからな、連絡はいつでも出来るよ。須磨ちゃん、おれ、いく」

小川は夜目の中で半泣きのような顔をチラと八重に見せただけで走り去った。男も追いかけるように消えた。

八重は呆然《ぼうぜん》と二人の男を見送っていた。刑事がきたことも、それから……小川がこ

れからどこで暮そうとしているかも……訊《たず》ねてみたいことやら言いたいことが胸いっぱいにあったのだが、八重はだまってつっ立っていた。

もうこれで、あの男とも切れた。そんな気がした。八重は銭湯にはゆかずに、広場を横切った。よしずのたてかけてある露天碁会所のわきを通り、酔いどれ客たちが声をはりあげているジャングルの路地をいく曲りも曲って店に帰った。

富貴屋の前にきたとき、八重は店の戸をあけて出てくる見おぼえのある男の足もとをみてぎょっとなった。勝見刑事の破れた黒靴だった。八重の前でぴたりとその靴を合せて停《と》めると、

「お風呂だったんですか」

刑事はせまい路地に通せんぼをしたようにつっ立った。

五

「須磨子さん、待ってたんだ」

と刑事はいった。

「あんたが風呂から帰るのをね。それにしても、えらく早かったな」

「途中で止《よ》したの」

と八重は動悸《どうき》をしずめながらいった。

「広場の前までいったら、酔った男が変なことをしかけるのよ。こわいから急いで帰ってきたの。おそいから、もう、お風呂屋はのこり湯だしするしね。あしたにしようと思って帰ってきたのよ」

「………」

刑事はぴくりと下顎《したあご》をうごかした。

「やっぱり小川は来ませんでしたか」

「………」

八重は内心、刑事のカンにびっくりしたが、むうっとしたように刑事を見た。

「あたし、刑事さんと約束したはずよ。あの人が来たら、警察へすぐ報《しら》せるっていったでしょ」

「うむ、約束はしてくれたがね」

と刑事は靴の先でぬれたタタキをトントンと音をたてながらいった。

「小川じゃなくても、小川の知合いでも来なかったかと思ってね……。小川は、田毎へ出入りしていた崎山という運転手と一しょに逃亡しているんだ」

「……」

八重は息をのんだ。小川はその崎山をここへ使いによこしている。

〈馬鹿な真ちゃん〉

咽喉《のど》をついてくる叫びを八重は押しころした。

「刑事さん、小川さんも、お友だちも来ませんよ。常連のお客さんばかりよ。おかみさんもね、刑事さんが昨日いったことをきいてたから蒼《あお》くなっちゃって……真ちゃんがきたら知らせなけりゃならないって、意気込んでたんです。……あたしだけでなく、菊代さんだって……気を配ってたんです。でも、真ちゃん来ませんでしたよ」

「ふーむ」

勝見刑事は落胆したように八重を見た。

「そうか、やっぱり来なかったか」

つぶやくようにいって、

「今日で十一日目だからね。ひょっこり顔をみせるような時分だと思うんだ。手分けして張りこんでいるんだが、残念だな」

そういって刑事は通せんぼをしていた足をわずかによけた。八重の通りぬける隙間《すきま》が出来た。

「お疲れのところを失敬した。さ、お通り下さい」

刑事はそういうと、まだ、店の前を去り難《がた》い眼つきであった。

「夜おそくまで張りこんでいらっしゃるのね」

と、八重は前へ一歩出ながらたずねた。

「あんたの店ばかりじゃない。二、三の店をマークしている」

と刑事はいった。八重は店の戸をあけた。中へ半身を入れながらふりかえっていった。

「小川さんがここへ来たら教えるわ。刑事さん」

「ありがとう」

勝見刑事はコツコツと靴音をたてて、暗い共同便所の角を曲った。八重はほっとした。戸を閉めて、ねじ込みの錠をかけると、いそいで電気を消した。胸が大きくはずんでいた。八重は奥の台所の方にゆくと、利七がまだ自分の三畳で起きていて、蒲団に顔を押しつけるようにしてごそごそしているのをみた。

「おじさん、刑事さんがまた来たでしょ」

声かけると、利七はくちゃくちゃと動かしていた口もとを静止させた。ジロッと八重をみあげた。八重のと同じ柄《がら》のうすい蒲団に利七は寝ているのだが、綿のはみ出た

あたりを繕っていたらしい。手を休めると、

「あんたのことをね、あの刑事は根ほり葉ほり訊《き》いたよ」

といった。

「あたしのことを」

「そうだ。あんたがここへきてどれくらいいたつか、いつ青森から来たか、ここへくる前にどこにいたか、いろんなことをしつこく訊いたよ」

「へえ、それで、おじさん、何ていった？」

「おれは何にも知らないからな。いいかげんのことをこたえておいたよ……」

八重はうす暗い台所から、明るい三畳の利七のせまい額をにらんだ。

「どんなことをいったのよ。気持わるいったらありゃしない……教えて……」

怒ったような口調になった。あずきの煮炊《にた》きはするけれども、このごろは利七は持病の神経痛が出ている上に、片耳が遠くなった。仕事がのろい。だからおかみに叱《しか》られてばかりいるのを八重は知っていた。何かにつけて、八重はこの老人に同情して、話をきいてやることにしている。しかしいま、その立場が逆になった。八重は不安な気持を荒っぽい口調で吐き消そうとした。八重の口が荒くなると、利七はおびえたように眼をしょぼつかせて、

「よけいなことは喋《しゃべ》りゃしないよ。知ってるってことはあんた、去年の秋にここへ来た。おかみにかわいがられて店をよくきり廻してくれる、これまでにないいい娘さんだとおかみもいっているって、おれはいったまでだァ」

八重は猜疑《さいぎ》走っていた眼を急にやわらげた。

「そうお。それから何を訊いた」

「何もいやしねェ」

嚙《か》んでいたスルメの足を利七は指につまんでひっぱりだして、

「いやな刑事だァな、あんたにな、いい男がないかとしつこく訊いたよ」

「で、おじさん、何ていった？」

「男どころか、国思いのいい娘《こ》で、親御さんに銭を送っているのをちょいちょい耳にする、青森あたりの娘さんは地味で働き者だ、東京のくだらねェ男なんぞにひっかかるような娘はいねえっていってやった」

「ふーん」

と、八重は、二、三歩あるいてパチリと甘味部の電気を消した。暗くなった。

「いやな刑事さんね、あたしをいまそこで、通せんぼするようにしてさ。表で待ってたわよ……」

そういうと、つっかけの音をたて、八重は酒場部にきて、梯子をのぼりながら、利七に「おやすみ」と大きな声でいった。

外はまだ、酔客の声がしている。珍しく客の早く退《ひ》けた夜だから、早く寝つこうと思っても、騒がしい人声で寝つかれない。人声の向うで、今にも警笛の音がしやしないかと心配なのであった。

幸い、警笛の音はせず、二時ごろになると静かになった。八重は、いつまでも眠れなかった。

非常線の張られたジャングルを、小川真次は相棒と一しょにどうして逃げきったのだろうか。金を渡したから、どこかへ高とびするにしても、まず、あれだけあれば充分だと思えた。

〈真ちゃん、うまく逃げてね。捕まらないでね……〉

八重は心の中で叫んでいたのである。

六

勝見刑事は翌日から、毎日顔を見せるようになった。細長の中高な顔をしているが、とび出た大きな眼が陰気なので、それでなくても八重はいけ好かない男だと思っている。しかし、刑事が毎日、富貴屋を覗《のぞ》くのには、相当の理由があるにちがいなかった。田毎運送店で、小川が八重のことを同僚にはなしていたことはわかる。刑事はそれを根掘り葉掘り訊いたにちがいないのであった。

だが、刑事がいくら訊《たず》ねてみても、真相は摑《つか》んではいまい。八重は安心するものの、根強い疑惑を捨てないこの男の執念に身ぶるいした。菊代がいった。

「いやあね。まるで、あたしたちが小川ちゃんを匿《かく》してるみたいじゃない？　あの刑事、あんたに気があるんじゃないかしら」

「馬鹿ねえ、菊ちゃん」

八重は一笑に付した。しかし菊代が足しげくやってくる刑事に対して、そんな判断をするのもわかる気がした。

「いちどね」

菊代は白い小鼻のあたりをふくらませていった。

「あんたがいない時にきてさ、あたしとおかみさんに、あんたの生れ故郷のことをしつこく訊いたわよ」

「………」

「おかみさんだって、くわしいことは知らないでしょ。青森県の北の方だっていったけよ。そしたらね、あの刑事、手帳をだしてさ、いちいちエンピツで書いていくのよ。あんたのことが気になるのね。きっと……」

八重は菊代のウチワのような丸い大きな顔を見た。

「あたしの田舎をきいて、何になるのかしら」

「変よね、小川ちゃんのことを訊きにきてんのか、あんたのことを探りにきてんのか、どっちだかわかりゃしない」

「いやだ、いやだ」

と八重はいって顔を歪《ゆが》めた。

「あたしね、こんど来たら、塩をまいてやっから」

人の好い菊代は、そんな風に刑事の来訪を八重にいうのであるが、八重はじつのところ気が気でなかった。青森県の北の方だとおかみが教えた事実があるなら、勝見刑事は、すでに下北半島をマークしているにちがいないのであった。

小川真次の犯したウドン粉の抜き取りと、八重は関係はない。ただ、二万七千円の金を十日ほどあずかっただけのことである。しかし、犬飼多吉のことを知られるのは、八重は恐ろしかった。

八重は犬飼からもらった金を費《つか》っているからであった。かりにあの金を犬飼が盗んだものであったら、盗金を八重は、半ば知っていて、費ったことになる。それに、函館署の弓坂警部補から犬飼のことを訊ねられた時、嘘《うそ》をついている。嘘をついて、もらった金を費いこんでしまったのだ。犬飼の逃亡を幇助《ほうじょ》した罪と、盗金を処分した罪だ。

八重はこの悪事が露見することを何よりも恐れている。犬飼とのことにくらべれば、こんどの小川真次とのいきさつは何でもない。ただ、すれ違っただけのことぐらいに考えていた。

八重は、小川真次に抱いていたほのかな愛のようなものが、こんどの事件でうすれてきてしまっていることを意識しないではおれなかった。たとえば、それはきれいなハンケチを大事にしまっていて、ふと地べたに落したためにシミがつき、愛情がなくなって捨ててしまいたい気持になる感情と似ていた。

八重は、小川を真面目だと信じていた自分がわるかったと思いかえすのである。

〈やっぱり、男って信じちゃいけないんだわ……〉

八重はそう思うのだった。

だが、小川へのあきらめはつくにしても、毎日訪ねてくる勝見刑事の顔を見ていると、八重は大きくおびえねばならない。菊代がびっくりするほど、八重は勝見の眼から逃げようとしている。

「あんた、なんでもないんだから、正々堂々とあの男に会ってればいいじゃないの」

菊代は同情する眼もとでいった。

「でもね、あたし、あの男、前から好かないのよ。イヤな眼つきをするでしょ。吐気がするほど嫌《きら》いだわ」

「おかみさんもいってたよ。しつこい刑事だって……甘味部の方でね、あんたのお風呂へいってる時間など一時間も坐ってることがあんのよ。仕方がないから、おかみさん、利七さんにおしるこつくらせて、たべさせるでしょ。するとね、あの刑事、結構です、わたしは職務上ここへ来ているんだから、そんなものを戴《いただ》いたら汚職になりますいうのよ……なかなか箸《はし》に手をつけないのよ。でもね、五分間ほどすると、それじゃ、いただきますかな、いって、ゆっくり箸をとりはじめるのよ。このあいだなんか、おかみさんがおかわりをすすめると、それじゃ、お言葉にあまえていただきますかないって、二杯めもたべてたわ。闇《やみ》の砂糖でしょ。おいしいにきまってるわよ。それをね、あの刑事、渋い顔してたべてんの」

菊代は軽蔑《けいべつ》するようにいう。しかし、その眼の裏には、八重が小川と何かあったにちがいない、という疑いが宿っているのだった。そのことがわかるから、八重をかばっているのだと、菊代は正直に眼を光らせている。

八重は人の好い同僚の眼を見ると、いつかはこの女も刑事のいいなりになって、自分の敵に廻るような気がしないでもなかった。

八重に富貴屋の勤めが重くなりはじめたのは、このころからである。菊代の眼もその理由にはなったけれど、大きな原因は勝見刑事の来訪であった。

八重はいつまでも富貴屋にいると、勝見刑事の口から、犬飼の線までうたがわれてゆく気がした。早くこの店を辞めねばならない。

だが、富貴屋を辞めるにしても、刑事を恐《こわ》がって辞めたということがわかれば、いっそう刑事の眼は追いかけてくるにちがいなかった。小川真次との仲をうたがっている刑事は、八重にしつこくつきまとうことによって、小川の匿れ場所をつきとめる唯《ゆい》一《いつ》の方法としているかにみえるからだった。

〈どういってこの店を辞めたらいいだろうか……〉

八重は四月に入ると、そのことばかりを考えながら店に出るようになった。

〈一日も早くこの店を出なければならない。刑事の目の届かぬところへゆかねばならない……〉

といって、どこへゆくあてがあったろう。

ふたたび、八重は「女店員募集」の貼紙《はりがみ》を探して、どこか他の町へ移り住んでゆくことを考えた。一軒や二軒の店を転々とするくらいでは、勝見刑事の眼から逃げることはできまい。

〈そうだ、迷路のような東京の隅《すみ》っこへ、名前もかえてすっぽりと匿れてしまうんだ……〉

第十一章　娼婦《しょうふ》の町

一

杉戸八重が、ふたたび軀《からだ》を売る町へ堕《お》ちてゆくことに決心したのは、池袋署の勝見刑事の眼《め》から逃げるためだった。八重は、これまでに新宿、池袋と、二軒の呑《の》み屋を転々していた。呑み屋の方が、娼婦の町にいるよりははるかに自由で、軀も楽だし、働き甲斐《がい》もあることを知っていた。しかし、早急にどこかへ姿を消さねばならないとしたら、八重には遊廓《ゆうかく》がよいと思えた。馴《な》れていたからである。どこにしろ、娼婦の町へ入りこんでしまえば、呑み屋などとちがう同僚の庇護《ひご》もあるし、娼婦たちにはお互いの秘密を守る黙契のようなものがあった。

八重は大湊《おおみなと》の「花家」の生活を思いうかべた。「花家」にも、五、六人の同僚がいた。どの女たちも過去の重荷を背負っていた。ここまで逃げてきたといった者ばかりだった。いたわり合いながら、働いていた日々のことを思うと、富貴屋の菊代のように、口先だけは同情しているようにみえても、いつ、敵側に廻《まわ》るか知れないような思いはしなかった。たとえ、悪いことをしてきた女であっても口を緘《かん》して護《まも》ってくれるのが娼婦たちのよさであった。

〈やっぱり、あたしは遊廓へゆこう……〉

八重の心にはっきり決意が生じたのは四月はじめである。遊廓へ住込んでしまえば、勝見刑事の眼からも、小川真次の眼からも逃げられる。

正直なところ、小川に対する恋情はまだ残っていた。会えば、八重はずるずると小川との絆《きずな》が戻《もど》ってゆくことはわかっている。しかし、それは危険なのであった。いつか小川は捕まるだろう。

八重は休日を利用して、東京都内の遊廓を歩いてみようと思った。東京には数多い遊廓があった。人づてに聞いてみただけでも、新宿二丁目、洲崎《すさき》、吉原《よしわら》、鳩《はと》の街、玉の井、小岩、立石《たていし》、亀戸《かめいど》……。それらの町はとうてい一日では廻り切れないほどであった。どの町がよいかということも判断がつきかねた。八重は四月五日に、新宿二丁目を歩いた。

ここは大湊などとくらべて、はるかに大きな遊廓だった。建物も大きかったし、道路もひろかった。八重が歩いたのは昼すぎだったが、どの店も戸を閉めていた。しかし、二階の窓はあいていた。セーターを着た女たちが、物干し場に出て、下着を干していたりするのが眺《なが》められると、八重は立ち止って眺めた。なつかしさがこみあげてくる。「花家」にいた時も、娼婦たちは、みな洗濯《せんたく》が好きで、午前中はいい合せたように井戸で円くなって下着を洗ったものだ。

八重は迷路のような二丁目の路地を歩いた。四、五軒の店に「女子従業員募集、優遇」とした貼紙《はりがみ》がしてあった。おそらく従業員が不足しているのだろう。八重はこのまま、その店にとび込んでしまえば、もうその夜から商売が出来ることも知っていた。しかし、八重は自重した。

畑《はた》の部落から、大湊へつとめに出た時とちがって、八重は慎重だった。東京という魔の都に対する恐れもあったし、ふと、八重の頭を襲ったのは、このような都心の遊廓に入れば、かえって刑事の眼が延びてきはしないかという不安であった。いつ、あの小川が、客になって登楼してこないともかぎらない。

〈そうだ、もっと辺鄙《へんぴ》な町へいこう……誰《だれ》にも気づかれないような、ひっそりした遊廓がないだろうか……〉

八重はその日、考えをあらためて、富貴屋に帰ったが、心はもう、格好な遊廓をみつけて引越してゆくことでいっぱいだった。

八重は、おかみと菊代に疑われないように巧《うま》く逃げねばならぬ。それで、その夜、店をしめたあとで、こんなふうにいった。

「おかみさん、あたしね、田舎へ帰らなければならなくなるかもしれないわ」

鴨居うたは驚いた眼をして、

「田舎へ？」

「そうなの。お父さんの神経痛がひどくなって……、下にまだ弟たちがいるでしょう。お金だけは送って何とかうちの方はやってゆけたんだけど、このごろはお父さん寝付いちゃって……、どうにもならないのよ。畑もあるしね。家のことをする者が誰もいないのよ」

少し、大げさに父のことを言ったのである。おかみは気の毒そうに人の好い眼をうるませた。

「そうだったわね。神経痛ってどこがわるいの」

「足。山へね、……営林署の下請で出ていたんだけど、木を出す時に膝《ひざ》を打って神経をいためてから思わしくないのよ」

「気の毒ね」

おかみがうなずいて聞いているのを、ウチワのように白い大きな顔をした菊代が、とろんとした眼を疑い深げにむけている。

「でもね、スマちゃん」

とおかみはいった。

「今すぐ、あんたに出てゆかれちゃ、うちは困っちゃう。正直いって、菊ちゃんはこのあいだ来たばかしだしさ」

その菊代は表面だけは同情するようにおかみと八重の方を交互にみているが、眼の隅《すみ》の方でチカッと光をうかべて、八重がこの店を辞めれば、自分が古参株になれるのだという冷たいものをあらわに出した。

「いつ、お父さんから、手紙がくるかもしれないのです。すぐにでも帰ってこいっていってきたら、あたし、大急ぎで帰らねばなりませんから、おかみさんもそのつもりでいてほしいんですよ」

と八重はまことしやかにいった。

「ありがと、なるべくなら、そんなことにならないように祈っているけど、お父さんが病気ならば仕方がないわね」

「菊ちゃん、お願いよ」

と八重は、無関心な表情をして聞き入っている肥《ふと》った同僚を見ていった。

「あたしなんかよりも、菊ちゃんの方が愛嬌《あいきょう》があってさ、お客さまにいつももてているんだもの……おかみさん、心配はいらなくてよ……」

二

江東区亀戸にある遊廓は、亀戸遊廓といわれた。総武線の亀戸駅から北へ約五百メートルほどゆくと新しくつくられた広い道路につき当った。そこから、亀戸天神まで歩いて十分とかからない。この天神へゆく途中に、五十軒ほどの遊廓が三筋ばかりの道路に向きあって並んでいた。

もともと、この町は深川木場《きば》や、錦糸町《きんしちょう》あたりを中心とする下町商店街の店員や、主人たちの憩う三業地だった。戦災をうけて一帯は焼野と化したが、いつやらほどから、この三業地あとの一角に遊廓が生じ、建物はうすっぺらな安建築ではあったけれど、どの家も、三、四人の妓《おんな》を置いて、客をよびこんでいた。

亀戸は省線の駅がある上に、東武電車の亀戸線もこの町を始点としていたので、かなり交通も便利であった。遊廓は、千葉、埼玉など、荒川を越えたあたりの近在の農家からやってくる青年も多い。

杉戸八重が、この町の空気にひかれたのは、町がひっそりしていたためである。それは一見して、遊廓とは思えないほど静かであった。家もこぢんまりしていた。新宿や吉原のように、きらびやかな装飾のある店はなかった。平家のバラックばかりだ。どの家も申し合せたように表通りから五メートルほど退《さが》って家を建てていて、腰高の窓に囲まれたせまいタタキのフロアが造られてあった。そこにテーブルが一つ置いてあった。鉢植《はちうえ》のあおきがしょんぼり窓からのぞいてみえたりする。陽当《ひあた》りもよいし、どことなくのどかな感じがした。

八重が、その中の「梨花《りか》」という看板のかかった平家の一軒に吸いこまれるように入っていったのは、折から打水をしたばかりのタタキの戸をあけて出てきた人の好さそうな四十年輩のおかみが、白いワンピースの裾《すそ》から、二センチほど桃色の湯文字《ゆもじ》をのぞかせ、無心に表通りの草取りをはじめたからである。

「ごめん下さい」

と八重はその女のうしろ姿へいった。おかみはむっちりしたお尻《しり》をあげて、細い眼を向けて八重をふりかえった。

「あたしを、ここで働かせてもらえないでしょうか」

八重は最初にはっきりいった。もじもじしていたって仕方がないのであった。おかみは、八重の顔と軀つきをじろじろ瞠《みつ》めていたが、やがてよごれた手をこすって土を落しながら、

「こっちへおはいんなさい」

とやさしくいった。

「田舎から来たの」

「はい。でも、少しの間だけ池袋の方で働いていたんです、そこ面白《おもしろ》くないもんですから、やめようかと思うんです」

「池袋って……あんた、三業地？」

「いいえ、呑み屋です」

八重は口頭試問にあっているような気がした。しかし、話してみればみるほど、このおかみはやさしい心をもっているように思えた。だいいち、顔が美しい。シミ一つない白い肌《はだ》をしていた。物言いも、普通の家の奥さまといった感じがするのだった。富貴屋の鴨居うたも、その意味ではいいおかみだったといえたかもしれない、だが、このおかみの方がはるかにいい。どちらかというと顔つきは、大湊の「花家」の近所にあった末広のおかみに似ていると八重は思った。年は四十二、三であろうか。

「いくつ」

「はい、二十五です」

「そんなにみえないわね。三といったって通る顔よ。キメがこまかいから……」

八重はわずかに上気した。おかみはタタキからニスを塗った木のついたての向う側にゆくと、そこが上がり口になっているらしい廊下をのぞいて、奥の方へ半身をのばすと、ピースと灰皿《はいざら》をもって出てきた。

火をつけると、

「池袋へくるまではどこにいたの」

「……」

八重は口ごもった。嘘《うそ》をいおうかとすぐ考えたが、おかみの糸のような細い眼にあうと自然と本当のことが出た。

「青森の田舎にいたんです。お父さんが軀がわるいので働きに出たんです……」

「わるいって、どこがわるいの」

「神経痛なんです。付近に温泉がありますのでね、湯につかっておりさえすればいいんですよ。それで、あたし、働いて、どうしてもお金だけは送らねばならないんです」

真剣な眼もとになる八重の顔を、相かわらずおかみはじろっと瞠めていたが、

「だって、あんた、こんなところで働くのはじめてでしょ」

といった。

「はい」

と八重は大嘘をついた。しかし、おかみの眼は瞬間、敏捷《びんしょう》に動いていて、八重がすでに池袋へくるまでに、田舎で軀を売ってきたような匂《にお》いを嗅《か》いでいる。

「二十五なら、しっかりしておれば、何でもないけどねェ……、イヤなお客さんだってあるから。つらいこともあること知ってるでしょうね」

「はい、覚悟はしています」

八重は哀願するような眼もとになった。おかみは灰皿にタバコを捨てると、こっくりうなずいている。

もとより、杉戸八重は、この種の店につとめて退《ひ》けをとるような器量ではなかったのである。草むしりをしていたおかみが、驚いてふりかえったほど、素人《しろうと》っぽい感じがした。

おかみは内心では、思いがけない上玉が迷いこんできたことを驚喜していたに違いなかった。

「あなたさえ、まじめに働いてくれるんだったらいいことよ。うちには四人いるの。お部屋も余分があるしするし、もう一人ぐらいほしいと思っていた矢先だから、主人にたずねてみますけどね、たぶん、いいというにきまっているわ」

とおかみはいった。

「あんたちょっとそこで待っててちょうだい。主人をよんでくっから……」

おかみは湯文字をひらひらさせてつっかけを無造作にぬぐと、足音をさせて奥へ上がっていった。しばらく間があった。八重は空洞《くうどう》のようなタタキの部屋を眺めまわした。窓があるきりで何もなかった。鉢植のあおきが埃《ほこり》をあびて茶いろに変色している。向いにも同じような構えの店があるが、そこは戸がしまっている。

まだ三時すぎだったから、妓《おんな》たちは風呂へでもいっているのか、静かな空気が、午後の陽ざしの中を流れていて、もう一軒隣のトタン葺《ぶき》の屋根の上で、黒猫と三毛猫がじゃれている。奥から足音がしておかみがのぞいた。

「ちょっと、あんた何ていったっけ」

「八重っていいます」

八重は口をついて出る正直な名をいった。

「八重ちゃんか、いい名ね。ちょっと、あんた、そこは何だから、奥へおあがりよ」

おかみはうきうきしたように顔つきを変えていた。

案内されて、はじめて覗《のぞ》いた廊下はずいぶんうす暗かった。八重は天井の低い家だなと思った。しかし、鰻《うなぎ》の寝床のように奥へゆくほどに広くなり、左側は台所や風呂場や、茶の間があって、右側は、妓たちの部屋なのであろうか。ドアのついた戸口が四つならんでいる。

おかみについて廊下のつき当りにきた。

「ここで待っててちょうだい。うちの人がくっからね」

そういって、おかみは襖《ふすま》をあけた。がらんとした六畳の間だった。しかし、まだ新しかった。押入れのひらきになった襖紙に、千鳥と波の模様が描かれていた。

八重はほっとした。富貴屋のスレート屋根の下の、あの三畳の部屋と比べたら、何と広々とみえたことだろう。八重は座蒲団《ざぶとん》をおかみに出されてびっくりした。

「あんたは、素直なところがあるから、きっと主人はいいっていうにきまっているよ。顔はこわいようだけど、うちの人はいい人だからね、正直なことをいうんだよ、あんた。……近ごろはね、警察が喧《やかま》しくてね、いろいろとはじめに、きくことをきいておかないと、あんたたちを入れるんだって、なかなか骨が折れるのよ」

おかみは何げない風にそんなことをいって襖をいったん閉めて出た。

杉戸八重は取りのこされたようにそこに坐《すわ》った。
〈警察がやかましい……〉
八重はまたここで背すじが冷えた。
〈いったい、自分はどこへゆけばいいのか……〉
眼頭《めがしら》に熱っぽい血がのぼってくる。

三

「梨花」のおかみが、警察が喧しいといった意味は、厳密にいってみると、警察は抱《かか》え主《ぬし》側に厳しくしているのであって、抱えられる妓《おんな》たちにきびしいというわけではなかった。
終戦と共に、民主革命が起きて、遊廓などの封建色の濃い風俗営業は、かなり働く者の側に有利なように法的措置が取られた。杉戸八重は、大湊の「花家」にいたので、そのことはよく知っていた。昔のように、働いた金の大部分は抱え主にしぼり取られて、妓には一割ぐらいしかもらえないといったことはなくなっている。抱え主と妓は四分六の割りで、妓に四分がもらえるというのが「花家」の方法《きめ》だったし、東京では、すでに、妓たちは抱え主に、下宿料を支払い、歩取りで稼《かせ》ぐといった遊廓もあるということを聞いていた。事実、この亀戸の「梨花」も妓から室代を取り、妓が花代として稼いだ分は、全部妓の収入となるように仕組んでいる。室代のほかに、食事代を取るが、抱え主たちはだいたい妓の収入中の四分ぐらいは取得している勘定になった。それ以上のことは出来なかった。

八重が、六畳の間の西陽のさすガランとした部屋に待たされていると、やがて、廊下にスリッパの音がした。二、三人の女が上がってくる足音であった。風呂へでもいっていたのか。向い側のそれぞれの襖のあく音がして、やがて端の部屋から、レコードがきこえた。「湯の町エレジー」という、八重も富貴屋でよく口ずさんだ歌である。妓たちは、自分たちの部屋に、それぞれラジオだとか、ポータブルとかをもっているのだろうか。大湊などとちがったぜいたくさが偲《しの》ばれる。八重は取りのこされたような暗い気分から解きほぐされてゆくような明るさをおぼえた。

と、この時、廊下にべつの足音がした。襖があいた。色白のおかみが顔を出して、

「待たしたわねェ」

といって入ってきた。そのうしろに、背の高い四十五、六の、ワイシャツの上に鼠《ねずみ》色《いろ》の背広を無造作にひっかけた男が立っている。髭面《ひげづら》だったが、細面《ほそおもて》のすんなりした

顔をしている。おかみのいったように、眼がするどかった。左頬《ほお》下に二センチほどの刀傷らしいものがある。これが主人らしい。

「八重さんいうんだよ、お前さん。青森の方にいたんだけどね、お父さんが神経痛でさ、東京へ出て池袋の呑み屋で働いてたんだよ。やっぱり収入のいい方がいいってね……うちへ傭《やと》ってくれって今し方来なさったんだよ」

おかみはだまってそこに立っている男に、にこにこしていった。

「青森だって……」

と男はつぶやくようにいって、おかみのわきにあぐらをかいた。じろっと八重の顔と身装《みなり》を見ている。おかみはすす早くうしろの襖を閉めた。

八重は人相のあまりよくない主人をみて、いくらか失望した。しかし、この主人は、話してみると、そんなでもなかった。第一印象がわるかっただけである。声が細くて、やさしい話しぶりにもどことなく気弱さがあった。

「お母さんは？」

と男はきいた。

「死にました」

「そりゃ、気の毒だね、病気で？」

八重は、皮むきに出かけて、木の下敷きになった母が、大怪我《おおけが》をして死んだ日のことを、またここでかいつまんではなした。

「お父さんも、神経痛なんです。それにね、お爺《じい》ちゃんもまだ生きてるんですよ。もう八十ですからね。お爺ちゃんは寝たり起きたりです。あたしの下に弟がふたり。上の方は二十一になりましたから、もうどうやら一人前になって稼いでいますけど、下の方はまだ十七なんです……」

「上の弟さんは何をしているのかね」

「戦争中は大湊の工廠《こうしょう》で、少年工をしてました。いまは村へ帰って、お父さんと一しょに営林署の下請仕事に出ているんです」

「というと、山か」

と、主人は、気の毒そうな眼をして八重をみた。母を奇禍によって死なせ、その山へまた父も息子も働きにいっているのだというこの女の故郷の暮しむきに、哀れをおぼえたらしいのであった。

「はい、山の多いところで……木を出すか、炭を焼くしか仕事がありません」

「田圃《たんぼ》は？」

「畑に陸稲《おかぼ》をつくるんです。水田は少ししかありません」

「よっぽど、山の奥なんだな」

と主人はまたつぶやくようにいった。

「はい、大湊から川内《かわうち》へ出て、そこから森林軌道に乗って三時間も奥へ入るんです……」

主人とおかみは顔を見あわせた。二人とも八重のはなしにうなずいていたが、そんな山奥の村からとび出てきた女にしては、ずいぶん垢抜《あかぬ》けした色白の美しい顔立ちをしているな、といった驚きの眼だった。

「それにしても、八重ちゃんは美しいよ、お前さん」

とおかみはいった。

「うちで働けば、あくる日からごひいき客がつくにきまってるよ。ねえ、あんた」

おかみは主人の方をみた。

「いいわよね、このひとにきてもらってもさ」

「うん」

と主人はいった。すでに、傭入れることに決めるはなしは、帳場ですませてきた顔つきである。と、この時、主人はいった。

「配給通帳があるだろうね、八重さん」

「……」

八重は思わず主人の顔を見た。

「なに、今すぐでなくてもいいんだよ。……ここへ通帳をもってきてもらわんといけないんだ。どっちみちうちは闇《やみ》の米をみんなにたべさせているんだけどね、そうしてもらわないと、警察も喧しいんだよ」

「はあ」

八重は畳を見つめてだまっていた。旅行者外食券をもって東京へ出たのだ。その期間もきれている。主食の配給券は畑《はた》の部落に残していた。一人分でも配給の米が父の許《もと》に残っておれば、それだけ闇米がたすかると思っていた。二人の弟たちはたべ盛りだし、山仕事は大きな弁当箱をもってゆかないと、とても大人たちにまじって、伐出《きりだ》しが出来ないことも八重は知っていた。

「配給は、畑の方に残してきているんです。うちがそんなもんですからね、少しでも配給米があればと思って私の分はおいてきたんですよ」

と八重は困ったような顔になっていった。

「それは困ったなァ」

と主人もおかみと顔を見あわせた。しかし、すぐにっこりしていった。

「そんなわけなら、まあいいや。妙子。なんとか、警察の方はならァな」

八重に心がわりが起きることを案じている顔だった。

「池袋の方はどうなってるかしらんが、あんたの都合のいい日に引越して来なさいよ。いつでも、この部屋をあけて、待ってます。ここは清ちゃんていってね、若い妓《こ》がいたんだけど、お客さんにいい人が出来て……結婚してひと月ほど前に出ていったんだよ。お前さん、縁起のいい部屋だよ」

おかみはそんなことをいって立ち上がると、湯文字の出ているワンピースの裾を、ひらひらさせてせわしなく茶をはこんできた。

四

亀戸遊廓の「梨花」の主人は本島進市といい、その妻は妙子といった。本島は四十九歳だった。もともと、この町に古くから住んでいた男で、「梨花」のある本通りから駅に向って出た大通りの反対側で、かなり大きな割烹店《かっぽうてん》をひらいていた。その先代の屋敷を売払ってしまうと、この遊廓の土地にきて、現在のバラックを建てたのである。先代の屋敷を売ったのは戦争中のことで、料理飲食店がやってゆけなくなったためと、どうせ空襲で焼けてしまうのならという自暴的な気持も手伝って、本島は軍需会社の寮に売ったのだ。その時、現在の土地だけは買っておいた方がいいと思って残しておいたのが、福島の疎開《そかい》先から帰ってみると、先代の店は焼け、焼野原になった土地だけがのこっていた。いってみれば、風俗営業も戦後派であったといえる。しかし、本島は亀戸に長かったから、置家の裏側はよく知っていた。近くに、身近な同業者もいて、何かと教えてもくれた。どうやら、「梨花」は五十軒の店の中でも上位となり、彼は選挙で推されてこの土地の役員もしている。そんな地位の手前もあって、主食配給通帳もない旅の女を傭入《やとい》れたとなると、ほかの店の手前もある。警察の眼よりも業界の統率上の面から本島は困ったのである。しかし、いま、鳩《はと》のように迷いこんできた軀つきも健康で器量もよい杉戸八重を、ほかの店にとられてしまうのは損だという気がした。

結局、八重は、本島と妙子の眼にかなったのだった。主食の通帳がなくても、内聞にして住みこんでいいということになった。八重は嬉《うれ》しかった。

その日、八重は亀戸の「梨花」を辞去したのは正午ごろであったが、平家建の多いこの土地を三十分間ばかり歩いて駅へ出た。

大きな銭湯があった。まるでお寺かお城のようなその銭湯の建物はそり棟《むね》の新建築で、周囲のバラックをへいげいするかのようにそびえていた。このような明るい風呂へ入れると思うと、ごみごみした池袋の古い湯垢《ゆあか》のみえる銭湯がイヤになった。銭湯だけではなかった。土地ぜんたいが明るいのであった。一日も早くこの土地に住みたくなった。

富貴屋へ帰った八重は、甘味部のタタキを掃除しているおかみにいった。

「おかみさん、あたしね、やっぱり青森へ帰ることにしますよ」

鴨居うたは皺《しわ》くちゃの額のせまい顔をきょとんとさせて八重をみた。困った顔になった。

「手紙でもきたの、八重ちゃん」

「それがね、おかみさん」

八重はひと息入れて、頭の中で嘘《うそ》の言葉を考えながら、ゆっくりいった。

「あたしね、今日、神田にいる時ちゃんのところへ行ってきたんですよ。時ちゃん、二、三日前に青森へ帰ってたいうもんでね。うちへも寄ってきてくれっていっておいたから、様子を訊《たず》ねてきたんですよ」

黒人兵の囲い者の葛城時子《かつらぎときこ》のことだが、彼女に青森へ帰るようなヒマはないことは知っていた。しかし、おかみに信じてもらうためには、同郷の友だちの名はこの場合大きく役だったのだ。

「お父ちゃんは悪いいっぽうで、寝たきりでしょ。弟は、山へいくんだけど、畑の方は誰もお守《も》りしてないんですよ。陸稲《おかぼ》も麦畑も、草茫々《ぼうぼう》だし、といって、傭い人《やとど》まして穫《と》るほどのお米や麦じゃありませんでしょ。お爺ちゃんも困っちゃって、まがった腰をひきずって谷の方へ草取りに出てはいるけど、とてもおっつかない。東京へいったら、ぜひ、あたしに帰ってくるようにって、時ちゃん、ことづかってきているんですよ」

「……………」

鴨居うたは、八重のはなしに人の好い顔をくもらせた。

「そうお。そんなんじゃ仕方がないわね。うちのことばかりいって、あんたを足止めしているのもわるいわ」

真実、八重の故郷の事情には同情しているのだった。しかし、八重は、そのことについては満更、全部嘘をいっているのではなかった。まったく、畑の部落の実家はそのような事情といえた。しかし、八重にすぐにでも帰ってきてほしいというようなことはいってきていない。

八重が東京で働く金が、命の綱であった。足の悪い父は、すでに営林署の下請で山へ行くことはやめて、一日じゅう家にぶらぶらしているはずであった。弟はふたりとも、付近の日傭人夫として稼ぎに出ているが、それも毎日のように仕事があるわけでもなかった。祖父は飯炊《めした》きやら洗濯《せんたく》をして、足のわるい父を助けているということである。そうした暮しも、八重が東京から、金を送るから可能なのであって、八重が村へ帰ってどうなるわけでもなかった。

八重はいまや一家の出稼ぎの旗頭《はたがしら》であり、まったく一家の命の綱をにぎっていた。

〈早く亀戸へゆきたい。早く亀戸で稼ぎたい。一日も長く池袋にいるわけにはゆかないのだ。勝見刑事と、小川の顔がいつ現われるかしれないのだ……〉

小川と関係をもつことは、八重の素姓が、函館署の弓坂吉太郎警部補に報告される契機となるにきまっていた。弓坂警部補に捕まれば、八重は奈落《ならく》につき落される。もう東京で働くことも出来ないだろう。そうしたら、畑の部落の父も祖父も、弟たちも、糧道を絶たれて死んでしまう。

杉戸八重は鴨居うたの顔をみながら、瞼《まぶた》にじっとりと涙をにじませていった。

「おかみさん、勝手だけど、あたし、あした青森へ帰らせてもらうわ、お願い」

鴨居うたは真剣な八重の顔つきに、うなずかざるを得なかった。

杉戸八重が富貴屋を出たのは五月二日の朝のことであった。朝からどんより曇った日で、池袋ジャングルの空は重たい鉛色の雲がひくたれこめていた。柳行李《やなぎごうり》と風呂敷包みを一つもった八重は、広場の横にあった引越屋のリヤカーをたのんで、おかみと利七と菊代に送られて路地を出た。駅まで送ろうという申入れをことわって、八重は、スイトン屋や代用食店の屋台にむらがる汗ばんだシャツの若者たちの雑踏の中へすばやくまぎれこんでいった。

五

亀戸遊廓の「梨花」へ来る客は、千差万別といえた。若者もあれば、中年男もいた。当時はまだ、東京への転入は制限されていたので、疎開地に家族だけをのこして、東京の仮住居で不自由な生活をしているといった男がかなりあった。いきおい、そうした独身男が、性欲のはけ口を求めて、この地帯へやってくる。闇屋《やみや》もあれば、サラリーマンもいる。うす明るい「梨花」の表に面したタタキへ、客たちは蛾《が》のように吸いこまれてきた。

もっとも、公的に承認された売春街のほかに、上野、有楽町、新橋、新宿といった盛場の隅では、いわゆる私娼《ししょう》が客をひいていた。彼女たちは、いつやらほどから、パンパンという名で呼ばれるようになり、街角で客をくわえこむと、契約しておいた宿屋へつれこみ、そこで、軀《からだ》を売るのだった。こうした女たちのために、盛場から少しはなれた場所に俄《にわか》づくりの安建築の屋根に♨のマークをかかげた宿が待つようになった。

東京は戦前からある吉原、新宿、洲崎、玉の井などに加えて、亀戸、鳩の街、小岩パラダイス、立石など、新興遊廓が擡頭《たいとう》してきている上に、そのような私娼たちの活躍も目ざましいものがあって、考えようによっては、全都をあげて娼婦の街と化したといっても誇張ではなかった。

杉戸八重が考えたように、娼婦となることは女たちにとってもっとも安直に金を得る手段といえたのである。じっさい、当時、（昭和二十三年の春から夏にかけての）一般市民の生活は、インフレへの道を驀進《ばくしん》していた。片山内閣から芦田《あしだ》内閣が立ち、昭電疑獄という醜事をひき起して、倒れてしまうと、再び吉田内閣が誕生して、首相が言明した五百円生活という合言葉は画餅《がべい》となり、またたくまに、官公吏の給与ベースは五千三百三十円といううなぎ昇りを示すに至った。まじめに政府のいうことを聞いておれば、すき腹を抱えて餓死寸前をさまよわねばならない。統制を破る闇屋が跳《ちょう》梁《りょう》して、赤坂、新宿あたりの高級料亭《りょうてい》では、禁制の白米や日本酒が、一部の人士だけに裏口営業と称して出されているに反し、都内の主食配給所は、米もウドン粉もなく、遅配は十日、十五日とつづき、ついに欠配するという事態が見られた。闇商売をやらなければ生きてゆけなかった。闇の金を得て、闇の米を買わないかぎり都民は餓死した。

こうした世情が、サラリーマンや、復員者たちをいっそう捨鉢《すてばち》な、自暴的な生活へ追いこんでいったのだ。娼婦の街が栄えたのもこの理由による。「梨花」のタタキへ吸いこまれてくる客の中には、なけなしの給料を、酔った勢いですっからかんにしてしまう一見真面目《まじめ》そうな中年男もいたし、ポケットにバラ銭をつっこんだまま、気前よく妓《おんな》のいい値で登楼する十九や二十の闇屋の若者もいた。

八重は「梨花」へきてからよく売れた。それは、八重の容貌《ようぼう》と軀つきが、男好きしたせいであるが、何より、八重は客に対して愛想がよかった。八重は亀戸へきて、「晴美」という名を名乗った。おかみの妙子が、明るい名の方がいいといって、そんな名をすすめたからである。正直、八重は、どんな名前でもよかった。杉戸八重という本名と、青森県の下北にある大湊の「花家」にいた過去さえ抹消《まっしょう》されればそれでよかった。

弓坂警部補と、池袋署の勝見刑事と、都民のウドン粉を詐取《さしゅ》して逃亡している小川から逃げられればよかったのだ。

しかも、八重は軀を売ることに自信があった。健康な八重の軀は、一日に四、五人の客を相手にしても、ぴちぴちしていた。しなびることはなかった。八重の色白な軀は、いつも心もちしめっていた。そうして、それは、男たちにとっては、得難《えがた》い魅力となった。

八重には、きまって通ってくる若者や中年男が出来た。しかし、八重はこれらの客に愛想よくふるまいはしたけれど、誘いに乗って、特別に親しい間柄《あいだがら》となることをさけるように努めた。男はもうたくさんであった。小川とのような目にあえば、また、この「梨花」を出なければならない。主人の本島と、おかみの妙子は、最初の印象どおり、なかなか、八重に親切にしてくれたから、居心地もよい。八重は「梨花」に潜伏して日数を稼げば、過去の生活から逃げられると信じた。

杉戸八重が、月に二どの公休日である金曜日を利用して、久しぶりに末広町にいる葛城時子を訪ねていったのは、梅雨があけたばかりの暑い陽の照りつける七月はじめだった。八重は水玉のワンピースに、ハイヒールを履き、エナメルを塗った白いハンドバッグをもって出かけた。

時子の家の玄関へ入った時、八重は、そこに昔のままのネグリジェをきた時子といくらか手垢《てあか》のついたタンスや卓袱台《ちゃぶだい》などの調度品をみたが、時子は八重の顔をみるなり、なつかしそうに頬笑《ほほえ》みかけてきてこんなことをいった。

「あんた、どこにいるの。居所をしらせないでさ。いつかの男の人が何どもたずねてきて、わたし、困っちゃったわよ」

赤くそめた髪へふた巻ほどまきつけたターバンをはずしながら、時子は外人好みに化粧した眼をいっそうつりあげていった。

「いったい、あの人、あんたとどんな関係の人？」

六

八重は瞬間、ここへきたことを後悔した。やはり、弓坂警部補が訊《たず》ねにきたかと背すじが冷えたのだ。しかしふと時子の物言いには、その男は弓坂でないようなひびきもこもっている。

「あたしとどんな関係って、あたし、そんな男のひと知らないわよ。どんな人、その人？」

「ほら」

と時子は横坐りに坐って、ボタンをはずした裾前《すそまえ》から痩《や》せ細った薄黒い膝《ひざ》のあたりを露出していった。

「あんたが東京へきて間もなくここへきた人よ。背のひくい、丸い顔をした人でさ。眼つきのわるい人よ」

見当がつかなかった。そんな男がたずねてきたことは聞いていたが、弓坂警部補でなければ、弓坂から依頼された刑事だろうか。

「あたしの親類筋にあたるっていった人？」

「そうよ。その男よ」

「嘘《うそ》よ。親類だなんて……きっと、大湊時代のお客の一人よ。それにちがいないわ。あたし、そんな人とつきあってなんかいなかったもの」

時子はしかし腑《ふ》に落ちぬような顔をした。

「でもね、それにしちゃ、少し熱心すぎやしないこと。どこにいるか教えてくれって、しつこく訊《き》くのよ。あたし、知らないっていうと、玄関先に坐って動かないのよ……このあいだもね、あたし、黒門町に買物にいった帰りに、何げなく、そこの焼け跡に建ちはじめているバラックの大工さんたちの仕事を見てたら、草っ原の方にかくれるようにして、その男がこっちをうかがっているのよ。気味がわるいもんだから、あたし、ぷいと顔を横に向けて、帰ってきちゃったけど……あたしが、あんたをどこかへかくしたとでも思ってるのかしら」

八重も気味がわるくなった。時子の家をそんなにしてまで張込んでいるのは刑事にきまっている。

「警察の人らしかった？」

「警察じゃないわよ。警察の人は弓坂さんよ。あの人あれっきり来ないわよ」

と時子はいった。

「刑事だったら手帳を見せるのがあたり前でしょ。その男の人は警官じゃないのよ。変にあんたに会いたがっているのよ」

とすると、それは犬飼多吉であろうか。犬飼ならば、六尺ちかい大男なのである。そんなこそこそした男ではないはずであった。

「不思議ねェ。あたし、とにかく、そんな人につけねらわれることなんかしたおぼえはないわ」

と八重はいった。すると時子は瞬間、猜疑《さいぎ》走った眼を八重に投げた。が、すぐに、またもとの眼にもどって、

「そうでしょうね。函館署の刑事さんだって、もう来なくなったしさ。大湊時代のあ

んたの知ってる人を捜しているいったって……ひと晩だけの客じゃあね」

「ひと晩じゃないわ。ショートで上がった客よ。一時間ぐらいいて帰っていった人なのよ。あたし、そんな人の行先知ってるはずないじゃないの。ねえ。時ちゃん」

八重は半泣きの顔をあらわに時子にむけた。

「気持わるいったらありゃしない」

「ほんとね」

と、時子も同情するようにいって、話題をかえてきた。

「あんた、いまも新宿?」

八重は瞬間返事に困った。しかし、すぐに、用意してきた嘘をいった。

「池袋」

「へーえ、あの時、池袋へ変るかもしれないっていってたけど、あれから、ずっとそこへつとめてんの?」

「そうよ」

と、八重は言葉の端を取った。

「あたしは池袋だけどさ、あんた、まだ、黒んぼさんがくるの」

「うん」

と時子はいった。

「ジョーはもう濠州《ごうしゅう》へ帰ったけどさ、ジョーの友だちが来ているのよ」

「すると、相手の人、変ったわけ？」

「うん」

と時子はすまして答えた。

「仕方がないじゃないの。うちのお父さんの青い砂を東京へ売出すって計画ね、あれ、おじゃんになっちゃったし、また、家でぶらぶらしてるのよ。大間《おおま》の家じゃ、今年のコンブは不作だいってきているし、イカ舟だって、函館の方に大きな工場が出来てさ、そっちの方にとられちゃって、兄さんたちは、舟にのって、おっとめに通ってるのよ。だからお父さん、毎日うちでぶらぶらでしょ。お金もかかるし、手紙がくるたんびに、無心いってくるのよ。いやんなっちゃう」

髪の毛を時子はくしゃくしゃと搔《か》きむしった。しかし、真実、父親を憎悪《ぞうお》しているひびきはなかった。無心の手紙が届くたびに、いくばくかの金を送っていることへの、満足感が顔に出ている。

「あんた、えらいわね」

八重はいった。

「新聞紙や、雑誌や、缶詰《かんづめ》の空缶まで送ってたじゃないのよ……お父さんの仕事、うまくゆけばよかったのに……気の毒ね……」

八重はふと、畑の部落の父や祖父のことを思いうかべた。時子もそうなら、自分も同じことなのだと、諦《あきら》めに似た感慨が襲ってくる。

「時ちゃん、あんたばかりじゃないわ。うちだって、火の車よ。お父ちゃんはもう営林署へは出られなくなったし、弟たちだって、山へゆくことは行ってもさ、臨時人夫でしょ。きまった金になりゃしない、手紙がくるたびに無心よ」

「……」

時子も吐息をついて八重をみた。

「あたしたち、似たような境遇ね。八重ちゃん」

時子はいつになくしんみりしていった。

「こんな暮し、いつまでつづくんだろう、八重ちゃん、あたし、このごろつくづく考えることがあるのよ。黒んぼの兵隊に軀を売って、こんなにがらがらに痩せてさ……とどのつまり、あたしは大間の家へ金を送っただけで死んじゃうのね。何んにも楽しいこと一つもしないでさ」

「……」

八重は時子のどことなく、荒れた生色のない頬をみた。

「あたしたち、馬鹿みたい。家の犠牲になって、軀をすりへらして死んでいくの。このあいだもね、ジョーの友だちのオンリーしてた高崎からきた娘がね、呑み屋をひらいたっていうんで見にいったのよ。そしたらね、バラックの六畳くらいの店だったわ。その娘、二十三だというのに、しっかりしてんのよ。アメさんからもらった金を貯金していてさ、売り店の権利を買っちゃって、独立したのよ。考えてたのね。店をひらくと同時に、オンリーはきっぱり辞めてさ、知らん顔で、ママさんさ。女の子を二人もつかって、自分はカウンターの中におさまって、お客さんと朝から呑んでるのよ。あたし、つくづくそれ見てて、あたしは馬鹿なんだ、あたしは、黒んぼさんから金をもらうけど、みんな身についていない。大間の家のお父さんが、みんな費《つか》っちまったんだ、思うと、腹が立つやら、かなしいやらで……帰ってきてから泣いちゃった」

八重は時子のいうことがよくわかった。八重自身も、そのことを幾度か考えたことがあったのだ。

しかし、八重は時子のように、軀をすりへらしてはいなかった。八重は健康なのであった。弟たちが一人前になってくれれば、もう畑への送金は止《や》めてもよかったのである。つまり、時子のように底なし沼のような思いはしなかったのだ。弟たちが一人前になれば、八重はそれからでも、自分の独立は間に合うと考えていた。しかし、いま、八重は、急に弱気なことを吐く時子の顔が、なんとなく病人めいてみえるのに気づいた。

「あんた、どこか、わるいんじゃない？」

八重はさしのぞくように時子の顔をみつめた。

「わるいことはないのよ。でもね、原因はわかってるのよ」

「何、原因って」

「あたしね、八重ちゃん」

時子は捨鉢《すてばち》な物言いで少し低声《こごえ》になっていった。

「黒い赤ちゃんを三どもおろしちゃったわ。ジョーの時はそんなでもなかったのに、こんどの黒ちゃんになったら、二た月に一回は必ず妊娠しちゃうのよ」

「へーえ」

あきれて八重は時子の脂汗《あぶらあせ》のにじみ出た蒼白《あおじろ》い顔をみた。

「それで、三どもおろした？」

「そうよ。黒んぼの子を生むわけにゆかないじゃないのさ。大間へ帰って、笑い者になるのが精一杯よ。だから、あたし、おろしたの。そしたらね、ちょっと、やっぱり、躯の調子がおかしいのよ」

時子は急に咳《せ》きはじめた。胸でも悪くしたのではないか。八重は眼頭が熱くなってきて、時子からいつまでも眼をはなさないでいた。

「時ちゃん、元気のないことといっちゃいやよ」

八重は渋面をつくった。

「こんなことばかりつづきはしないわ。きっといいことだって、くるわ。こんなことばっかりつづきはしない。いい日がくる。それを待つのよ」

第十二章　歳　月

一

久しぶりに、葛城時子をたずねた杉戸八重は、変り果てた時子を見て心をくもらせた。

嘗《かつ》ての時子は、陽気で冗談をいいづめの女だった。それが、すっかり人が変ったように愚痴っぽくなり、陰気に見えた。荒くれ者の黒人兵をつぎつぎと相手にしてきたために、そのように肌《はだ》が荒れたのだろうか。きめのこまかかった頬《ほお》や、白い生えぎわが目立って美しかったのに、それが見ちがえるように荒れていた。軽石みたいなシミが眼尻《めじり》や頬に出来てざらざらしている。

八重は「梨花」で働いている先輩の中で、一日に十三人もの男を相手にしたと自慢している園江という女の、脂《あぶら》ぎった色艶《いろつや》のいい顔を思い出して比較してみた。時子はやはり、荒淫《こういん》のせいばかりではなくて、軀《からだ》のどこかが病魔に蝕《むしば》まれているようだった。そうでないと、こんなに痩《や》せるのは理解できない。いくら、日本女性が好きだったとしても、相手は遠い海の向うに妻子を置いて進駐してきている軍人なのだ。時日がくれば日本を去ってゆく。欲望だけを、旅先の土地でまぎらわせているだけのことである。時子の痩せた軀を抱いて満足して帰る黒い兵隊が、いま八重には憎らしく思われた。時子の軀を、その兵隊が蝕んだことがわかるからだ。

いっそのこと、黒人兵と別れてしまって、日本人だけを相手にする遊廓《ゆうかく》へ来てみないか、とすすめたい心がわいた。しかし、八重はいいだしたい言葉を咽喉《のど》もとで止めている。時子だけには、亀戸の「梨花」は教えてはならない。

八重は二時間ばかり末広町の家にいたが、黒門町へ買物に出かけるという時子に送られて外へ出た。つい三カ月ほど前までは、まだ焼野原だった空襲の跡を物語る無惨《むざん》な町は、すっかり整地がなされていて、ところどころにバラックや、本建築の建つ音がしていた。

「だんだん、家が建てこんでくるわね」

と八重はいった。省線の通る遠い高架線のあたりから、末広町の都電通りへかけて、ぽつぽつと大小さまざまの家が陽《ひ》をうけて光っている。恒久的な瓦《かわら》ぶき屋根も見られた。それは、町々がようやくにして本腰を入れて復興に取りかかろうとしている風景に思えるのだ。

「あたしの家もね、酒屋さんから借りている家でしょ。新潟の方へ疎開《そかい》していた主人夫婦が帰ってくるんで、出ていってほしいっていわれてるの。だからね、こんど越す時は、黒ちゃんに相談してアパートにしようかと思ってんの」

と時子は歩きながらいった。

「そうね、アパートはいいわね。鍵《かぎ》一つで出かけられるしさ。東京にはいいアパートがいっぱい建ちはじめたから……」

八重は時子が早く末広町の家をたたんで、どこかへ引越してくれることを望んだ。そうすれば、もう、弓坂警部補の眼は追って来はしまい。

「時ちゃん」

八重は何げなくいった。

「あたしをね、たずねて来た人。どんな人か知らないけど、おそらく、大湊時代のお客さんだと思うのよ。そんな人にあたし会いたくないから、もし、こんどきたらね、あんたうまくいっといてね。今のところ、お金もうけで精一杯よ。あたしは男のことなんか考えるヒマはないわ」

「いいわ」

と葛城時子は口のわりには、その男のことはあまり気にしていなかったとみえて、こっくりうなずいていった。

「追っ払ってあげるわ、安心しなさい」

「ありがと、あたし、またくるわね、時ちゃん」

杉戸八重は埃《ほこり》のまいたつ都電通りにくると、時子に会釈《えしゃく》して左右に別れたが、ふと、この友だちと別れたままになり、ふたりは遠ざかってゆかねばならないような気がした。

風のようにそれがよぎった。すると八重は時子が哀れに思われて、何どもふりかえって後ろ姿を眺《なが》めた。時子は買物籠《かご》を細い腕に通して佇《たたず》んでいた。電車のゆきすぎるのを待っているようである。その姿には下北の海辺の町で元気で働いていた面影《おもかげ》はなかった。

ところで――、昭和二十四年は、杉戸八重には、いくらか平穏無事であった年といえた。終戦を迎えて四年たった日本の社会全体は、敗戦当時の耐乏生活から、次第に、景気を取りもどしていって、混沌《こんとん》とした虚脱のような状態からようやくにして、活力を見出《みいだ》しはじめた時期だともいえる。

いま、暦を繰ってみると、この年に、例の下山事件、三鷹《みたか》事件、松川事件という戦後の三大事件といわれるようになった大事件が相ついで起きているし、湯川秀樹《ゆかわひでき》博士が、ノーベル賞を受賞したニュースや、水泳の古橋広之進選手が世界記録を樹立したという明るいニュースなどもあるかわりに、暗いニュースも数多いのだった。シベリア抑留者の引揚げが開始されて、「暁に祈る」で知られた吉村隊長事件。デラ台風やキティ台風による未曾有《みぞう》の被害。松山城や法隆寺の壁画の焼滅。さらに政治面では、シャウプ勧告、第三次吉田内閣の成立など、目まぐるしい変動の年でもあった。そうした動乱の世情の中で、八重たちのいる遊廓は、戦前の活気を取戻《とりもど》したかのように繁栄していった。

年があけて、二十五年の六月になると朝鮮戦争が勃発《ぼっぱつ》した。米軍用の大量の「特需」と世界的な軍備拡張によって、日本の輸出は大きくのびて、デフレからインフレへ。日本の経済は大きく回転していった。景気はよくなった。

杉戸八重は亀戸の「梨花」で二十七歳をむかえた。すでに八重は年齢からいって、「梨花」では最年長といえたのであるが、不思議なことに、まだ八重の軀はぴちぴちしていた。とても三十近い年とは思えなかった。二十三、四に見まちがう色艶のある肌をしているので、客の足は毎夜とだえたことがない。八重は多忙の日々に追いまくられた。

杉戸八重が、弓坂警部補のあの顎《あご》のしゃくれた長い顔も、小川真次の熱っぽい眼も、池袋署の勝見刑事の陰気な顔も忘れたとしても、それは当然のことといえたかもしれない。

歳月がもっとも速く流れた時期である。

二

葛城時子が、板橋の志村町にあるアパートの二階で血を吐き、大山町の水天病院に入院して間なしに死んだのはこの二十五年の秋末の一日であった。八重は時子には亀戸の住所を知らせていなかったので、時子が末広町から板橋へ引越したということは、だいぶたってから聞いたが、病院へ入ったという報《しら》せは、畑の部落を通してうけた。八重は病院へかけつけた。

時子はまだその時は、病室の鉄製のベッドに寝ていた。陽当りのいい部屋で、窓から大きな黒いガスタンクが見えた。憔悴《しょうすい》しつくした彼女は、ベッドの上に起きあがって八重をむかえたが、すでに蠟石《ろうせき》のような蒼白《あおじろ》い顔をしていた。眼だけがとび出ていて、ぞっとするほど痩せている。その時子は八重をみると、涙ぐみ、八重も息をのんだ。

「黒ちゃんがね、病院代や、何やかや、みんなしてくれるのよ。やっぱりあたしには、あの人しか面倒をみてくれる人がなかったような気がするわ。休みのたんびに見舞にきてくれるのよ」

と時子はいった。八重はまだ時子の相手の兵隊はみたことがなかったが、親切なところもあるのだなと思うと同時に、何かほっとするものを感じた。しかし、黒人兵は親切だけれど、病院の看護婦たちは、冷酷な眼で見つめるといって時子はこぼした。

「あたしだって、人間じゃないのサ。黒ちゃんが見舞にくるからって、どうしてそんな眼つきでみなけりゃならないのよ。黒ちゃんだって、あたしのことを思ってくれているからこそきてくれるのよ。人間にかわりないじゃない？　チョコレートやらお菓子をあげるときはぺこぺこしてくるくせにさ。蔭《かげ》に集まると、あたしのことをとやかくいってるのよ、非国民だってあたしのことをいってるのよ。……どうして、あたしが非国民なの。ねえ、八重ちゃん。あたし、口惜《くや》しくて……腹がたったからね、このあいだも、看護婦さんにお茶碗《ちゃわん》ぶっつけてやったのよ」

そんなことを強がりにいう時子のくちびるの色はなかった。ネグリジェのボタンのはずれからあばら骨の出た胸もとがのぞいて、平べったい小さな乳房がみえる。八重はもう時子の命は長くないな、と思った。実際、当時の一般人は、外国兵の囲い女に対しては冷たい眼をなげた。病院の看護婦たちが、時子に対してそのような気持を抱いたとしても無理からぬことだと八重は思った。

「元気ださなけりゃだめよ」

と八重はうなずいて、時子のいうことをきいてやりながら、そんな言葉をくり返した。

八重は、大間の町からきている時子の父親にこの病室で会ったが、以前みた時よりやせていて、時子に似ず細面《ほそおもて》で、つり上がった眼をしていた。想像したように、気力のぬけた老父は、病室の時子のベッドの下におかれたひくい畳敷の床に坐《すわ》って、とろんと眼をむいて、八重をみていた。八重はここにも、時子の軀を蝕《むしば》んだ男が一人坐っている気がした。

八重は買ってきた生花を時子の枕《まくら》もとの花瓶《かびん》にさして帰ってきたが、訃報《ふほう》を知ったのはそれから十日目のことである。時子の死ぬ時は、黒人兵は来られなかったということだった。水をくちびるにひたしてやったのは、大間の父親である。時子は死ぬ時に、「お父ちゃん、青い砂なんぞにお金をかけちゃイヤだよ」といって、五万円の貯金通帳をわたしたということである。葛城時子は病院の裏口から棺に入れられ、下落合《しもおち あい》の火葬場におくられて灰になった。骨を抱いた父親が東京を出発して下北へ帰ったのは十一月五日の夜のことである。

杉戸八重は、一人しかいなかった友だちの死を知って、もうこれで、自分の過去につながる絆《きずな》は断《き》れたと思った。気になっていた末広町に現われた男も、二どとたずねては来まい。函館署の弓坂警部補も、これで、足がかりを失った。

八重は、また「梨花」にもどると多忙な軀を売る商売に追いまくられた。変動する社会の流れの片隅《かたすみ》で、人びとが、次第に敗戦の傷を忘れていったように、八重もまた、過去の人たちの記憶がうすれてゆくのを知ると、おぞましい犬飼多吉との絆から完全に解放されたと信じた。

それから七年の歳月が杉戸八重の娼婦《しょうふ》生活の上に流れた。

杉戸八重が犬飼多吉の思い出を頭によび戻《もど》さねばならなくなったのは、昭和三十二年六月初めのことである。それは偶然ではあったけれども、ある一日の新聞記事が端緒となっている。「梨花」の表のタタキの部屋にさし込まれる朝刊は、妓《おんな》たちの中で先に起きたものが茶の間の卓の上に置く習慣になっていたが、どういうわけか、その日にかぎって、八重は誰《だれ》よりも先にその朝刊をみている。まだ朝早い時刻だったので、表通りはひっそりとしていた。八重は早帰りの泊りの客の靴《くつ》をだして、送って出たあと、足もとのその新聞をとりあげた。

三面記事の上段に、二段組の活字でこんな記事が目に入ったのだ。

「刑余者更生事業資金に三千万円を寄贈。舞鶴《まいづる》市の篤志《とくし》家樽見京一郎《たるみきょういちろう》氏が発起人で、更生施設の新設運動活潑《かっぱつ》化――」

何げない記事ではあったけれど、八重の眼が吸いこまれるようにその記事に落ちたのは、記事の冒頭部に掲げられた二段の縦位置顔写真であった。たしかにその人物は、犬飼多吉に似ていた。

〈似ている……〉

八重は思わず息を呑《の》んでその写真をみつめた。八重は大急ぎで、三十行にみたない簡単なその一民間人の美挙にかかわる記事をよんだ。記事の内容からは、樽見京一郎と名乗る篤志家が、犬飼多吉であるという資料はどこからも出てこなかった。しかし、写真は瓜《うり》二つといえるほど酷似している。

〈犬飼さんだわ……きっと！〉

八重は口の中で叫んだのであった。それほど、その写真は鮮明にその男の顔をうき出していた。実物を見なければ判断はできないにしても、白髪がいくらかまじりかけたようにみえる総髪は、まだふさふさと耳の横にまでたれていたし、見るからにたくましそうにみえる大柄《おおがら》な顔は、どうみても犬飼多吉の十年後の姿と思うしかなかった。八重は世間でよくいう他人の空似ということは知っていた。しかし、これほど似た男がいるだろうかと疑いたくなるほどその写真は似ていたのである。

八重は小きざみにふるえる手先で、写真のどの部分をも眼に近づけて凝視した。やや広い目の額。大きくひらいた耳、長めのもみあげ。それに、何よりも、角張った顎と、顔のいかつい感じに不似合いなほどの細い眼もとであった。

〈すき通った澄んだ眼をしていた。そうして、意志の強そうな角ばった顎は、黒い無《ぶ》精髭《しょうひげ》がいっぱい生えていた……〉

その顔は、八重の心の隅で、生きていた顔といえた。

〈樽見京一郎……〉

八重は何どもその記事を読みかえしながら、はじめてその人の名を口に出した。

記事は次のように読まれた。

――犯罪者の更生保護運動の一環として、政府が民間に協力を求めて現在行っている刑余者更生事業施設の不足が喧《やかま》しく叫ばれている折柄、一地方都市の篤志家が、ポンと三千万円を使ってくれと申入れてきて、法務大臣を感激させている。この人は京都府舞鶴市東舞鶴北吸《きたすい》に住む食品加工業の社長さんで市の教育委員もしている樽見食品の樽見京一郎氏。氏はかねてから、日本の刑余者更生運動に深い関心をもってきた人で、氏の話によると、せっかく刑期中に保護矯正《きょうせい》をうけて更生した犯罪者でも、出所後の施設の不備によって、すぐに生活問題で行きづまるのが常であり、世間の冷酷な眼に耐えて生きてゆかねばならないとなると、再犯者となる可能性が多い。これは本人の罪というよりも、考えようによっては社会全般の罪といえないこともない。この点、社会全般が刑余者に対する保護精神をもっと喚起する必要があるといえる。強力な保護施設の拡充が要望される。犯罪国日本という汚名を返上するためにも、アメリカやイギリスにまけない更生施設をつくってほしいと思って、私財の一部を法務省に委託したという。法務省更生保護局では、さっそく樽見氏のこの申出を受けて、懸案の六大都市刑余者更生院の設立に踏切ろうという意見も出るなど、一民間人の投じた篤志行為が、にわかに本省をゆるがせて話題になったもの。――

殺人事件や、強盗その他の記事で満ちあふれた新聞の第三面では、誰もが見逃しやすいありふれたニュースであったかもしれない。

三

杉戸八重は、その朝刊の記事に、まるで釘《くぎ》づけされたように、眼をとられた。

〈他人の空似かしら……〉

まさか、あの髭茫々《ぼうぼう》の顔で、警察に追われていた犬飼多吉が、食品工業会社の社長さんになって、しかも、舞鶴市の教育委員もしているというのだ。

〈やっぱり嘘《うそ》だ……人違いだわ……〉

八重は、いくらなんでも、警察に追われていた人間が、十年たった今日になって、社会的にも重要な地位にある人物となり、しかも、新聞の三面に、堂々と美談として書きたてられる人間になっているとは思えないのだった。

〈舞鶴……〉

八重はこの土地の名前は知っていた。それは、八重が、まだ亀戸の遊廓にきて一年ぐらいしかたたないころであったかと思う。ソ連に収容されていた軍隊が、興安丸に乗って帰ってくる港に決ったからだ。一時は、この舞鶴の名は新聞に載らない日はなかったほど、引揚者のニュースは目についた。舞鶴という町へは八重はいったことはないが、そこは、昔の海軍の軍港だった。それは、八重が長らくつとめていた下北半島の大湊《おおみなと》のような町にちがいないのである。カニの爪《つめ》のようにかこまれた湾の中に、平桟橋《たいらさんばし》という長い木の橋が設けてあって、そこへ興安丸が到着する。ながいあいだ故国にあこがれながら、北の外国で暮してきた兵隊さんや一般人が、歓呼の声に迎えられて帰ってくる港であった。

八重はそれぐらいのことしかわからない。そうして、すでに舞鶴の港は、引揚げが完了してしまうと、潮がひいたように新聞面から姿を消していったのだ。

いま、八重は、犬飼多吉に似た樽見京一郎という人物が、そこに住んでいるということで、何か、妙に自分と接近した町のような気がした。

〈でも、やっぱり人ちがいだわ……〉

八重は今にも口に出そうなその言葉を噛《か》みころしながら、朝刊をタタキの隅の卓の上に置くと、桃色のタオル地の寝巻の裾《すそ》をかきあわせながら、廊下を静かに歩いて部屋にもどった。

八重は今まで、客がそこに寝ていたあとのうすい蒲団《ふとん》の穴の中へ、疲労感と睡気《ねむけ》のおそってくる軀を入れて眼をつむったが、胸の動悸《どうき》がはげしく打っているので寝つかれないのだった。

八重の頭の奥に、精巧なネガティブのようにしまわれていた犬飼多吉の顔が、いま、瞬時のまに現像液をくぐって、印画されて浮き出た。

忘れられるどころか、八重には今日の自分が、このようにして健康に働くことのできる原動力となってくれた大恩人の顔だったからだ。

歳月がたってしまうと、八重はいま、犬飼多吉に対して感じるなつかしさと有難《ありがた》さ以外の何ものももっていなかった。しかし、あの人と、一ど会うことが出来たら、というなつかしい思いはあった。八重は犬飼多吉とのあの淡いいとなみをおぼえている。

もし、会える日がきたら何よりも先《ま》ず、あの人とふたりきりになって、ふたりだけにわかる昔語りをしなければならない。山ほどあるお礼をいわねばならない。あなたのおかげで、下北の父親も足がなおり、健康になった。山へ働きに出ているし、弟たちも大きくなって、ようやく一人前になった。営林署へつとめていると報告しなければならない。

そう思うと、八重はいまし方、新聞でみた樽見京一郎という人物が、九分どおり犬飼多吉であるような気がしはじめた。犬飼多吉であってくれた方がいい。心のどこかで、十年間、捜し求めていた人が現われた気がした。

八重は幻想と錯覚が織りまじる写真の主人公に対する自分の飛躍した空想を、ぬくもりはじめた蒲団の中で精一杯ふくらませることで、かすかな睡魔に軀をゆだねていった。

「梨花」の朝は静かであった。

八時になると、向いの部屋の園江の客が帰る足音がしたが、八重はその音をうつろに聞いていた。園江と桐子と松代という三人の妓《おんな》しかいない。「梨花」は往年のように十人もの妓を抱えた忙しさではなかった。

来年の四月になると、売春防止法が実施されることになり、都は施行日の約一年前から、都内売春業者にむけて転業対策や、更生補導にのりだし、自発的に閉業してゆく店もみられた上に、新しい娼妓《しょうぎ》を抱えることは出来なくなっていたからであった。「梨花」の妓たちも、若いものたちは、いち早く出ていった。残った八重を含めて四人の妓は、すでに三十を越えた中年女ばかりであった。園江は三十三。松代は三十四。桐子は満で三十歳。八重は三十四だから一ばん年上である。主人の本島進市も、ゆくゆくは「亀戸温泉」として旅館街に転向してゆく町の方針にしたがって、妓たちが出てゆけば、建物も根本的にやり直すつもりでいるらしかった。しかし、気弱な性格で、抱え妓思いである本島夫婦は、厳密にはまだ売春は禁止されてはいないのだから、妓たちが働けるだけ働かせてやろうという立場をとっていた。

五十軒ほどあった亀戸の同業者の中で、店を閉めた店は二十七軒もある。その影響もあって、うす暗い電灯を一つともして、四人の妓が表に出て立っているだけで、客は毎夜上がっていた。上がる客たちの台詞《せりふ》は、きまって、売春業が禁止されることへの不満であった。本島も、直接、廊下へ出てきて、不満をぶちまける常連の客と、政府の方針についてゆかねばならない業者としての苦しさや、将来への抱負について、長話をしたりしていたが、そんな客たちの声が耳に入るにしたがって、八重たちは、各々《おのおの》の年齢を考えさせられた。八重たちは十何年も軀を売って生きてきていた。三十四になって、おぼえたことといえば、ちょっとした技巧で男を有頂天にさせる技術しかない。見てきたものは、どんな紳士面《づら》をした男でも、みな、ひと皮めくれば情欲の権化《ごんげ》だという一事であった。なかば男に絶望しながらも、男を有頂天にさせて生きている、いってみれば惰性以外の何ものでもない生活といえた。その惰性から自分をふっきれさせる日は、一年向うの四月からだと、四人の妓ははなし合っていたのだ。

しかし、杉戸八重には、他の三人とちがう計画があった。八重は十年間に働いた金を、こちこちと貯金している。その金は二百十五万円あった。八重はその貯金通帳を、十年前からもっている古ぼけた柳行李《やなぎごうり》の底にしまっていたが、最初の預入欄の二万円の額面は、八重が働いた金ではなかった。犬飼多吉からもらった金であった。その金を預けてから、八重は毎月本島から清算される金額をこちこちと預金していったのである。

〈二百十五万円……〉

この金をもとでにして、八重は昭和三十三年の四月には、下北へ帰って、小さなタバコ屋でも開こうと考えていた。もし、下北へ帰って、手頃《てごろ》な店がなければ、青森でもいい、大湊でもいい、父や祖父のいる畑にちかい町で、ささやかな暮しが出来たらと夢にえがいていたのだ。

八重のその夢の根底にある犬飼多吉の顔が偶然に新聞に出ていた……。

八重の驚愕《きょうがく》は当然といえたかもしれない。

四

「松ちゃん」

八重はその日の十一時ごろ、朝食と昼飯兼用の食事がすんだ時、何げなく松代にたずねた。

「あんた、関西の方だったわね」

「そうよ、あたし鳥取よ」

松代はつまようじでタバコのヤニのついた黒い歯をせせりながら、小柄な顔を八重にむけた。

「鳥取は舞鶴と遠いの？」

「遠いわ、あんた」

松代は、妙なことを八重がきくといった顔つきをした。

「でもね、遠いっていってもさ、同じ海つづきの町だけど。あたしは一どもいったことがない。引揚船のついた町でしょ。そこ」

「そうね。舞鶴って、汽車でゆくとどんな道順でゆくんかしら……」

「東海道線よ」

松代は、わきにいて、うす膜のはったようなとろんとした眼を二人の方に向けている園江をみていった。

「園ちゃんだって九州だから、知ってるでしょ。東海道線で、京都でのりかえるのよ。

山陰線にのって、日本海の方へ出ると舞鶴へつくわ……もっとも、わたしんちは、綾《あや》部《べ》ってところから、福知山へ出て……豊岡を通らないとだめだけどさ……」

「すると、あんたんちは舞鶴を通らないの」

八重はつまらないな、といった顔をした。松代はその顔をまた不思議そうに見つめていたが、

「舞鶴にあんた、誰か知ってる人がいるの」

「ううん」

と、八重は首を振った。

「なんでもないの。ちょっときいてみただけよ」

松代は、園江のわきにあった新聞をひきよせると、腕まくりした両手を新聞の両はしに置いて、うつむき読みに三面をみている。八重ははッとした。右上段には例の二段記事が出ている。そうして、そこに忘れてはならない男と似た男の写真が出ている。しかし、松代は気がつかないらしかった。さらっと読みすごしてしまうと、

「園ちゃん、あんた、髪結いさんへゆかない？」

と、大喰《おおぐ》いだといわれている園江が、まだ卓の上のお新香に箸《はし》をつけてぽりぽり音をたてているのを誘った。

「ゆこうか」

割れたような声をだして、園江がお茶をくくみながら立ち上がった。

「八重ちゃんは」

ふたりが同時にきいた。

「あたしはいかない。あたしはお洗濯《せんたく》がある、それすましてからゆく」

と八重はいった。

やがて、園江と松代は入浴道具一式をタオルで包んで、寝くたれたくしゃくしゃの髪のうしろを櫛《くし》でなであげながら出ていった。

八重は、居間の畳の上にひろがっている新聞をひきよせ、ゆっくり、例の写真をみた。

〈樽見京一郎……似ていた……〉

またしても、八重は咽喉《のど》の中でかすかな音をたてた。

八重は新聞を折りたたむと、自分の部屋にもち帰った。しばらく、窓べりの明るい陽《ひ》ざしの中で、何どもよんだ記事を読みかえしてみたが、ふと、十年前の一日、犬飼多吉が、軌道車の上で、にぎり飯を頰《ほお》ばった顔がうかび上がった。

〈恐山《おそれざん》の巫子《いたこ》さんがね、仏さんをよび出してくれるっていうので帰ってきたのよ。死

んだ人がね、巫子さんにかかると生きかえるのよ。そうして、生きてる人たちに物をいうわ〉

八重が何げなくそんなはなしをすると、犬飼多吉は、はっとしたように顔を伏せた。そうして何やら関西訛《なまり》のまじった声をだした。

〈迷信よ。そんなの迷信よ。お爺《じい》ちゃんが巫子をよんだので、いやいや、あたし、帰ってきたのよ〉

犬飼多吉はにらむように八重をみていた。その時のどことなく澄んだような眼《まな》ざしと、言葉のはしに感じられたやわらかい関西訛が思いおこされると、八重の顔はかすかに動いたのだ。

〈東海道線にのって京都から乗りかえる。舞鶴の町。あの関西訛と無関係とはいえまい……〉

やっぱり、この写真の主は、犬飼多吉でなくても、犬飼多吉の兄さんか、弟さんか、よく顔の似た身内の人にちがいない……。

八重はそう思うことで、はじめて、その新聞の写真の人物の眼から受ける射すくめられるような気持の処理が出来たと思った。

八重はそう思った時、この新聞記事は大切なもののように思われて、そのまま、古新聞の中に捨てられてしまうことが、不当なような気がした。

八重は部屋の隅《すみ》にある鏡台に走りよると、下の引出しに入れている鋏《はさみ》をとりだした。細く光った鋏の先端を、その新聞記事の隅につきさすと、す早く切抜いていった。

八重は一分間ほどのあいだに、その新聞記事が小さくカギ状になって手もとにのこされたとき、それはもう早、自分と深い関係のある人物の兄か、弟か、あるいは血のつながりをもったもっと別の親族の一人にちがいないと思うようになった。

すると八重は、この樽見京一郎という人に会えば、犬飼多吉という人物の行方がわかるかもしれないと思われた。

こんな新聞記事から犬飼多吉の行方がわかるであろうというような発想をもった者は、自分一人しかいない。函館警察の弓坂警部補も、十年経《た》った今日、この新聞記事をみても何とも思わないだろう。それは当然のことである。

〈あの人の顔を見たのはあたしだけなんだから……〉

杉戸八重は切抜いた写真とニュースの部分を、鏡台の引出しに入れた。そうして、それをすませたことで、何か大きな安堵《あんど》のようなものを感じて、押入れをあけると、隅の方にためてある下着の類をかかえて井戸端へ下りていった。

静かな遊廓の午《ひる》だった。近くの工場から埃《ほこり》っぽい町の空に聞きなれたサイレンが鳴りひびいた。

五

六月三日の朝のことである。

「梨花」の本島夫妻は、妓《おんな》たちが居間とよんでいる廊下のかかり口にある八畳の間へ四人の娼妓《しょうぎ》をあつめた。

「あらたまって、来てもらったわけはほかでもないんだ。皆もうすうすは知っていることだとは思うんだが……」

と本島進市は、前置きをゆっくりいって、少しいいにくそうな口調で、

「うちのような売春業はもうやってゆけなくなった。東京都の意向では、来年の四月まで、自粛的に営業していてもかまわないが、一年間のうちに、転業や更生の方針を樹《た》てて、四月一日には、きっぱり止《や》めてくれというお達しだ。今日は六月三日だから、あと向うまだ十カ月はある。すぐに止めねばならんということではないんだから、あんたたちにもこうして働いてもらっているわけなんだ。ところが、ゆうべ、町内の役員会があってね。列席してみると、いつのまにそんな約束が出来ていたのか、この秋まで

に、亀戸は商売を自発的に閉じてしまおうということになったんだよ」

本島は左頰下の小さな刀傷をピクリと動かした。そうして、気弱そうなひくい声でつづけた。

「わたしはどっちかというと、もともと、この売春防止法には反対でね。東京の街じゅうにパンパンをはびこらせておいて、われわれ業者だけを閉め出そうというような法律は悪法だと思ってきたんだよ。だから、あくまで、わたしは、何も早じまいすることたあねえ、四月まで目いっぱい働いてもわるかねえッていう主張をもってきたんだが、何しろ、理事の『結城家《ゆうきや》』はもうキャバレーに転向する腹だしね、あのとおり、改築にとりかかってもいる。表にセメントを積んでいるのは、そのためなんだ。娼妓さんが一人もいなくなったのは無理矢理追いだしたという噂《うわさ》もあるほどだが、『霧の家』にしたって、以前にやっていた堅気なメリヤスの下請へ転向をするんだといってね。五人いた妓《こ》を大急ぎで、故郷《くに》へ帰しちまったよ。残るのは二十三軒、なかでもまだネオンをのこしてやっているのは、うちと、角の『住の家』だけだ。その『住の家』もね、日ごろは立派なことをいっているが、昨夜《ゆうべ》などは、ひと言もいえないんだ。とうとう理事連中に多数決で押切られたカタチになってね、この秋には、うちも閉業しなければならなくなった」

本島は、ここであらためて四人の妓の顔を眺めわたした。廊下の障子をあけたままで、左から杉戸八重、桐子、園江、松代の順にならんでいるが、どの顔も寝起きの顔なので、むくんでいる。おかみの妙子も夫の神妙な物言いに、いちいちうなずきながら耳をかたむけていた。妓たちの顔には、いらだたしい色が出はじめた。いつものことだが、主人の物言いは本題に入るまでだいぶかかる。まだるこしい感じがする。

「すると、亀戸の町は、東京都の意向を守らないで、すぐに止めるんですか」

桐子がきいた。

「都の意向を守らないわけじゃないんだ。都はすぐにでも止めることは大歓迎だし、すぐやめるわけにゆかない店は、転業準備もあることだしね、一年間の猶予《ゆうよ》をみてやろうということなんだ。早くやめても都の意向にもとるということはないんだ」

桐子はこっくりうなずいた。

「あんたたち」

とわきにいてタバコをふかしていた妙子が口をだした。

「行先はそれぞれ考えてくれてるだろうね」

心配の色が出ている。そのはずである。おかみは、四人の妓たちが、もう三十を半ばになった者や、それに近い妓ばかりだということを知っている。若い妓たちのように、キャバレーや、喫茶店や、呑《の》み屋へすぐにでも鞍《くら》がえしてゆける年齢でないことは承知している。ましてや、手に職もない。東京都は、売春婦の転業策を考え、各区役所で、転業補導のようなことをすすめているけれど、ミシン仕事をおぼえるか、派出婦になるか、年輩者の更生には手古《てこ》ずっている始末だった。といって、どの妓も自分たちだけではなく、故郷の家族に送金しなければならない大きな荷物を背負っているのだ。

「あたしはね」

と桐子はいった。

「長崎へ帰るつもりはしてるんです。これを機会に髪結いさんの学校へでもゆこうかと思ってるんです」

「髪結いさんはいいわよ」

と妙子がいうと、ほかの三人はくすりと笑った。

「あんたにそんなことできるかしら」

園江がいうと、桐子はむきになった。

「ためた金が少しあるしさ。お友だちが免許をとってるから、共同出資ってかたちで美容院をひらくつもりなのよ。ひらいてから、あたしはこつこつ勉強してもおそくはないと思うのよ」

「そのひと、田舎のひと？」

「そうよ、あたしと同い年の仲よしだったひとなんです」

そんなことをいう桐子のおでこの出たちんちくりんな小さい顔を、おかみはいっそう心配げにみつめた。

「あんた、軀《からだ》を売ってためた大切なお金だからね。大事にしなさいよ。いいかげんな約束でつかっちまうと大変よ。気をつけないと、他人《よそ》さんにとられてしまう。あんたは人がいいから、だまされやすい。そのお友だちが悪い人だったら、共同出資で店をひらいたはいいが、食いつぶされちゃうかもしれなくてよ。あんたに技術があれば強いけどさ、向うに技術があるんだから、店をひらいても、お金だした方のあんたには分がわるいわね」

「どうして？」

と桐子が口をとがらせた。

「だって、その人が頭が痛いって休まれたら店は休むわけでしょ。経営がなりたつまでは不安だわよ、あんた。店がつぶれちゃえばお金は戻ってこないよね」

と、おかみは桐子にいったあとで、だまって聞いている園江にきいた。

「あんたはどうするの」

「あたしはまだ考えていません。秋にやめろといわれれば、きっぱりやめて、新宿のミサちゃんとこへでもころがりこんで、呑み屋へゆくわ」

「松代ちゃんは」

松代は蒼《あお》い顔の蓄膿《ちくのう》型の長い鼻をずうずう音たてていった。

「あたしは帰ります。鳥取の兄と相談して、町の肥料工場に出るつもりでいるんです」

「それはいいわ、あんた。おうちに帰って働くところがあれば一ばんだよ」

と、おかみはいってから、晴美ちゃんは、と杉戸八重の方をみた。八重はちょっと口ごもった。預金ができているから、これを資本にタバコ屋でもひらこうかと思っていると、咽喉もとまでそれが出たけれども、なぜか八重はだまった。

「あたしはね、おかみさん、秋がこなくてもやめようかと思ってたんですよ。それまでに、いちど、あたし、荷物はこのままにしておいて、ちょっと旅行してきたいところがあるんです。その人に相談してから、あたしは、これからのことを決めたいと思ってたんですよ」

「相談て……あんた下北へ帰るんじゃないの」

「ちがうんです」

と八重はいった。

「ぜひ、会っておきたい人がいます」

「だあれ、それ」

とわきから園江が興味ぶかそうにきいた。

「恋人？　お客さん？」

八重はくすりと笑った。

「まあ、どっちでもいいわ。汽車にのってゆかねばならない遠いところなのよ」

八重は「舞鶴」と出そうな言葉を呑みこむのに努力がいった。長いあいだ一しょに働いてきた同僚のことであった。口外しないでくれといえば、わかってくれると思えたけれど、八重は、これから会いにゆきたいと思う犬飼多吉か、あるいはその身内の人物にちがいないと思われる樽見京一郎のことは、あくまでも秘密にしておきたかった。万一、舞鶴へいって、それが赤の他人だったら、みんなに大笑いされることは目に見えるから。

「会ってきてから、みんなにおはなしするわ」

八重はいって、くすりと含み笑いをまた一つした。

六

おかみが八重の方に微笑を送っていった。

「旅行はいいわ、晴美ちゃん。あんたは休む日もなしに稼《かせ》いだんだから、おかねだって万とたまっているだろうね。少しぐらい気晴しに遠いところへ温泉にでもつかりにいくのはいいことよ。考えてごらん、みんな。あんたたちは十年もここでくらしてきたのよ。亀戸でもめずらしい娼妓さんたちだと、みんなほめてくれていたんだ。……たまにはみんなそろって旅行してくるのもいいじゃないか。晴美ちゃんのように、気晴しをかねて挨拶《あいさつ》にゆくあてはないのかねェ、あんたたち」

「あたしはそんなお客さんにはめぐりあわなかったからダメ……」

と松代はいった。

「桐ちゃんはどうなの」

桐子はこたえた。

「あたし旅行する金があったら、少しでもパーマネント屋の資金にしたいわ」

「結局、それじゃ、旅行するのは晴美ちゃんだけだね。だけど、晴美ちゃん、あんたの挨拶しにゆく先ってどこかしら」

気になるとみえて、松代はしつこくきいた。しかし、八重は教えなかった。

「会いにいって、相談してからにするわ。だけど、おかみさん、あたし、ちょっと留守してもいいでしょう」

と杉戸八重は主人の本島と妙子の顔を交互にみた。

「いいとも」

とだまっていた本島が口を出した。

「ほんとのことをいえばね、わたしが、みんなのうさ晴らしの旅費ぐらいはもってあげなけりゃなんない立場なんだ。だが、あんたたちも知っているように、うちの実入りはほんとに少ないんだから。晴美ちゃんの貯金にだってまけちゃうぐらいだからね。これから旅館に転向するにしても、根太《ねだ》のくさりかけたこの家を、土台からやりなおすとなると、大変な物要《ものい》りだ。少しは生業資金を借りる方法もあるけれどさ、いざひらいた旅館がそれでうまくゆくかどうかはわからない。向こうは決して明るくはないんだ」

「いいわ。旦那《だんな》さん」

と杉戸八重はいった。

「あたしたちは、旦那さんもふくめて、みんな一しょの被害者よ。ね、こんな法律が出来たために、この年になって、一からやり直さなけりゃならないわけじゃないの。旦那さんのつらいことはよくわかってる……お金を出してもらおうなんてユメ考えてないわ。でも、一つだけお願いがあるの」

と八重はいった。

「あたしに三日ほどヒマを下さい。旅行をして、その人に会って帰ってきた時、どこにも働く口がなかったら、新しく出来る旅館の女中にあたしをつかって下さいよ、旦那さん」

八重の物言いが真剣に聞えたので、本島はひっこんだ眼をくるりと廻《まわ》した。

「そりゃ、晴美ちゃん、願ってもないはなしだ。あんたにうちにいてもらえばそれにこしたことはない。しかし、お給金は安くなるよ。今までのように日に千円も二千円も入ることはなくなるのを承知できてくれるんだったら歓迎だね」

「給金だけでいいわよ。あたしは、当分、どこへもゆく先がなかったら、あせらないことにするわ」

そういうと、八重は妙子の方をみた。

「おかみさん、たのみますよ。そのときは」

本島妙子は夫の顔色をみてから、眼頭を抑えた。

「あんたたちはいい人だった。あんたたちが旅館の女中をしてくれるんだったら、この上ないことだよ。いたい人はいてもいいんだよ」

と妙子はいった。すると、この時本島がひっこんだ眼をむいて、

「すこし時間がたたないと、また町内の連中がうるさいことをいうかもしれないね。そのまま四人が四人とものこったんじゃ、『梨花』のやつは裏口売春でもやってるんじゃねえかっていうにきまっているよ」

「そりゃそうね」

と八重はいった。

「だから少し間をおいてから、あたしは下北から帰ってきますよ。その人のところへ汽車でいってから、東京へもどって、すぐまた下北へまわってゆっくりしてきたいし。おかみさん、たのむわね、そのときは」

「いいわよ、承知したわよ、晴美ちゃん」

妙子はしわくちゃの眼尻《めじり》をよせて微笑した。

四人の娼妓は、居間から各々の部屋にもどると、一見なごやかな会談のうちにしめくくられたような相談会に思えていたものが、孤独になってみると、住みなれた部屋

のガラス戸や、押入れの襖《ふすま》や、窓からみえる木材工場の大きな屋根や、亀戸湯の煙突からふき出ている黒い煙がなつかしく眼にうつって、この部屋を秋がくるまでに出てゆけと、宣告されたことに気づかざるを得なかった。一抹《いちまつ》の淋《さび》しさが遊女たちの顔をかげらせた。

しかし、杉戸八重だけは押入れをあけると、すぐ柳行李《やなぎごうり》をとり出し、ゆっくり蓋《ふた》をあけて、中から夏物の着物や洋服をとりだして、あきなく眺めはじめていた。どの着物も「梨花」へきてから買ったものである。もの持ちのいい八重は、七、八年前に着た紅柄《べにがら》の銘仙《めいせん》の着物もていねいにしまっていた。

〈あの人に会うんだ。市の教育委員までしている食品会社の社長さんだから、貧相な洋服を着ていったら、玄関払いをくらわされるかも知れやしない！〉

あれこれと八重は洋服を撰《よ》った末に、立縞《たてじま》のこまかい紺の柄がすっきりしているワンピースに、白いハンドバッグをもって出かけることに心をきめた。それがきまると、八重は鏡台によって、小引出しから例の新聞の切抜写真をとり出して、ふたたび、樽見京一郎という人物についての記事をよみはじめた。

〈やはり似ている。きっと犬飼さんか、その身内の人にちがいないわ〉

八重はそう思うとひとりでに鼻唄《はなうた》が出てきた。

伊豆の山々月あわく、あかりにむせぶ湯のけむり……

杉戸八重が京都府北部にある舞鶴へゆくために東京を出たのは、それから三日目のことである。

第十三章　舞　鶴

一

舞鶴は、京都府北部にある唯一《ゆいいつ》の臨海都市である。若狭《わかさ》湾内の金《かね》ヶ岬《みさき》と、博奕《ばくち》岬との間を南へ深く湾入したところにあって、昔から沈降海岸の代表的な港といわれた。湾の奥が「人」の字型に分かれていて、戸島《としま》という小さな島を境目にして、東西二つの湾を形成している。それが、ちょうど「鶴」が両翼をひろげた姿にも似ているところから、「舞鶴」という地名が生じたといわれているが、湾口は糸のようにせまい上に、湾内は広大で波も静かだった。丹後《たんご》三湾といわれる宮津湾、栗田湾《くんだわん》にくらべて、港湾としてはもっとも適していた。しかし、この物語に出てくる「東舞鶴」は、東湾の岸に沿うて発達した商港ではあるけれど、終戦前までは中舞鶴と共に軍港都市として栄えた町であった。一九〇一年までは西舞鶴に付随したひなびた漁港にすぎなかったものが、舞鶴鎮守府が開設されたことで、急激に人口がふえ、やがて、海兵団や、工廠《こうしょう》、軍需部、海軍病院、その他の諸施設が完備しだすと、東舞鶴は西舞鶴をしのぐ軍港都市として栄えた。にぎやかな商店街もでき、市を囲んだ山間地の隅々《すみずみ》にまで、住宅が建ちならぶようになった。人口は一時東西併《あわ》せて十八万と称された。戦争中は東舞鶴湾には、航空母艦、戦艦が日夜出入りしたし、みどり濃い風光を静かな海になげていた周囲の山々は、火薬庫や弾薬、軍需品倉庫の穴ぐらのためにけずりとられ、みるも無惨《むざん》に赤くただれた肌《はだ》を露出していた。軍はこの一帯を要塞《ようさい》地帯とし、一般人の無断立入りを禁じた。文字通り軍都一色にぬりつぶされていた。

それだけに、敗戦直後の東舞鶴一帯は混乱をきわめた。東舞鶴から福井県若狭地方に至る山地や海岸端地帯は、突貫工事の道路ができ、軍需物資の疎開《そかい》がはじまっていた。あらゆる山蔭《やまかげ》の地には俄《にわか》づくりの倉庫が建てられ、日夜、そこへトラックが吸いこまれた。この道路の両側には、「タコ壺《つぼ》作戦」といわれた敵の本土上陸にそなえての「かくれ穴」が、掘られている。これらはすべて、応召兵や、徴用工や、民間人の勤労奉仕によってつくられたものであった。けれど、この突貫作業は、八月十五日の終戦で、ぴたりと止められ、鎮守府は、それらの作業を放り出したまま解体した。八月十五日から二十日ごろまでの東舞鶴駅は、混乱したのは当然といえたかも知れない。

召集解除をうけた兵隊の帰国と、徴用工の移動による人渦で埋まった。トラックや荷車が夜っぴいて、この市から得体《えたい》の知れない荷を積んで諸所に散った。鎮守府の解体は、東舞鶴にとっては大きな傷手《いたで》といえた。商店街も、旅館業者も火の消えたように寂《さび》れた。これはこの物語のはじめに出てくる下北半島の大湊《おおみなと》とも事情が似通っていた。兵隊と軍艦のいなくなった港は廃港の姿をむきだしにして、ついこのあいだまで、夜空をこがしていた造船所のドックの火も消えたし、鋲《びょう》を打つ騒音もしなくなった。死んだような静寂にもどったのだ。

ところが、この町が、やがて、世間の人びとに名をおぼえられるようになったのは、ソ連抑留者の引揚港に決ったからである。抑留者の引揚げは昭和二十一年からはじまっていたが、引揚船が同市の北方にある平《たいら》部落の海岸に着くようになってから、旧軍施設の広大な二階建の兵舎は引揚宿舎に早変りし、海岸から、人型の海へつき出すようにしてつくられた桟橋《さんばし》の沖に、引揚船は故国を夢に見て帰ってくる大勢の人びとをのせていかりを入れた。

したがって、東舞鶴には、全国から出むかえ人が集まった。引揚援護局では、引揚者の職業補導や、生活援助の手をさしのべた。船が着くと、東舞鶴は日の丸の旗と人海で埋まるようになった。

しかし、この引揚げも完了してしまうと、町はまたもとの静けさにもどった。旧軍施設を買取って出来た飯野造船や日之出化学、大和紡績《ぼうせき》、日本板硝子《いたガラス》などの工場が出来るようになると、かろうじてこの町は工業都市として復活しはじめたのである。杉戸八重が、東京の亀戸から、この舞鶴市東舞鶴の駅に降りたったのは、引揚船も遠くの昔話になった昭和三十二年の六月七日午前十時のことである。

この日は小雨が降ったり止《や》んだりした。日本海沿岸の六月は湿気が多く、梅雨のじめじめした空気は、肌にべとつくようなむし暑さと一しょに、八重の一張羅《いっちょうら》のワンピースに包んだ疲れた軀《からだ》を汗ばませた。

杉戸八重は、京都駅で東海道線から山陰線にのりかえ、汽車がトンネルの多い保津川ぞいの渓谷《けいこく》に入りこむあたりから、北の方の空が曇っていることに、何か、この秘《ひそ》やかな旅行の前途が暗くかげったように思われて、気が重くなった。たしかに、駅へ降りたった時は、殺風景な町だと思えたし、「引揚者の皆さま、ごくろうさんでした」と広場の前に立てられてある厚生省や婦人団体のつくったアーチの残骸《ざんがい》がうすよごれて、かたむいて残っているのも、うら淋《さび》しい気がした。町は駅前からすぐ繁華街が発達しているという体裁をととのえてはいない。商店の少ない広い道が海の方へぬけている。八重は町へ入ってみようと思った。

駅前通りから商店街の方に向って歩いた。八重はブルーの四角いスーツケースをもち、白のエナメル塗りのハンドバッグを腕に通していたが、汽車が釜《かま》を焚《た》いたので、顔はざらざらだった。首のあたりに煤煙《ばいえん》がつまっている。早く、どこかの宿へ入って、風呂をもらい、化粧を直したかった。犬飼多吉か、それとも、犬飼多吉の身近な人であるに相違ない樽見京一郎という人に会うのだ。汗ばんだ寝不足の顔をして訪れるのも気がさした。

じっさい、八重は一ども来たことのないこの日本海辺の舞鶴へやってきた大胆さに、自分でもいま驚いている。しかし、それは一瞬にして八重の頭の中で消えるのである。

〈あたしの命の恩人、犬飼さんに会える日となるかもしれない。もし、あの人が犬飼さんでなければ、その血筋の人に会える日なんだ……どうしたって、自分はこの町へ来たかったんだ……〉

八重は勝手のわからない店のまばらな駅前通りを歩きながら、そのように自分にいいきかせた。

〈もし、犬飼さんだったら、今の自分をみて、どんなに思うだろう……〉

八重は胸が高鳴る。と、また、その逆にあの人は、もう自分のことなんぞ忘れてしまっているかもしれないとも思う。忘れられておれば、それはそれでもかまわない。

あたしはひと目あって、あの時にもらったお金の礼をいいたいだけだ。あのお金で、戦後のドサクサを生き抜くことが出来、下北の親や弟たちも助かったのだということをいいたかった。心から礼をのべて、本人の前から早々に立ち去りたかった。教育委員もしていて、町の名士でもある樽見氏の前へ、娼婦《しょうふ》の身を秘して八重は訪ねるのである。相手に迷惑をかけないよう、なるべくひそやかな再会が出来たらと心に願うものがあった。

八重が眼にとめた旅館は、「若狭屋」という駅前通りから三百メートルほど東へ入ったところに門灯をかかげている二階家の、一見商人宿のようにみえる粗末な宿だった。石の門があって、鉄棒がわたされている。その中間にすりガラスの丸い電灯がみえて、墨書で、「わかさや」とかかれていた。おそらく軍港時代からの宿にちがいない。古ぼけた大きな柱が煤《すす》けていて、玄関も建物のわりに大造りに思われた。

八重はこの宿へ入った。出てきた女中は二十七、八の背のひくいひっつめ髪の女であったが、眇《すがめ》の眼をひらいて、八重をむかえた。

「ひと晩泊めてほしいんですよ」

と、八重はスーツケースを上がりはなに置き、ハンケチで、上気した首すじをふいた。女中は奥へ入っていったが、すぐ出てきて八重を二階へ通した。ギシギシなる廊下だった。表通りに面した六畳に通された。

「東京からきやはったんですか」

と眇を女中は心もちほころばせて訊《き》いた。浴衣《ゆかた》とお茶盆を八重の横にずらせて、女ひとりの旅を不思議そうに見ている。八重は、

「ええ」

といっただけで、出された宿泊簿に次のように記した。

東京都江東区亀戸町一九九八番地本島方、杉戸八重、三十四歳。

二

風呂を上がった八重は、宿の浴衣に着かえると、朝食をかねた昼食を喰《た》べ、そのあとで古ぼけた手すりのある表縁に出て、町の通りを見た。向い側が古ぼけた洋風の建物の写真館になっている。ウインドウがあって、誰《だれ》かの結婚写真が額に入れて飾られてある。ずいぶん埃《ほこり》っぽい道だが、通りからひっこんでいるので、ひっそりしている。写真館は大湊にもあったと八重は思った。つまり、海兵のいた町だから、除隊や入隊を記念して、写真を撮ろうとする客が多かったためでもあろうか。四角い大きな洋風

の写真館に、軍都の名残《なご》りが出ているような気がする。八重は大湊にいるような、どことなくなつかしい感慨を味わった。

眇の女中は、八重が心づけの百円札をにぎらせてやったせいもあって、愛想がよかった。

「お客さんは、どちらへおでかけどすか」

と、きいた。

「町にちょっと知っている人があるんですよ。そのひとに会いにきたんです」

八重は東京弁でこたえた。

「ずいぶん静かな町ね」

「はあ、それでもお客さま、昔は町じゅう引揚げで混雑したんどすえ。毎日、毎日、満員でてんてこまいした日もありましたえ」

「そうだったわね。あんた、平《たいら》ってとこ、ここから遠いの」

「はい、バスでゆかんといけまへんのや。海ぞいの進駐軍司令部のあった方へ三十分ほどゆかんと……栈橋へはつきまへんどす」

「へーえ、そこに栈橋がまだあるの」

八重がびっくりしたようにいうと、女中はいった。

「栈橋はもう使われなくなりました。わたしも見たことはありませんけど、引揚者の宿舎のあったところは、建物もそのままで、売りに出してはるということどす。ずいぶん、お客さん、東舞鶴もさびれてしまいました」

はなし好きの女中とみえて、縁に膝《ひざ》をつくと、八重の横顔をしげしげと見つめながら話すのだった。八重は勇気をだして訊いてみた。

「あんた北吸《きたすい》ってとこ知ってる?」

「へえ、ここの近くどす」

と女中はいった。八重はびっくりした。知らず知らずのうちに、樽見食品工業のある近くへ足を踏入れていたのかと、不思議に顔がほてるような気がした。

「そんなに、近くなの」

「北吸のどこらあたりどすねん」

と女中はきいた。

「くわしい番地は知らないの。はじめてきたもんですから、歩いて探そうと思ってるンです」

八重はいった。

「この道を西の方へゆきますとね、山がみえます。忠霊塔の山どす。軍港のあった中舞鶴の方へゆく途中になりますねやけど、高い石段がありますし、すぐ、わかります。うちの前の道を歩いてゆかはりますと、得月院ちゅうお寺はんが川向うに見えますわ。そのお寺はんの裏の方へゆかはったら、そこが北吸どすねヮ」

「そこらあたりに工場がありますか」

「何の工場どす、お客さん、あすこらあたりは、住宅ばっかしどっせ」

と女中は八重の顔をみた。

「食品工場です」

と八重はいった。

「……………」

女中は首をかしげている。八重は樽見食品工業が北吸にあるということは調べてきていた。しかし、いま、女中が知らないところをみると、そこは、そんなに大きな工場ではないのかも知れない。

「樽見さんていうお方の名を知ってますか」

と八重は訊いた。

「樽見はんちゅわはると……」

女中は口の中でつぶやいてから、思いだしたように、

「はあ、樽見はん。缶詰《かんづめ》やら澱粉《でんぷん》工場をもってはるお方どっしゃろう」

といった。八重の顔はぽうっと赧《あか》らんだ。

「知ってます。せやけど北吸どっしゃろうか。あのお方の工場は、たくさんありますさかい、北吸にもあるのかもしれまへん。けど、朝来《あせく》の方に大きな工場があるいうこときいてましたけどなァ……」

樽見京一郎は、この町の諸所に工場をもっているらしい。それはうなずける気もした。町の名士でもある。女中がその名を知っているのも当然だと思えたし、缶詰やら澱粉をつくっているということもうなずけたのであった。

とにかく、この若狭屋は北吸に近いのであるから、まず北吸の工場を訪ねてみて、樽見京一郎の自宅を教えてもらうことが先決だと思った。そうして、自宅に在宅であるかどうかをたしかめてから、訪ねてみなければならないと思った。八重は女中にいった。

「ありがと、わかったわ。あたし、ゆっくり町を見物しながら、北吸と朝来の工場へいってみますよ。今晩はね、ひょっとしたらおそくなるかも知れないけど、必ず帰ってきて泊めてもらいます、お願いしてよ」

念を押すようにいって、八重は腰をあげた。女中の前をすたすたとつっ切り、衣紋《えもん》かけにかけてある汗のかわいたワンピースに着替えはじめた。下着だけはスーツケースからとり出して、新しいのに着替えた。

三

杉戸八重は、スーツケースを部屋の床の間の隅《すみ》にのこした。ハンドバッグだけをもって若狭屋を出た。女中が玄関まで送ってきて、

「お早ようお帰りやす」

と眇をにっこりさせていった。この女中は、八重の容貌《ようぼう》が、どことなく老《ふ》けているわりに、垢《あか》ぬけてみえるのに、身近な親しさをもちはじめていた。階段わきの部屋にかかった柱時計を見ると、ちょうど針は二時三十分を示している。

「ありがと。行ってくるわね」

と八重は皺《しわ》のよった眼尻《めじり》をほころばせ、女中をふりかえりながら、外へ出た。

雨はあがっていた。先程まで、空いちめんにたれこめていた黒い雲が、南の方へ移動したらしい。北の沖の方の空が心もち明るくなった。

八重は、女中に教えられた道を、西の方へ歩いた。両側に立ちならんだ古い二階家

は、どの家も同じような造りなのに眼をとられながらゆくと、間なしに両岸をコンクリートで固めた川があった。欄干のついた橋がかかっている。流れがゆるやかなので、濁った水面にいっぱい泡粒《あわつぶ》がういている。橋だもとに立って、対岸をみると、右側に石段のある寺の門がみえる。門の内側は、かなり密生した植込みがあり、そり棟《むね》の本堂と庫裡《くり》が山裾《やますそ》をえぐったように屋根をひろげて鼠《ねずみ》いろに光っていた。得月院という寺である。この寺のうしろを廻《まわ》れば、北吸の町へ出るはずだった。

八重は橋をわたった。

人通りの少ない道である。川岸を二、三人の子供たちが泥《どろ》のはねあがった半ズボンのお尻をみせて走っていったが、ひっそりした住宅街は、夕景色のようにうす暗く、盛装した八重の姿はきわ立って白くみえた。

寺の土塀《どべい》が切れるあたりから、八重の胸は動悸《どうき》が打ちはじめた。北吸の町が近づいているのであった。ひょっとしたら、その工場へ、樽見京一郎が顔を見せていないともかぎらない。社長であるから、まさか、そんな現場まで来ているとは思えないものの、万が一ということも考えられる。八重の心は緊張する。

八重はやがて、北吸の町へきた。なるほど住宅街だった。左側は忠霊塔のある山裾になっているので、傾斜地に道路を貫通させて、右側だけを住宅地に埋めたてたような形になっているこの低地は、家並みが低い。どの家も格子づくりのしもた屋風につくられているのだが、車の泥をうけて、入口は灰いろにかわき、一帯はごみっぽい感じがした。

八重は右側に気をくばりながら歩いた。八重が、五十メートルほど歩いた地点であった。住宅が途切れて、濃グリーンのペンキをぬった波トタン塀のつづく建物が眼に入った。

〈ここだ、ここだ……〉

八重はこのあたりに、工場らしい構えをした建築物はそれしかないのを知ると、いよいよ、樽見食品工業に着いた、と思った。案の定、近づいてみると、二本の柱をたてた、小型自動車が辛《かろ》うじて入れるぐらいの古い門があった。まだ木目のみえる新しい看板がかかっている。

樽見食品工業株式会社缶詰部——。

八重の息は荒くなり、ふくらんだ胸はワンピースの下で大きくゆれた。缶詰工場などをみるのは八重はもちろんはじめてである。門を入ったとっつきに、細長い平家建の工場らしいものがあるが、事務所はいったいどこにあるのかわからなかった。入ったところに自動車が二、三台駐車できるぐらいの砂利を敷いた空地がある。平べったい建物は二つ並行して建っている。殺風景な工場といえた。しかし、その工場の中から、時々、ベルトの廻る音が風にのってきこえた。人影はなかった。

八重は門を入った。と、この時、右側の建物のガラス戸があいた。白衣を着て頭は白いネッカチーフをかぶった若い娘が、別の棟《むね》へ走りこんでゆくのがみえる。呼びとめて訊こうにも、かなり距離があったので見送るしかない。八重は立ち止った。どこかに事務所がありそうなものだ。工場の建物の一部が事務所にでもなっているのか。眼をひらいて探したが見つからない。八重はしかたなく、娘の入りこんでいった戸口へ近づいた。戸のガラスからみるともなしに内側を覗《のぞ》くと、びっくりするほど広いタタキがあった。白衣を着た女たちが二十人ばかり二列にならんでベルトをはさんで作業中である。ここへきて気づいたことだが、鼻をついてくる干魚の激しい臭気があった。

八重は右側の建物の戸口をみた。と、そこのガラス戸が半分ばかり開いていた。中を覗くと、床を張った三坪ぐらいの広間があった。長い机と三、四脚の椅子《いす》がみえる。背をむけたジャンパー姿の男が眼に入った。八重はほっとした。勇気をだして、その半びらきのガラス戸をあけて入った。

「ごめん下さい」

八重の声は心なしふるえた。

「ここ、樽見さんの工場ですね」

ふりむいたのは細長い顎《あご》をしたやせぎすの貧相な顔の男だった。八重をみると、不審そうに眼を光らせている。八重はもう一どいった。

「樽見京一郎さんの工場ですね」

「………」

男は机に向っていた仕事をそのままにして、ギイギイと椅子を廻した。

「樽見さんのおうちを教えていただきたいんです」

この問いかけはおそらくこの男に奇異にきこえたに相違なかった。男は、瞬間、馬鹿にされたような眼つきになった。

「社長の宅でしょう？」

と、めんどくさそうにいった。

「行永《ゆきなが》にありますよ」

八重はにんまりした。

「行永って、どこ……」

と八重がさらにくわしく聞こうとすると、

「社長の家は行永ですよ」

わかりきったことをたずねられる腹だたしさが出ているのだった。

八重は男の顔いろをみて、気がねしている場合ではないと思った。

「そこへゆく道を教えて下さいよ。社長さんはうちにおられますか」

男はあらためて八重の顔をじろっとみた。東京弁をつかう女が、他所者《よそもの》にみえた。めんどくさそうに男はいった。

「駅の向う側になります。こっちへ入って下さい。言ったくらいじゃわからない。地図をかいたげますよ」

言葉つきは乱暴だが、内心は親切な男だった。八重が入ってゆくと、魚のうろこのついている光ったズボンをのばして椅子を廻した。そうして紙切れに地図をかいた。

樽見京一郎の家は北吸からずいぶんはなれている。地図をわたしてから、男は、

「歩いてゆくんだったらだいぶかかりますよ」

といった。

四

四十分後に、杉戸八重は樽見京一郎の家の前に立っていた。そこは東舞鶴の郊外といった感じのする所だった。町から山に向って歩いた。家なみが途切れて、畑地がなだらかな傾斜をつくってせりあがる途中に、樽見京一郎の家は、ブロック塀に囲まれてあった。大きな樹《き》の下の家なので、ここへ入りこんでくる途中、すでにこの家は見えていた。

岩乗《がんじょう》な石塀をめぐらせたその家は庭もひろいらしく、大きな植木がみえたし、枝ぶりのいい松の木も生えている。入母屋《いりもや》づくりの二階家である。ふいてまもない新しい瓦《かわら》が陽《ひ》いろに光っていた。門は、先ほど八重が北吸の手前の川岸でみた得月院の山門ほどあった。

〈ずいぶん立派な家だわ……〉

八重は門の前に立った時、町の名士で、町内にいくつも工場をもつ会社の社長であるから、これぐらいの家を構えるのは当然だと思った。しかし、すぐそのあとで、これから会う樽見京一郎という人物が、八重が思っているような人物ではなくて、赤の他人であるような気がしてきたのは妙であった。

八重はそのために、足が立ちすくんだ。東京でふくらませてきた空想はやはりあくまで空想であって、事実はちがっていたという結果になるのではないか。

しかし、それでもよかった。八重は、もし人違いであれば、それをたしかめただけでも大きな収穫だと思う。軽率な訪問を詫《わ》びて帰ればいいだけのはなしである。刑余者更生運動に大金を寄付するような篤志家《とくしか》だ。はるばる東京から人違いをしてたずねてきたと説明すれば、わかってくれると思った。

〈当ってくだけろだわ……〉

八重はそう思うと、一だん高くなったセメント塗りの段をあがった。巨木を一本倒したような木目の出た黒い門の敷居をまたいだ。

静かな庭であった。玄関先へゆくまでに、砂利をしいた白い道がくの字に曲って、植込みの中へ消えている。八重は砂利にハイヒールをくいこませて歩いた。

玄関についた。ベルを押した。

しばらく奥からは応《こた》えがなかった。八重は三どベルを押している。

と、三分間ほど間をおいて、内の方で足音がした。八重は礼儀上、戸のあくのを待った。

やがて、下駄《げた》をひっかける音がして、中からしずかに戸があけられた。三十七、八だろうか、背のたかい、和服の女が不審そうに眼を細めて八重をみた。奥さんにちがいない、と八重は思った。

「樽見さんのお宅でございますね」

八重は胸の動悸《どうき》をしずめようとつとめながらいった。

「さようでございます」

女の声は標準語だった。

「奥さまでございましょうか」

「はい」

女は、面喰《めんくら》ったような返事の仕方をして、八重をまたじろりとみつめた。

「わたくし、東京から参った杉戸八重でございます。ご主人さまにお目にかかりたいのです」

女は首をかしげた。

「どういうご用事でらっしゃいますか」

杉戸八重などという女は知らないぞ、といった女の強い視線が八重をつきさした。

「はい」

八重はつとめて丁重にいった。

「じつは、わたくし、新聞に出ていましたご主人さまのお写真を拝見しまして、わたくしが昔、お世話さまになりましたことを思いだしましたので、お礼を申したくて参ったのです」

「主人があなたに！」

樽見京一郎の妻は、はじめて八重にからみつくような視線をなげた。

「左様です。ご主人さまにひと目会って、お礼を申しのべればそれでよろしいのです。ご在宅でしたら、下北半島の大湊《おおみなと》の『花家』の八重がきたとおっしゃって下さいまし」

女は八重のその言葉に驚いたふうでもなかった。

「下北の……」

と口の中でいって、消えさった八重の早口の言葉を思いだそうとしているふうであった。

「青森県の大湊です」

八重はそういってから、樽見が赤の他人であれば、わかるはずがないではないか、と思った。だが、いま八重はこの眼前の女に、それ以上、くわしいことを説明することは出来なかった。

遊女が昔の客に会いにきているのであった。そんなことはひと言もいってはいけない。幸福な家庭に波紋を投げこむようなことをしてはいけない。

ひと目、樽見京一郎にあって「犬飼多吉」の行方をきけばいいのであった。もし、それだけのことをいって、相手がわからねば、そのような「男」が親族にいないかどうかを訊《たず》ねればいい。

「ご主人様におたずね下さいまし。ここでお待ち申します。もし、ご存じでございましたら、十分ほどの立話でよろしいのでございますよ。共通に存じあげておりますある方の消息をお聞きすれば、それで、わたくし東京へ帰らせてもらいます。決してご迷惑はおかけしません」

八重は懇願するように、背の高い色白のふくよかな女の顔をみた。

女はやがて、こっくりうなずくと、

「ちょっとお待ち下さい」

そういってから、かるい微笑を八重になげて、戸をあけたままにして上がりはなを上がった。

うす暗い家の中が見える。長い廊下が奥へ通っていて、それは掃除のゆき届いたことを示す艶光《つやびかり》が出ていた。

女が入りこんでから十分間ほど間があった。やがて、奥の方から小柄《こがら》なやせた二十七、八の背広を着た男が出てきた。人柄のよさそうな顔だった。しゃくれたまるい鼻先をしている。浅黒い顔は陽《ひ》に焼けたのではなくて、天性のものらしい。八重の顔をしばらくじっと見つめてから、口角に笑みを浮かべて、

「何のはなしだか、わからないね、ちょっとこっちへ入らないかね」

ぞんざいな口のきき方だった。

八重が入ると、男はすぐ下駄をつっかけて、ぴしゃりと戸を閉めた。

「そこへかけなさい。東京からおいでなさったんだって？」

奥の方はひっそりしていた。八重は無意識ではあるが、天井の高いこのどこか新しいわりに殺風景にみえる家の奥から、かすかな風が吹きつけてくるのを感じた。

五

杉戸八重は、男の顔を見ているうちに、なぜか言知れない不安におそわれた。人柄のよい男なのに、こわい感じがした。教育委員もしている会社の社長さんの書生にし

ては、ずいぶん横柄《おうへい》な物言いである。

八重は、樽見京一郎に会いたい。それなのに、最初に出てきた細君らしい女は、奥へ入って出てこない。

八重は、男のすすめるままに、一だん高くなった沓脱《くつぬぎ》へあがって、艶光した床に腰を下ろした。

「うちの主人と昔馴染《なじ》みだって？　お前さんが……」

男はそんなことをいって八重と向いあって坐《すわ》った。

「はい」

八重はうつむいたままこたえた。

「下北の大湊で、お世話になった犬飼さんといわれるお方に……そっくりの……お顔写真を新聞で拝見しましたものですから、いちどお礼がいいたくて、おたずねしたいと思って……どうしようかと毎日考えておりましたんですが。お休暇《ひま》がもらえましたので、勇気をだしておたずねしたようなわけなのです。お人ちがいでしたら、おゆるし下さい」

男は心もち受唇《うけくち》の口もとをつき出すようにして八重の顔を見ていた。

「へーえ」

と男はいった。

「犬飼さん……うちのご主人は樽見というんだが……」

男は急に気の毒そうな顔をした。

「やっぱり人違いでしたでしょうか」

「う……うむ」

と男は曖昧《あいまい》な返事をした。やがて、間をおいてから、

「ご主人はくわしく話をきかないことには、何が何だかわからない……話をよくきいてくるようにと、言われたんだ……あんたはその大湊に、何年ごろおられたんかね」

〈やっぱり樽見京一郎は大湊の町にきたことがあったのか……〉

男の口もとをにらみながら八重はいった。

「はい、昭和二十二年の秋のことでした……」

「へーえ、すると、あんた十年もむかしのはなしじゃないか」

魂消《たまげ》たように男は眼を開いた。

「左様でございます」

八重はこっくりうなずいて、この時、わずかに微笑して男の眼を見た。

「どうぞ、ご主人におっしゃって下さい。大湊の『花家』で千鶴《ちず》という名で働いてい

た八重がきたと仰言《おっしゃ》って下さい。ひと目会うて、お礼がのべたいといっておりますとお告げ下さい」

八重は男の口ぶりから、樽見京一郎が犬飼多吉にちがいない、という気がした。そうでなければ、家の者に、こんなことをいわせて、相手などさせないだろう。

「いやね」

男は、この時、八重の心の中を知り抜いたような眼になった。

「うちのご主人は、昔はご苦労をなさった人なんだ……時どき、昔の知りあいだといって、たずねて来なさる人がたくさんある。それでね、名前だけをいわれたって、忘れていらっしゃる……」

ひとりごとのように男はそういってから、

「ちょっと待って下さい。杉戸……八重といわれたね」

「はい、『花家』の八重です。当時はわたし、千鶴と名をかえておりました」

「千鶴さんだね」

と、男は八重の顔をじろりとみて、当時の八重の生活を臆測《おくそく》するかのような眼をつくったが、下駄の上に置いていた足をのばしてゆっくり立ち上がると、もう一ど主人にたずねてくるから待っていてくれといって奥へ入った。

八重は、それからまた十分間ほど待たされた。と、奥から足音がして、先程の細君らしい女が入れかわりに現われて、

「どうぞ、おあがり下さい。主人が会うと申しております」

とひくい声でいった。

「こんな玄関先で失礼だと申しますので……さ、どうぞ、おあがり下さい」

女は手をさしのべて、八重をあげた。八重は女のうしろについて廊下を歩いたが、すぐ左側のドアをあけて女が入ると、そこは陽当りのいい応接間であった。白いカバーのかけられたソファと肘《ひじ》かけ椅子《いす》がならんでいる。新しい茶色のデコラ板のテーブルがあった。大きな花瓶《かびん》に赤い花が活《い》けてある。八重はその花の名を知らなかった。

「どうぞおかけ下さい」

女はそういうと、丁寧にうつむいて、また廊下へ出ていった。八重は室内を見まわした。壁に大きな額が掲《かか》っている。それは海の絵だった。波のあらい海の向うに島とも岬《みさき》ともつかぬ黒い山がみえる。海の波は魚のうろこのように重なっている。波音がきこえてくるかのように、その海の絵は、どことなく暗かった。

八重はしばらく、深い肘かけ椅子に坐っていたが、やがて、ドアの把手《とって》のひねられる音でわれに帰った。先程の若い男がタバコをもって入ってくる。

「お待たせしました。主人にはなしますとね、はっきりした記憶はないが、大湊の町へはたしかに行ったことがある。千鶴さんという名の方はおぼえていないが……ひょっとしたら、度忘れしてしまっているのかもしれない。会ってみたいが、いまちょっと手の放せない用事があるので、すみ次第、ここへ来られます……よろしいですか」

八重はほっとしたと同時に、複雑な気もちになった。

〈あの犬飼多吉が、自分を忘れているとは不思議だ。そんなことはあり得まい。大金を置いていってくれた男だ。十年前の一日に、買った女の顔は思いださないにしても、金をくれてやった女だくらいは、思いだしてもよさそうなものではないか……。やっぱり、人違いかしら〉

男はちょっと警戒するような眼つきになると、タバコに火をつけて、

「東京から、いつおいでたのかね」

とまた訊《き》いた。

「はい、今朝がた参りました」

「東舞鶴へ……じかにきたのかね」

「はい」

「それで……どこへお泊り？」

八重は、この時ある考えが走った。若狭屋に宿をとったということをいうべきかどうかに迷ったのだった。男がどことなくこわい感じのすることも気になっていたし、主人に会ってしまえば、もうそれで用事はないのだから、宿を教えたって仕方がない。わずらわしいことが起きてもイヤだと思われた。

「駅へ着いて、ぶらぶら町を散歩してから、ようやくおうちがわかったので、すぐ伺わせてもらいましたんですよ」

といった。男はギロッと疑うような眼になった。

「それじゃ、ここまではだいぶ道のりがあったでしょう。たいへんだったろう」

といった。そうして所在なさそうにタバコをふかしはじめたが、この時、廊下の方から大きな足音がした。すると、男は急に緊張した顔になった。

「ご主人だ。お会いになるらしい」

ひとり言のようにいって出て行った。と入れかわりに、濃褐色《のうかっしょく》の背広をきて、ちゃんとネクタイをしめた六尺ちかい四十前後の肥満体の大男が入ってきた。八重はさっとその男の顔をみた。四角い顎《あご》のはった浅黒い顔だった。八重は思わず息を呑《の》んだ。似ていた。いや、たしかに犬飼らしかった。

八重の胸は熱くなった。眼は急に涙ぐみはじめた、なつかしい犬飼多吉だ。大きな動悸が打った。八重は嬉《うれ》しさをかくせないままに声をあげた。

「犬飼さん、お久しぶりでございます」

大男——樽見京一郎はその声に表情をかすかに動かしただけで返事をしなかった。机をへだてて八重の前にどかっと坐ると、冷たい眼《まな》ざしで八重をにらむようにみて、

「わたし、樽見です」

かすれ声でいった。そういって不審そうに八重をみている。お前のような女は知らないぞ、という拒絶感がその眼にあった。八重はかすかな失望をおぼえると、あらためてまた息を呑み、

「犬飼さんじゃありませんか」

とまた訊いた。

「わたしは樽見京一郎です。犬飼ではありません……」

と樽見京一郎はいった。

「あんたは、大湊のひとだって？……」

「はい……喜楽町という三業地の、『花家』におりました千鶴です。おぼえていらっしゃいませんでしょうか」

大男の顔がわずかにこの時歪《ゆが》んだようであった。浅黒い顎のあたりがぴくりと動い

た。

「大湊へはいったことはあるがね、あなたに会った記憶はありませんな。十年も前だとするとずいぶん古いはなしだ……わたしの記憶もうすれているかもしれない。しかしわたしは、あなたと会って……何をしたんだろう」

樽見京一郎は、鋭い眼をくずさないまま、声だけはやわらげていった。

「犬飼さんというお名前で『花家』へおあそびにいらっしゃいました。あの当時は、終戦早々でして……大湊の町もたいへんごったがえしておりましたんです。あなたさまは、まだ復員服を着ていらして……髭茫々《ひげぼうぼう》の、おそろしいような顔をして入ってこられました。あたしの貸してあげた剃刀《かみそり》で、お髭をそられて、ひと休みしてからお帰りになりました、その時、わたくしに、あなたは六万八千円の大金を下さいました」

八重はしゃべっているうちに、樽見京一郎がそのはなしを興味ぶかく訊くというよりも、冷たい眼ざしで聞きながしている風にみえるのに失望した。

〈やっぱり人違いか……〉

「おぼえていらっしゃいませんか。あの時の千鶴でございます」

八重の涙のにじみ出た眼がやがてかわいた。八重はふっと十年前のあの恐山《おそれざん》の見える窓の下で抱きあって臥《ね》た犬飼多吉との淡い営みを想《おも》い出した。するといま、眼の前に坐ったまま、見すえるように自分をにらんでいる樽見京一郎にも、親しみというよりもっと強い血のさわぐ恋しさをおぼえた。

〈きっと、この男は犬飼多吉にちがいない。誰《だれ》もが、嘘《うそ》の名をいって登楼してきた。犬飼という名は出まかせの名だった。それをいま、相手の女からいわれて、驚きと気はずかしさに、男は、幸福な地方名士の身分を考えて狼狽《ろうばい》しているにきまっている！〉

八重は、もしそうならば、男があくまで知らないふりをしているのは狡《ずる》いと思った。しかし、すぐそのあとで、自分のような娼婦《しょうふ》がたずねてきた場合に、暖かい心で迎えてくれるものと思いつめてきた自分のおろかさに気づいて悄然《しょうぜん》としたのである。

教育委員。樽見食品工業社長。身分も昔日《せきじつ》の面影《おもかげ》からくらべると大きな変り様である。美貌《びぼう》の細君もいる。書生も置いている男が、昔の娼婦の訪れをうけて、よく来てくれたと、よろこんでもてなせるものでもあるまい。

八重はそう思うと、軀《からだ》の燃えるような羞恥《しゅうち》と、浅い考えでこんな所までやってきた後悔にうちのめされた。

〈やはり、自分には髭茫々の犬飼多吉の方がいい。地方名士になった樽見京一郎よりは、昔の復員服を着た髭茫々のかつぎ屋の犬飼多吉がいい。そうして、その犬飼多吉

は、自分の頭にしかもう生きていないんだわ……〉

八重は十年のあいだ、なつかしさと、尊敬と、感謝とをこめて、頭の奥に焼きつけてきたあの男の姿が、いま、冷酷な樽見京一郎の眼によって瞬時にして拭《ぬぐ》い消されてしまう悲しさをおぼえた。

「犬飼さん」

八重は眼頭のくもりはじめるのをおぼえながらいった。

「ごめんなさい、また犬飼さんといっちゃって……樽見さん、とつぜん、勝手なこといいにきちゃって……さぞびっくりなさったでしょうね。あたし、これで、すぐおいとまします。でも、樽見さんにお会いできて、あたし、もうこれで本望をとげた気がしますの」

八重の眼は、はにかみと、したわしげなうるみをおびて相手をみつめた。

「でもね。樽見さん、あたしはあなたにお礼をいいたかっただけなんです。あなたの下さったお金で、畑《はた》の在所の父の病気もすっかりなおりましたし、弟たちも一人前になって働けるようになりました。それに、あの『花家』の借金も払って、あたし東京へ出ることもあの時出来たんです。あたしが、いま、こうして、ここへこられたのもみんなあなたの親切からなんです。あたしはひと目あって、あなたがご立派になられたお姿を見たかった……そうしてお礼をいいたかった……それだけで嬉《うれ》しいのです。犬飼さん、……樽見さん……」

八重はそういうと、ハンケチで眼頭をおさえて立ち上がった。

「お邪魔申しあげました。それではあたし帰らせていただきます」

憮然《ぶぜん》としていた樽見京一郎はしわぶきを一つした。そうしてむすんでいたあつい口もとをにわかにひらいて大きな声をだした。

「お待ちなさい。八重さん」

その声は杉戸八重の足を硬直させた。十年前の、あの犬飼多吉の声であった。たしかにそれは耳の奥にのこっていた声と同じだった。

六

八重は椅子の上へ、吸いつけられるようにまた腰を落した。

「せっかく、東京からおいでなさったんだ。ゆっくりしてゆきなさい」

樽見京一郎は咽喉《のど》にひっかかるようなかすれ声をだしてよびとめた。八重は相手の顔をみた。と、樽見京一郎は鋭く光らせていた眼を急にそらせた。

「八重さん。わたしは、あんたのさがしてはる犬飼さんやない。犬飼という人をわしは知らん。会うたこともない人や……」

とゆっくりした口調でいった。八重は男のあつい唇《くちびる》から漏れて出る言葉を疑った。嘘をいっている、と思った。たしかに、犬飼多吉にちがいない。顔も、いくらか関西訛《なまり》のまじるその声も、八重の記憶の中に残っていたものと寸分もちがわないのだ。

「本当ですか、樽見さん」

思わず八重は口走っていた。

「嘘をいったって仕様がないやないか。たしかにわたしは、大湊へ行ったことはありますよ。しかし、それは十年も前やない。つい最近のことだ。八重さんに会ったこともなければ、大金をさしあげた記憶もない。人違いだということははっきりしておる。世の中にはね、八重さん。他人の空似ということがままあるもんだ。あんたは、その犬飼さんというお方に会いたいばっかりに、わたしを見まちがえておられるんやな」

語尾を、かすかに割れたようにひびかせて強く言いきると、樽見京一郎は八重のからみつくような視線の前へ大胆に浅黒い四角い顔をさらした。

八重には、どうしても、男のいっていることが真実に思えなかった。樽見京一郎が、自分のような娼婦あがりの女と関《かか》わりをもつことから逃げたいとしている焦慮を、その浅黒い額のあたりにみた。こめかみがかすかにうごいている。みみずのように浮いて見える一本の静脈が、いま、ぴくぴく動く。

八重は樽見京一郎が動揺しているのをみた。男の狡猾《こうかつ》さだ。八重は、急に胸もとをつきあげてくるような言葉を吐きだしていた。

「樽見さん、あたしは、あなたにいま嫌《きら》われるような女かも知れません。正直、むかしも、いまも、世間から指さされる軀《からだ》を売る娼妓《しょうぎ》ですものね。でもそれだけに、あたしは、男さんを軀で知るすべをおぼえているんです。あたしの記憶ちがいということもあるかと思います。でも、あたしが夢中になった人のことだけははっきりおぼえているんです。それだけは信じて下さい」

八重はそういうと、ひらき直ったように相手の顔をにらんで、急に涙ぐみはじめた。

樽見京一郎は八重の赤らんだ瞼《まぶた》から燃えるように放たれてくる視線をはずした。しばらくうつむいたままだった。しかし、ゆっくり顔をあげると、口角をわずかに歪《ゆが》めて、

「どうも、あんたはその犬飼さんとやらと私を混同しておられるらしい。そんなふうに言いきられると、わたしもつい迷惑だといいたくなる。あんたは、東京からはるばる、こんな日本海辺の遠い町へやってこられたんや。思いつめて来られたんやから、

私をみて、興奮してしまって、そんなことを仰言る気持も、わたしはわからんでもない。でもね、八重さん。あんたが娼妓さんをしてはったなんて……わたしはいまはじめて耳にすることや。ま、落ちついて下さい。わたしも、こんど刑余者の更生運動にお金を寄付しただけあって、最近はいろいろ世界のちがう人とも会います。あんたのようなお方に会うて、いろいろとおはなしを訊くことも参考になりますねや。よかったら、もうすこし、ゆっくりしていって下さい」

樽見京一郎はテーブルの上にのばした指先をかすかにふるわせると、奥に向ってとつぜん、おいおい、と声をあげた。と、このとき、廊下を走ってくる音がして、先程の二十七、八の若い男がドアを半びらきにして首をつき出した。

「あれはおらんか」

と樽見京一郎は不機嫌《ふきげん》そうにきいた。

「はあ、なんやら、用が出来たそうです。今しがた外へ出られました。三十分ほどで帰ってくるいうて出られました」

と若者はおどおどした口調でこたえた。

「そんなら、お客さんにお茶だ……、うむ、わしが淹《い》れよう。お前は下がってよい。大事な話があるから」

樽見京一郎はそう言うと、八重にちょっと会釈《えしやく》して出ていった。

「はあ」

と、若者はこの時、主人の顔と八重のうしろ姿にぺこっと頭を下げて、急いで退《ひ》きさがった。細君が使いに出たらしい。八重は心の中でそう思った。しかし、いま、ここで、京一郎が茶をはこんでくるまで、待っていてよいものかどうか瞬間迷うものがあった。

〈本当に人違いだろうか……〉

ふとそんな気もしてくる。樽見京一郎は真剣な眼つきで否定したからだ。

しかし、人違いだと思うことは、いま、八重にはどうしても納得がゆかなかった。言葉も、顔も、物をいう時に男の眼尻《めじり》がわずかにつりあがってうごくのも、すべて記憶どおりだった。見るほどにそれは深まってくる。

〈やっぱり、この人は嘘をついている……〉

八重はそう思い切った。すると、八重の胸を急に吹きぬけてくるかなしい失望があった。

〈幸福な家庭と、地方名士の体面を考えて、この男《ひと》はあたしを知らぬといいきっている……〉

今日まで、はりつめてきた犬飼多吉への憧《あこが》れと期待がいま音をたてて消えしぼむのである。すると、八重はここで京一郎の茶をもってくるまで坐っていることにはげしい羞恥を感じはじめた。と、この時ドアがあいた。

「わたし、失礼します」

八重は立ち上がろうとした。

「せっかく淹れてきたんです……、ま……」

と、京一郎は盆に二つの紅茶茶碗《ぢゃわん》をのせていて、八分目ほどに入れた褐色の液体の一つをぶきっちょに八重の前へすらせるようにさし出した。

「あがっていって下さい」

樽見京一郎はギロリとした眼をうつむいた八重の頭にむけていった。

「どうぞおあがりになって下さい。人ちがいも、不思議な因縁といえぬことはありません。八重さん、わたしは今日はじめてあんたに会うた。十年前に世話をうけた人に礼をいいに、わざわざ遠いところまで旅行してきなさったあんたの心に打たれるものがありました。わたしは、他人のようには思えんのです。いま、あんたの口からいわれた娼妓さんというのが本当にあんたの現在の職業なら、あんたは見あげた人や。職業に貴賤《きせん》はありませんよ。八重さん。人間は心だ……自分の素姓《すじょう》を少しも恥じないで

「……あんたは美しい心を持っておいでです」

その言葉はいま、八重の力のぬけていた軀を不思議にやわらかく包みこむような作用をした。八重は堅くなってうつむけていた顔をあげると、こっくりうなずいて、

「いただきます」

と、手をさしのばして、紅茶茶碗にそわせてくるりと廻した。しずかにもちあげて、口もとにはこんだ。

〈やっぱり、あたしの人違いだったのかも知れない……〉

八重は心につぶやいてみた。湯気のたちのぼっているその褐色の液体は香《かぐ》わしい匂《にお》いがした。八重は唇につけていっきに、こくりと咽喉《のど》に入れた。と、八重は最初に甘い舌ざわりをおぼえた。しかし咄嗟《とっさ》に咽喉の奥から鼻腔《びこう》に通じるあたりにかすかなあんずの花の香りを嗅《か》いだように思った。それと殆《ほとん》ど同時であった。茶碗をもちあげていた指先にしびれをおぼえた。急に眼底が熱っぽくなり、さらさで目かくしされたように視界がぼやけた。息苦しくなった。八重は茶碗をもった手をテーブルにおき、反対の手を咽喉もとへもちあげようとした。と、う、う、うっ、うっと思わず口走った。眼がひきつり、後頭部が大きく圧迫をうけて意識が遠のく。眼前に大きな黒い顔のようなものが被《おお》いかぶさった。椅子がギイギイと音をたてた。

杉戸八重はテーブルの上に手をついてうつ伏せになった。紅茶茶碗が半分ほど液体をのこしたまま大きくゆれ動くのと同時に、八重の指先のふるえはとまり、やがて軀を硬直させていった。

樽見京一郎は椅子の背をにぎったまま、棒立ちになって、この不意の女客が身もだえつつ、軀をこわばらせてゆく姿をじっとみていた。彼のあつい唇は最初は大きくふるえていたが、八重の軀がしずかに静止するのを見届けると、ふるえがとまった。そうして反対にその唇は大きく歪んだ。光っていた眼が急になごんだように光を失い、はじめてわれにかえったように樽見京一郎は声をあげた。

「タケナカッ」

と樽見京一郎は叫んだ。

「はあ」

と廊下から返答があった。若者はドアをあけて入ってくるなりうつ伏せになっている八重をみて、瞬間、どきりとしたように足をこわばらせた。しかし、主人のにらみつけるような視線をうけると、急に思いついたようにつきすすんできた。やにわに八重の軀をうしろから羽交《はが》いじめすると、力いっぱい顔を紅潮させてもちあげた。そうして椅子を片足で蹴《け》った。

「物置へ入れるんや、ええか」

樽見京一郎はひくい冷静な声でそういうと、八重のもってきたハンドバッグをひきよせ、止金をパチリと音たててあけた。中身を点検しはじめる。かすかに指さきがふるえている。

竹中とよばれた若者は、へっぴり腰で八重の軀をひきずり、ドアのあいた戸口から廊下へ出た。とっつきが裏口になっている。戸口へ八重の軀をひきずった。ぐにゃりと力を失った八重の手は、廊下の床に字を書くようにゆれた。

樽見京一郎は八重のハンドバッグの化粧道具や手帳の類《たぐい》をテーブルの上にとり出してみつめていたが、それらをやがて、全部もとどおりにしまいこむと、急いで、ドアをあけて玄関へ出た。白のハイヒールが御影石《みかげいし》の沓台《くつだい》の上にそろえてある。京一郎はす早くその靴《くつ》をとりあげた。そうして、八重がひきずられていった裏口のドアをつき破るようにして外へ出た。そこはかわいた赤土の庭になっていた。台所口へゆく手前の軒下に煤《すす》けた風呂《ふろ》場《ば》の焚《た》き口がみえる。樽見京一郎はぜいぜいと大きな息を吐きながら、焚き口の鋳物《いもの》のフタをあけると、手にしていたハンドバッグをあけて中身をとり出して投げ入れた。そしてわきにあった新聞紙をつめこむと、大急ぎでマッチをすって火をつけた。

この風呂の焚き口から十メートルほど裏口を廻ったあたりで、ガチャリと戸のしまる音がした。と、先ほどの若者が息をはあはあいわせて蒼白《あおじろ》い顔をふるわせて走ってきた。

「すんだか」

と、樽見京一郎は燃えてゆく焚き口をみつめながら訊ねた。

「はい」

と、若者はふるえる声でいった。京一郎は燃えつきた炎の滓《かす》をしばらくにらんでいた。と、不意に思いついたように、ハンドバッグと白い靴を若者に手渡した。

「あれと一しょにどんごろすの袋へ入れとけ」

燃え切った炎が、角立った京一郎の黒眼の中でしずかに消えた。

「ええか」

また京一郎はダメを押すように若者にいった。蒼ざめた若者がこっくりうなずいて、裏の方へ走りこんでいった。

若者が裏口へ姿を消してから、まなしに、雨が降りはじめた。朝からもたついていた空模様だった。被いかぶさるように低めを流れていた黒雲が、やがて舞鶴市の上空で渦《うず》をまきはじめたのだ。荒れ模様になった。雨は次第に激しくなり、本降りとなって、行永の家々の屋根をたたきはじめた。

大雨は夕方になっても降りつづいた。深夜になっても止《や》まなかったのである。十二時すぎには、行永の町は、すでに灯《あか》りをともした家は殆《ほと》どなかった。どの家も大戸を締めていた。湿気の多い土地の習慣だった。高台の畑地のまん中にある樽見京一郎の家の、欅《けやき》の繁《しげ》った裏庭の戸が静かにあいたのは一時すぎたころであった。どしゃ降りの中を、肥《ふと》った大男が、二つの大きな黒いどんごろすの袋をはこび出してくる。男は裏門の屋根の下に二つの袋をおいて、櫛目《くしめ》のような雨の中をしばらく見すかすようにしゃがみ腰でにらんでいた。

人通りはなかった。塀《へい》にひっつけるようにしてとめてあったオート三輪の荷台へ、やがて男はこの二つの大きな袋をすべりこませた。オート三輪は、二人乗りになっていたが、雨が降っても濡《ぬ》れないように、幌《ほろ》がかけてある。大男は大股《おおまた》に歩いてくると、運転台へやがて雨を逃げるようにして入りこみ、馴《な》れた手つきでエンジンをかけた。雨の中を市内に向けてこの三輪車はやがて走り去った。

雨はますます激しくなった。オート三輪は、畑地の道を走るときは、かなり大きな音をたてた。雨音の中でもはっきりとわかるくらいの音だった。しかし、十分ほどすると、舗装された駅裏へさしかかる道に出る。雨音の方が大きくなった。殆ど、車の音はしなかった。この三輪車は新車であった。そのために、騒音がしなかったのである。すべるように雨の中を北に向って吸われていった。

空は真黒く閉ざされていたし、時々雷鳴がしていた。北の沖に稲妻が走る。瞬時にしてその稲妻は消える。だから一、二秒の光では、雨足のはげしい中を疾走していく三輪車の姿をみとめることは出来なかった。誰も見ていない。

豪雨となった。そうして、この雨は翌八日の朝方まであがらなかったのである。昭和三十二年六月八日の舞鶴市は豪雨のまま朝をむかえている。

（下巻につづく）

飢《き》餓《が》海《かい》峡《きょう》(上)

新潮文庫　み-7-24

平成　二　年　三　月二十五日　発　行
平成二十三年十一月二十五日　二十九刷改版
令和　五　年　六　月　十　日　三十五刷

著者　水《みず》上《かみ》勉《つとむ》
発行者　佐藤隆信
発行所　株式会社 新潮社
郵便番号　一六二—八七一一
東京都新宿区矢来町七一
電話　編集部(〇三)三二六六—五四四〇
読者係(〇三)三二六六—五一一一
https://www.shinchosha.co.jp

価格はカバーに表示してあります。

乱丁・落丁本は、ご面倒ですが小社読者係宛ご送付ください。送料小社負担にてお取替えいたします。

印刷・株式会社光邦　製本・株式会社大進堂

ISBN978-4-10-114124-4 C0193